THE SECRET GARDEN

秘密花园

彩图版

[美] 弗朗西丝·霍奇森·伯内特 著　　高 洁 译

哈尔滨出版社
HARBIN PUBLISHING HOUSE

前言
Preface

　　这部杰作展现了友情、决心和毅力的可贵，是一本充满童趣和神奇力量的书。它可谓是奔流不息的人类文明历史洪流中一颗璀璨夺目的明珠。即使在浩如烟海的世界文学中，它也称得上是一部经典之作。

　　这部作品情节曲折，悬念迭起，引人入胜。整个故事构思巧妙，内容一环扣一环。丰富流畅的人物心理描写使书中的人物个个丰满立体、栩栩如生。细读本书，读者不免时而忍俊不禁，时而泪如雨下……书中满是对生命的珍惜，对生活的希望。本书对孩童内心世界和成长的探索达到了一个更高的境界。它以浅显易懂的哲理式语言和简洁明了而又形象的比喻给世人讲述着生活的美好、残酷和不幸。但生活究竟是美好还是不幸，真实完全可以由人们对生活的态度决定。

　　每个人心中，其实都有一座属于自己的秘密花园，无论是欢愉、悲伤还是经历过的时光都被牢牢地封存其中。时间久了，它们会压得人们喘不过气，悄无声息地改变人的性格，甚至扭曲人的灵魂。

　　若要获得新生，使心灵、思想得到净化和升华，只能勇敢地去面对那早已逝去的一切，剔除存在于记忆中的关于过去的种种不愉快，就像铲除荆棘与杂草一样，让心门洞开，让阳光洒满心田。

《秘密花园》绝不单是一部写给孩子们的心灵成长魔法书，更是一部写给成人的"命运之书"。当遭遇生活的不幸，过往的痛苦纷至沓来时，身处其中的人们需要努力改变的，不是早已既定的现实，而是自己。

读这本书，就好像在潇潇的雨夜、在房间里闷得快喘不过气时，陡然推开窗户，随即迎来一股清新凉爽的晚风。霎时间，整个人神清气爽，精神为之一振，而对当下的生活，你似乎就有了新的顿悟。

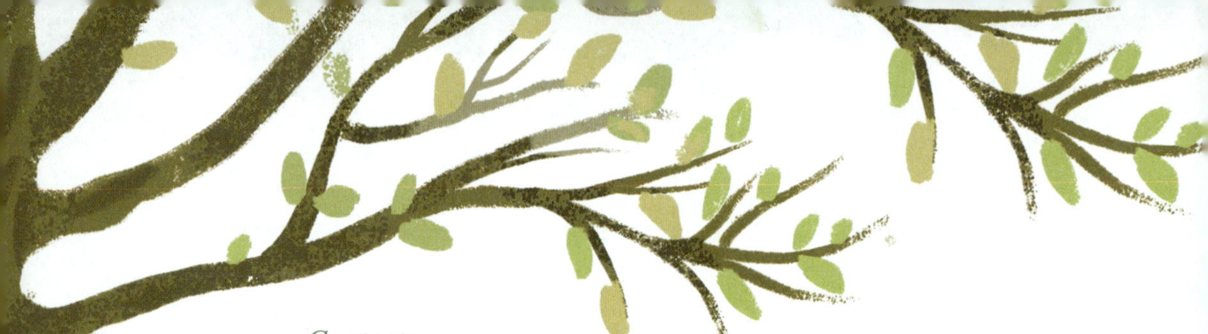

Contents

目 录

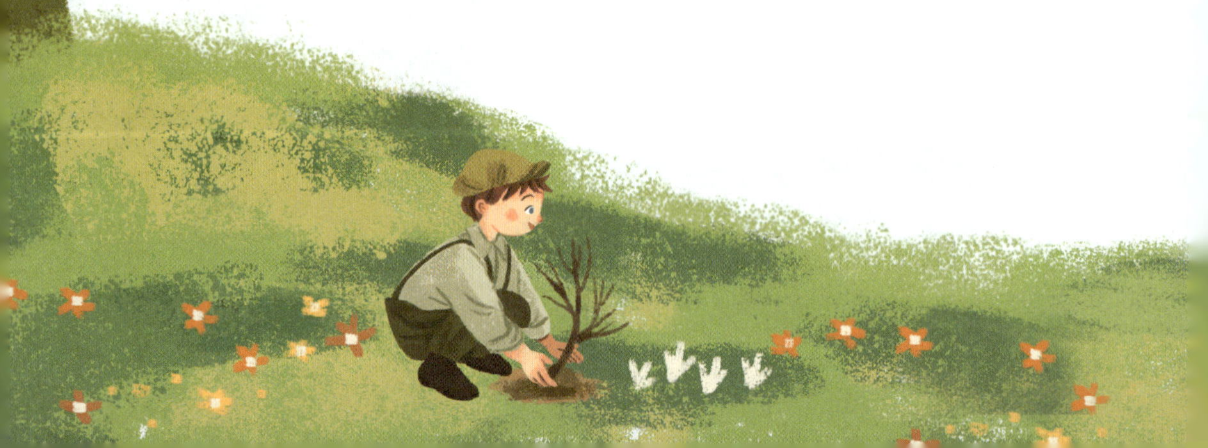

Chapter 1
无人停留

　　玛丽·伦诺克斯被送到姑父的住处——米瑟斯韦特庄园时，那里的人都说从未见过像她这样喜欢闹脾气的小姑娘。她哪儿都瘦，脸蛋儿瘦，身形瘦，连头发丝都是细细的，而且还乱糟糟的。她脸上整天都是一副不高兴的神情，这样的小姑娘谁会喜欢呢？她出生在印度，身体不好，时常生病，所以长得一副营养不良的样子，发色偏黄，脸色也偏黄。她的父亲为英国政府机关工作，事务繁忙，和玛丽一样总是生病；她的母亲非常漂亮，大美人一个，整天都有参加不完的宴会，和一些放浪形骸的人一起寻欢作乐。她原本就不想生下这小姑娘，所以在生下玛丽后不久，就将女儿交给印度籍保姆照顾，并清楚明白地让这位印度籍保姆知道，想让女主人高兴，最好的办法是让孩子远离她，越远越好。

　　在玛丽还是个哭闹不停且丑陋、易生病的婴儿时，她只能待在不打扰大人的地方；当她蹒跚学步时，她是一个多病、脾气暴躁的小家伙，仍然只能待在不打扰大人的地方。玛丽记得的熟悉的东西，只有印度籍保姆以及其他印度籍用人的黑脸。在这些印度籍用人面前，玛丽总是能随心所欲，任意妄为，因为一旦玛丽的哭闹声传到女主人的耳朵里，他们这些做下人的就要倒霉了。

这样的成长环境，造成了玛丽自私、野蛮的性格，有时她霸道得像头小野猪。最早聘请的一位年轻的英国家庭教师因为不喜欢玛丽，教了她三个月的读书写字后，实在坚持不下去，就辞职不干了。后来家里又陆陆续续地请过别的家庭教师，但没有一个能待过三个月的。如果不是玛丽自己想读书，她恐怕一个字母也不会认识。

一天早晨，天气异常闷热，快满九岁的玛丽刚睡醒，本来就觉得烦躁，看到等待在床边的仆人不是自己的保姆后，更加不高兴了。

"你在这儿做什么？"她对站在床边的陌生女人吼道，"我不需要你，去叫我的保姆来。"

女人一副很害怕的神情结结巴巴地告诉她，保姆不能过来了。玛丽听后，怒气冲天，对女人拳打脚踢。女人更加害怕，却也只是不停地告诉玛丽一个确定的事实——保姆真的无法到这里来了。

那天早晨，所有的事情都超出了玛丽的认知范围，家里的气氛非常

古怪。她熟悉的好几个印度籍用人不见了，而见到的陌生仆人们又都各个面如死灰，惊慌失措地四处逃窜。没有人告诉玛丽究竟发生了什么，她的保姆也一直没有来，只有她自己一个人。玛丽孤孤单单地漫步到花园里，在一棵离阳台不远的树下玩了起来。她把一朵朵深红色的木槿花挨个插进一个个小土堆里，仿佛自己正在建造一座花园，但她越想越愤怒，于是一边插花，一边嘟囔着等保姆回来后要责骂的话。

"蠢猪！蠢猪！全都是蠢猪！"她生气地嘟囔着。对印度土著来说，猪已经是最能侮辱人的词汇了。

直到听见妈妈和另一个人来到阳台上的响动，玛丽那咬牙切齿的反复咒骂才停了下来。母亲正和一位年轻英俊的男人站在一起低声交谈着，她说话的口气有几分古怪。玛丽认出了这个长相像小男孩的年轻人，他是一名英国军官，刚刚来到这里。玛丽盯着他看，但更多的是盯着自己的母亲看。一有机会见到母亲，玛丽就会像现在这样眼睛一眨不眨地盯着她看，因为在她眼里，夫人——玛丽最常这样称呼自己的母亲——是如此修长、纤细，她的衣服是如此美丽。夫人的头发自然卷曲着，细滑如丝缎，挺直好看的鼻子为她的脸增添了一分贵气，那双笑意盈盈的大眼睛让她看起来更加迷人。她的服饰是那样柔软飘逸，按照玛丽的话来说，就是"满满都是蕾丝"。这天早上，夫人穿的这件衣服上的蕾丝似乎比任何一件的都要多，但夫人的眼中却没有一丝笑意。此时，她正用害怕、祈求的目光对着那位年轻的军官。

"情况已经这么糟糕了吗？哦，这是真的吗？"玛丽听见母亲这样问道。

"糟得不能再糟了，"年轻人声音发颤地回答，"太糟了，伦诺克斯太太。早在两周前你就应该去山上的。"

夫人的两只手紧紧地绞在一起。

"哦，我就知道我早该去的！"她喊着，"都是因为那个可笑的宴会，为了能够参加那个宴会我才留到了现在。我真是太愚蠢了！"

就在这时，从仆人房间里传来了响亮的号哭声，惊得夫人一把攥住了年轻人的胳膊，玛丽则全身战栗地站了起来。号哭声越来越凄惨。

"那……那是什么声音……那是什么？"伦诺克斯太太结结巴巴地问着。

"恐怕是有人死了！"年轻军官回答道，"你没有跟我说过，仆人那里也感染了。"

"我不知道啊！"女主人哭喊起来，"跟我走！快跟我走！"说完，她转身跑进了屋子。

接着，令人恐惧的事情发生了，玛丽此时此刻才明白这天早晨的气氛为何如此异常。

一种最致命的霍乱正在人群中传播，大批的人感染，且快速死去，如蚊蝇一般。保姆是在夜间发病的，刚才听见的哀号，正是仆人们为她的死而发出的。就在这一天，还有另外三个仆人接连死去，其他活着的都吓得逃跑了。所有的人都非常恐慌，房子里四处都是死人。

第二天，在一片混乱和骚动之中因为害怕而藏在儿童房里的玛丽，被所有的人遗忘了。没有一个人想起她来，更没有一个人来找过她，奇异的事情正在发生，而她却对此一无所知。那段时间，玛丽哭哭睡睡，听见的是令人慌张、焦虑的声音，她只隐隐约约地知道大家都生病了。她爬进无人的餐厅，桌上被人吃了一半的饭和盘子乱成一团，桌边的椅子东倒西歪，这景象像是由正在吃饭的人突然间站起来胡乱一推造成的。玛丽吃了点剩下的水果和饼干，又觉得口有些渴，于是将一整杯甜酒一口气喝了下去。那酒有多烈，她完全不知道，很快，她就昏昏欲睡，于是又回到儿童房，藏了起来。尽管棚屋里发出的叫喊声和传来的匆忙的脚步声让她害怕，但酒的后劲实在太大，令她无法张开眼睛，她躺在床上不久，就迷迷糊糊地睡了过去。

在玛丽睡着期间，发生了很多事，但她因为酣然沉睡，房中东西被抬进抬出的声响她全都没听见。

醒来后，玛丽躺在床上一动不动，呆呆地盯着墙。屋里一片寂静。这栋房子从未这样安静过，既没有说话声，也没有脚步声。玛丽不禁猜想是不是所有得霍乱的人都已经痊愈了，所有的麻烦也都没有了；她还想，自己的保姆死了，以后谁来照顾自己呢？也许会是一个新保姆，她或许会讲些新故事，旧故事已经听得厌倦了。玛丽还不太通人情，不懂得关心别的孩子，也从没有关心过谁。伴随霍乱而来的嘈杂、慌乱和号哭声吓坏了她，然而没有一个人来关心她是否还活着，她感到非常生气。对霍乱的恐惧击垮了所有人，没人有余暇来想起一个"不讨喜的小鬼"。霍乱来的时候，人们顾自己还顾不过来，哪还能想起其他？但是，等到大家都好起来后，一定会有人想起她来，然后来找她。

不过还没人来，玛丽静静地躺着，等待着。房子越来越安静了。地毯上传来一阵窸窸窣窣的声音，玛丽低头一看，有一条小蛇正从上面爬过。看着那蛇宝石般的眼睛，玛丽并不害怕，因为蛇正急于从这个房间离开，根本不打算咬人。玛丽一直看着蛇溜过了门缝。

"这房子安静得都有点儿古怪了！"玛丽自言自语道，"听上去仿佛这里只有我和那条蛇！"

忽然，院子里传来一阵脚步声，接着声音到了阳台。是一群男人的脚步声，他们已经进入房子，低声说着话。没听到有人过去接待他们。一扇扇房门被打开，他们似乎正在查看每一个房间。"没有人在！"玛丽听见一个声音说，"一个美人竟落到如此地步……我猜那个孩子也和她一样了！我听说她有个孩子，但从没有人见过。"

几分钟后，当查看到儿童房时，他们看到的是玛丽站在房间正中央的场景。在他们眼里，这是一个丑陋、难以惹人注意的小不点儿。玛丽因为饥饿，双眉紧锁，而被人遗忘这件事更是让她觉得可耻。第一个走进儿童房的男人是位高级军官，玛丽曾见过他与父亲交谈。这个军官看起来疲惫不堪，可在看到玛丽时，他几乎要吃惊得跳起来了。

"巴尼！"他大声惊叫，"这里有个小姑娘！只有她一个人待在这种鬼地方！我的上帝，这也太可怜了，她是谁？"

"我是玛丽·伦诺克斯。"玛丽挺了挺背说。她觉得这个人很没礼貌，竟然说父亲的房子是"这种鬼地方"。

"人们感染霍乱的时候，我正睡着，刚醒过来。为什么一直没有人来啊？"

"她就是那个没人见过的小姑娘！"那名军官向他的伙伴们惊呼，"她竟然被遗忘了！"

"为什么我会被遗忘？"玛丽生气地跺脚问道，"为什么都没有人来找我？"

那个叫巴尼的年轻人满脸悲伤地看着她。玛丽看见他在眨眼睛，似乎是试图把眼睛里的眼泪眨掉。

"可怜的小姑娘！"他说，"这里空无一人，没人能来了。"

就在这样的境况下，玛丽知道自己没有了父亲，也失去了母亲；那天晚上，他们就死了，被人抬走，那些没有感染霍乱的印度籍用人则全都逃离了这所房子，所以房子里才会这么安静，没有人记起这里有个玛丽小姐也就不意外了。是的，在这么大的房子里，除了她，还有的就是那条窸窸窣窣爬过门缝的小蛇了。

Chapter 2
任性的玛丽小姐

　　以前，玛丽很喜欢在远处窥视自己的母亲，觉得她真是太美了。但是，母亲去世后，玛丽却没有很想念母亲，或者她根本就不想念母亲，因为她对自己的母亲了解太少，也谈不上有什么感情。实际上，玛丽是个只会关心自己的孩子，她一贯只考虑自己。毋庸置疑，等她长大一点儿，她一定会因为太孤单而备感焦虑。她还太小，一直以来又被照顾得太好，所以她理所当然地以为接下来的日子不会有任何改变，一切照旧。她唯一关心的是自己将被送去的那个家庭会不会照顾好自己，那里的人会不会像保姆和其他印度籍用人一样顺着她。

　　最初玛丽被送到了克劳福先生——一个英国牧师家里，她知道自己不会留下来，况且她也不想留下来。克劳福先生有五个孩子，他们和她差不多大。因为生活拮据，孩子们全都穿得破破烂烂的，整天争来吵去，抢夺玩具。玛丽讨厌他们家拥挤、邋遢的小房子。她任性惯了，难以与人和平相处，一两天过后就再没人愿意同她玩耍了。她到的第二天，他们就给她取了个外号，把她气得火冒三丈。

　　最先想到给她取外号的，是一个叫巴兹尔的顽皮小男孩，他有一双不安分的蓝眼睛，还有一个难看的朝天鼻。玛丽特别厌恶他。有一次，玛丽像霍乱暴发那天一样，自己一个人在树下玩耍。巴兹尔走了过来，站在一旁看着她堆小土堆、做出花园的小径，觉得很有趣，便向她提了个建议。

"你为什么不用石头在里面堆一个假山呢？"他说，"就在这正中间。"他弯下腰，指着玛丽的"花园"。

"走开！"玛丽叫道，"我才不要臭男生来指指点点。走开！"

巴兹尔脸色变得难看起来，可不一会儿，便盘算起捉弄人的法子——他总是捉弄他的妹妹们。他做出鬼脸，绕着玛丽一圈圈地跳舞，边嘲笑边唱："玛丽小姐，特别任性，你的花园，长得如何？银色风铃，鸟蛤贝壳，金盏花儿，排成一行。"还取笑她是"任性的玛丽小姐"。

巴兹尔边唱边舞，引起了其他小孩儿的注意，他们也跟着起哄笑闹起来。玛丽越生气，他们唱得越来劲，"玛丽小姐，特别任性"。从那以后，小孩儿们私底下都叫她"任性的玛丽小姐"，有时候当着她的面也这么叫。

"你要回家了，就在这个周末。"巴兹尔告诉她，"我们都很高兴，你要被送走了。"

"我也是，"玛丽毫不示弱地回嘴，"我要回的家在哪里？"

"你竟然不知道自己的家在哪里！"巴兹尔嘲笑道，"当然是在英国。我奶奶在那里，就在去年，我姐姐美楠布尔也到了那里。你不是去你奶奶家，因为你没有奶奶。你会去你姑父那儿。他的名字叫阿齐博尔德·克兰文。"

"我不认识他。"玛丽回道。

"我知道你不认识他,"巴兹尔答道,"你什么也不知道!女生就是这样。我听爸爸妈妈谈论过他。他住在乡下一所又大又荒凉的老房子里,没人能接近他。他脾气坏,性格又孤僻,还不准别人靠近,而且他驼背,长得还很吓人。就算他准许了,也不会有人愿意去亲近他的!"

"我不相信你!"玛丽说完,转过身,把耳朵也捂了起来,她不打算再听下去了。

可是后来,关于回家这件事,玛丽想了很多。那天晚上,听到克劳福太太说她几天后会乘船去英国,前往她姑父阿齐博尔德·克兰文住的米瑟斯韦特庄园时,玛丽看上去一脸平静,似乎对此毫无兴趣,这让克劳福夫妻俩不知道该拿她怎么办。他们想要对玛丽温和一些,可是当克劳福太太试图亲吻她时,她却把脸扭开了;而当克劳福先生轻轻地抚拍她的肩膀时,她则浑身僵硬,令克劳福夫妇非常尴尬。

"她真是个不讨人喜欢的小孩儿,"克劳福太太惋惜地说道,"她的母亲是多么美丽,举止是多么优雅、端庄,但玛丽却是我见过的脾气最坏、最不与人为善的小孩儿。其他孩子都叫她'任性的玛丽小姐',虽然他们有点儿调皮,但说得没错,这外号真是贴切极了!"

"如果她母亲能多到儿童房去,经常让玛丽看到她美丽的脸庞和优美的举止,我想玛丽多少能受到些好的影响。可惜,那个可怜的美人已经死了,很多人甚至不知道她有个女儿。"

"她肯定看都没看过这孩子一眼,"克劳福太太叹息道,"孩子的保姆死后,就没人记得这个小可怜了。想想看,人们都逃跑了,只剩玛丽一个人孤孤单单地待在那个荒弃的房子里。麦克格鲁上校说，一开门，看见她一个人站在房子中央时，吓得魂都差点儿飞了！"

玛丽同一位军官的妻子，以及他们的孩子一起，开始了前往英国的漫长旅程。这位军官的妻子打算将孩子们送到英国的一所寄宿学校去读书，旅程中她将全副身心都放在自己的小孩儿身上，到达伦敦后，就很爽快地把玛丽交给了一位由阿齐博尔德·克兰文派来接玛丽的妇人。她是米瑟斯韦特庄园的管家，被人们称为莫德劳克太太，她的身体看起来很健康，比一般女人要强壮、结实，她的脸色非常红润，眼睛漆黑明亮，很有神采。她穿着一件深紫色裙子，外面罩着一件黑丝斗篷，头上戴着一顶黑色女帽，帽子上缀着些紫色的小花，只要她的头有轻微晃动，那些小花就会跟着她的头一起晃动。玛丽实在不喜欢莫德劳克太太，这不值得奇怪，她本来就很少喜欢别人。不过，很显然，莫德劳克太太也不怎么重视她。

"我的天啊！她长得真不怎么样！是这么一个平庸的小东西！"莫德劳克太太说道，"听说她母亲是个大美人呢！看来她没有继承到她母亲的美貌！"

"女大十八变，等她长大了也许会比现在好看些。"军官的妻子说道，"如果她脸色不是这么蜡黄，表情再可爱一点儿的话，她的脸形其实很漂亮。"

"那她要改变的地方可不少，"莫德劳克太太回答，"而且，说实话，米瑟斯韦特庄园可不是个能让孩子改变的地方——当然这是我的看法。"

她们以为玛丽听不见她们说话，因为玛丽离她们有一段距离。来到

小旅店后，她就一动不动地站在窗户那儿，看着路上往来的汽车和行人。她把她们的对话听得一清二楚，开始对她姑父和他住的地方产生了好奇心：她将要去的是一个什么样的地方？姑父长得会是什么样子？什么是驼背？她完全不知道。印度大概没有驼背的人吧！

自从离开自己的家，开始住到别人家里后，玛丽感到有些孤单，而且产生了很多奇怪的念头，这是她以前从来没有过的。她开始纳闷儿，为什么自己不属于任何人，也没有人可以依靠，即使是父母活着的时候自己也没有归属感。其他小孩儿都有父母可以依靠，他们是属于父母的，可是她似乎从来不是哪个人的小女孩。不错，她有仆人可以差使，有各种吃的东西，有很多衣服穿，但是谁真正关心过她呢？她不知道这是因为她脾气暴躁，她当时没有意识到自己脾气不好。她总觉得别人很讨厌，可是她自己才是最惹人讨厌的人，然而对这一点她并不知情。

莫德劳克太太在玛丽眼里是那么讨厌，简直是她见过的最讨厌的人，她那黑黑的脸和那顶缀着小花的帽子在玛丽眼中是那么低俗。第二天，她们一起出发前往约克郡，在穿过火车站走向列车车厢时，玛丽一直把头抬得高高的，刻意和莫德劳克太太保持一段距离，因为她不想让别人以为自己是莫德劳克太太的女儿。她一想到别人可能以为自己和莫德劳克太太是母女关系，就觉得生气。

但是莫德劳克太太对玛丽的想法丝毫不在意。莫德劳克太太是那种"决不容忍小孩儿胡闹"的人。至少，她自己是这么认为的。她妹妹玛丽亚的女儿快要结婚了，她本来不想在这个时候去伦敦，但是要想保住这份工作，就要立刻执行阿齐博尔德·克兰文先生的命令。毕竟米瑟斯韦特庄园管家这份工作不但薪水高而且不用太费力，她可不想失去这份工作。

"伦诺克斯上尉和他夫人得霍乱去世了，"克兰文先生简短而冷淡地说，"伦诺克斯上尉是我妻子的弟弟，他有个女儿，我现在是这个小女孩的监护人，所以得把她接过来。你必须亲自去一趟伦敦，把她带回来。"

克兰文先生下了命令，莫德劳克太太只好收拾好行李，到伦敦走一趟。

玛丽坐在列车车厢角落里，脸上一副无聊又烦躁的神态，她没有任何可看可读的东西，一双纤细的戴着黑手套的小手只好交叉着放在大腿上。她身上穿的黑洋装让她的肤色显得更加蜡黄，她的头发蓬松、散乱地披在黑色丝帽底下。

"这世上怎么会有这么不讨人喜欢的小孩儿呢！"莫德劳克太太心里嘀咕着。她从来没见过哪个小孩儿能一直这么直挺挺地坐着，什么也不做。后来，她感到厌烦了，不想一直和玛丽这样对望着，于是开始与玛丽攀谈起来，当然，她的语气显得非常冷淡。

"我想我有必要跟你说一下你要去的那个地方，"她说，"你认识你姑父吗？"

"不认识。"玛丽说。

"你父母没有提起过他吗？"

"没有。"

玛丽皱起了眉头。她皱眉头，是因为她想起了她父母从来没有和她聊过任何事情。他们肯定没有告诉过她和这个姑父有关的任何事。

"嗯……"莫德劳克太太嘀咕着，瞪着玛丽那冷漠的、毫无反应的小脸蛋儿。她沉默了一会儿之后，继续说道：

"我想你最好有心理准备。你要去的地方有点儿古怪。"

玛丽一脸冷漠并且一言不发，这令莫德劳克太太有些不舒服，不过，她吸了一口气，接着说道：

"那是一幢壮观的大房子，大得有些阴森，克兰文先生相当引以为傲，我估计这可能和他忧郁的性格有关吧！这幢大房子坐落在荒泽旁边，已经有六百年的历史了。里面有很多房间，大约得有一百间，不过大部分都锁了起来。房子里面有画和精致的古董家具，还有其他很多东西。房子周围是一大片花园，种着许多花草树木，有些树枝甚至长得拖到地上……"她停顿了一下，换口气，"然后就没有其他东西了。"她突然结束了话题。

玛丽不由自主地开始专心倾听，那个地方听起来和印度是那么不同，让玛丽备感新鲜，而她一向对新鲜事物感兴趣。但是她不愿意表现出自己对那里的兴趣，她的怪脾气让她习惯跟别人唱反调。于是她仍旧是一副不为所动的样子，直直地坐在那里。

"那，"莫德劳克太太说，"你觉得怎么样？"

"不怎么样，"她答道，"我不知道那地方怎么样，我对那里又不熟。"

玛丽的样子惹得莫德劳克太太轻声笑了起来。

"嗯！"莫德劳克太太说，"你不觉得你自己看起来就像个小老太婆吗？你不在意吗？"

"我毫不在意，"玛丽说，"我觉得那一点儿都不重要。"

"是的，你说得对，"莫德劳克太太说，"那确实不重要。我虽然不知道你为什么要待在米瑟斯韦特庄园，但我知道克兰文先生不会为了你而麻烦自己，他从不会为了别人麻烦自己。"

她停了下来，似乎想起了什么。

"他是个驼背，"她说，"这把他害得非常惨。他年轻的时候脾气古怪，而且过得一点儿都不开心，即使有钱、有大房子，他那古怪的脾气也没有好转。后来，他结婚了，情况才慢慢有了好转。"

玛丽很想装出一副一点儿兴趣都没有的模样，但眼睛还是不由自主地转向了莫德劳克太太。她从没想到驼背也会结婚，因此这一切让玛丽有些吃惊。莫德劳克太太一直都是个爱聊天的人，看到玛丽的表情便来了兴致，她继续说道：

"他的妻子长得非常漂亮，而且对人亲切。他深深地迷恋上了她。为了找到一片她要的叶子，他可以走遍全世界。大家都以为她不会嫁给他，但是她嫁了。有人说她是为了他的钱，但是她不是……绝对不是。她去世的时候……"

玛丽不由自主地跳了起来。

"天啊！她死了吗？"她吃惊地叫了起来。玛丽想起了一个法国童话——一个穷驼背和美丽公主的童话。她突然觉得阿齐博尔德·克兰文先生好可怜。

"是的，她死了，"莫德劳克太太回答，"这对克兰文先生是个沉重的打击，他变得比以前更古怪。他不关心任何人，也不见任何人。他总是出门远游，只要回到米瑟斯韦特庄园，他就把自己关到西边的厢房里，谁也不见，当然除了皮切尔。皮切尔从小照顾他，现在已经老了，他对克兰文先生的脾气了如指掌。"

这听起来太像书里的故事了，听了这个故事，玛丽觉得很不愉快。一幢大房子，里面大部分的房间还都被上了锁——房子旁边是荒泽，这听起来就让人觉得不舒服。一个驼背的男人，把自己关起来不见任何人，这听起来也让人觉得不舒服！玛丽望着窗外，嘴唇抿在一起。外面下起了雨，数不清的雨丝顺着窗玻璃往下流。如果他那美丽的妻子还活着，她或许会像玛丽的母亲一样把房子内外整理得有模有样，使这里充满生活气息，会经常参加宴会，像玛丽的母亲一样穿着"满满都是蕾丝"的连衣裙。可是，她已经去世了。

"你不要抱任何能见到他的希望，因为基本上你是见不到他的，"莫德劳克太太说，"也不会有人来和你聊天，你得学会自己玩，自己照顾自己。我会告诉你哪些房间能进去，哪些房间不能进去。那里有很多花园，你可以随便逛，但是当你在房子里的时候，就不准四处乱逛、随便乱碰东西了。克兰文先生不喜欢别人乱逛、乱碰。"

"我不会乱逛、乱碰。"小玛丽有些不高兴地说，她原本还为克兰文先生的遭遇感到难过，但那都是瞬间的事，现在她又觉得克兰文很讨厌，那些事发生在他身上是他活该倒霉。

她把脸转向车窗玻璃上，车窗玻璃上依然流淌着雨水。她凝视着灰蒙蒙的窗外。外面风雨交加，大雨好像永远都不会停止似的一直下着。她也一直看着，看了很久，窗外的那片灰色越来越暗，越来越暗，然后她便昏昏沉沉地睡着了。

Chapter 3
穿过荒泽

　　玛丽睡了很长时间，醒来时车停靠在了车站。莫德劳克太太已经从车站买来了她们的午饭，午饭装在篮子里，有鸡肉、腌牛肉、奶油面包，吃完后，她们又喝了些热茶。

　　车窗外的雨似乎下得更大了，车站上的人都穿着湿漉漉的反着光的雨衣。火车管理员点亮了车厢里的灯，而莫德劳克太太吃饱饭喝了茶之后，心情似乎好了很多，然后她也睡着了。玛丽坐在那儿，她注意到莫德劳克太太精致的帽子滑到了一边，她就那么看着，然后在雨水泼窗的声音中又睡着了。当她再度醒来时，天色已经很晚了。火车停靠在一个车站上，而莫德劳克太太正在用力地摇她。

　　"你已经睡了很长时间！"她说，"醒醒啦！到斯韦特站了，出了车站我们还有很长一段路要赶呢！"

　　玛丽站了起来，努力睁开眼睛，莫德劳克太太正在收拾她的行李，但玛丽站在那儿没有要帮忙的意思。在印度，拿东西、搬东西永远是印度籍用人的事，玛丽对此已经习以为常。

　　这是一个很小的车站，就她们两人下车。站长嗓音粗哑，正热情地用奇怪的口音和莫德劳克太太说着话。他的口音很重，后来玛丽才知道原来他那是约克郡腔。

"我瞧着你回来啰。"他说，"你把丫头带回来哩！"

"对啊，就是她。"莫德劳克太太回答，也带着约克郡腔，"你太太好吗？"

"很好。马车在外边等你们呢。"

小月台的外边停着一辆四轮马车。车夫扶玛丽进了车厢，玛丽注意到了时髦的车厢，车夫打扮得也非常时髦。他身上的长雨衣、雨帽都滴着雨水，反着光。所有的东西都如此，包括身材魁梧的站长。

站长关好门，和车夫一起放好行李箱子，他们驱赶马车上路了。玛丽发现角落里有个垫枕，不过她睡得差不多了，不能再睡了。她看着窗外的小路，这条路通往莫德劳克太太说过的那个古怪的地方，她好奇地想看看这条路，这是条怎样的路呢？玛丽并不是胆小怕事的孩子，一直都不是，她只是觉得前途茫茫，在那座有将近一百个上锁房间的大房子里——那个坐落在荒泽边上的大房子里，不知道会有什么事发生在自己身上。

"荒泽是个什么样子？"玛丽突然问莫德劳克太太。

"往窗外看，再过十分钟你就知道了。"莫德劳克太太回答，"我们要走五英里，穿过大鹎荒泽区才能到达庄园。你看不到什么的，因为天晚了，外面很黑，不过也不是完全看不到。"

玛丽不再说话，她在黑暗的角落里等着看荒泽，眼睛一直望着窗外。马车灯在她们前面投下一束束光线，借着这点光线，她可以看到一些景色。离站后，她们驶过一个非常小的村庄，她看到了粉白色的农舍，一间农舍里的灯亮着。随后她们经过了教堂、牧师的房子，一间农舍的小窗里摆放着玩具、糖果和其他小东西，这些东西显然是在出售。然后马车上了公路，她看到了灌木篱笆和树木。接下来的景色则很长时间——至少她觉得时间很长——没有任何变化。

终于，马车慢下来了，好像是在爬坡，外面没灌木篱笆和树木了。一团漆黑，她什么都看不见。突然，马车剧烈地颠簸了一下，她身体猛然前倾，脸贴到了玻璃窗上。

"嗯！现在我可以肯定我们到荒泽上了。"莫德劳克太太说。

马车灯发出的光照在粗糙的路面上。这条路显然是从灌木丛和低矮的植物中穿过的，路边的植物被沉沉的黑暗笼罩着。突然刮来一阵风，伴随着一阵单调、低沉、急促的声音。

"那是不是海？是不是？"玛丽有些激动地说，她转过头去，看着莫德劳克太太。

"不，不是海。"莫德劳克太太回答道，"也不是田野和山脉，那只是一片无边无际的荒地，那里只有石楠、荆豆和金雀花能生长，除了野马和绵羊，也没有其他动物。"

"我还以为是海，要是上面有水的话，"玛丽说，"刚才听起来特别像海。"

"那是风刮过灌木丛的声音，"莫德劳克太太说，"那地方又荒凉又阴沉，我一点儿都不喜欢那儿，不过有很多人喜欢那儿——尤其是石楠开花的时候。"

她们在黑暗里匆忙赶路，尽管雨停了，风仍然呼啸着发出鬼哭狼嚎

般的声音。路面崎岖不平，马车驶过了几座小桥，桥下的水流因为流得急发出巨大的声响。玛丽觉得这段路似乎看不到尽头，那宽广、荒凉的荒泽像是一片茫茫的大海，而她正沿着一条小路穿过它。

"我不喜欢这儿，"她心想，"我真不喜欢这儿。"她的嘴唇抿得更紧了。

此刻，马车正在一段上坡路上缓慢前进，玛丽看到了一处亮光。莫德劳克太太看到亮光长舒了一口气。

"啊，看到那点灯光我踏实了，"她说，"那是庄园门房的灯。等一下到了那儿我们一定要先好好喝杯茶。"

确实要"等一下"，因为马车进了庄园大门后，又驶进了一条林荫道，在这条林荫道里他们又走了两英里。两旁树木的树顶几乎连接在一起，让他们犹如穿行在一条昏暗的半圆的拱廊中。

出了这条大道，她们的车驶进一片开阔的场地，那里有一幢很长但不是很高的房子，马车就停在了房子前，房子周围似乎围着一个石头院子。玛丽开始以为那些窗户里没有灯光，但是她下了马车后瞥见楼上的一角有暗淡的红光。

入口处有一扇巨大的门，是用厚重的橡木壁板做成的，壁板形状怪异，装饰着大铁钉，镶着大铁条。进门就是一间巨大的厅堂，灯光昏暗，墙上挂着画像，厅堂里还有穿铠甲的雕像。但是玛丽对此没有丝毫兴趣，不愿多看一眼。她站在厅堂的石头地上，灯光一照，形成一个渺小、奇怪的黑影。她看上去是那么渺小、迷惘、古怪。

一个男仆帮她们开了门，男仆的旁边站着一个瘦巴巴的老人。

"你领她去她的房间。"老人的声音有些沙哑，"他不想见她。他明天早上要去伦敦。"

"好的，皮切尔先生。"莫德劳克太太回答，"我会照您的吩咐去做。"

"还有，莫德劳克太太，"皮切尔先生说，"你要保证他不被打扰，不让他见到他不想见的东西。"

然后莫德劳克太太带着玛丽·伦诺克斯去玛丽的房间，她们爬上一段楼梯，走过一段长路，又登上一小截台阶，然后穿过两条走廊，来到一个开着门的房间，她发现这个房间里有炉火，晚饭已经做好摆在了桌上。

莫德劳克太太冷冰冰地说："行了，这就是你的房间！还有隔壁的那间也归你住，你只能在这两个房间里活动，不要乱逛、乱碰，一定要记住啊！"

就这样，玛丽住进了米瑟斯韦特庄园，她非常不开心，已经到了极点。

Chapter 4
玛莎

　　早晨，一个女仆到玛丽的房间里生火，她跪在壁炉前的地毯上清理火炉，偶尔会弄出很大的声响。玛丽被吵醒了，她躺着没动，打量了女仆一会儿，然后扫视了整个房间。这个房间实在是太暗了，而且还透着一股古怪的气息。她从来没有见过这样的房间，房间的墙上挂着一块大挂毯，上面绣着一片大森林，树下是一群穿着华丽的人，远处能看到一个城堡的尖塔，还有猎人、马、狗和淑女。玛丽感觉自己和他们一样置身于森林里。房间有一个狭长的窗户，透过窗户，玛丽看到一大片高低不平的土地，上面没有树木，看起来像是一片无边无际、阴暗、泛着深紫色的海。

　　"那是什么？"她用手指着窗外问道。

　　那个年轻的女仆站了起来，她叫玛莎，她顺着玛丽的目光看了看，说："你是说那里吗？"

　　"是！"

　　"那是荒泽。"她微微一笑，友善地问，"你喜欢吗？"

　　"不，"玛丽回答，"我不喜欢。"

　　"可能是你还不习惯。"玛莎一边说，一边走回火炉旁，"现在，它显得太大、太空了。不过，有一天你会喜欢它的。"

"那你呢？"玛丽好奇地问。

"我很喜欢啊！"玛莎一边回答，一边饶有兴致地把壁炉的铁架子擦得锃亮，"我特别喜欢它。其实，那里一点儿也不荒凉，上面长满了闻起来香香的东西。到了春天和夏天，我简直爱死那个地方了——荆豆、金雀、石楠都开花了，闻起来可香了，那里的空气是那么新鲜，天是那么高，蜜蜂和云雀欢快地唱歌，它们的叫声非常好听。啊！除了荒泽之外，其他地方我还住不惯呢。"

玛丽听这位女仆不停地说着，这位叫玛莎的女仆让她很困惑。她和自己已经习惯了的印度籍仆人完全不一样。印度籍仆人很谦卑，有时甚至像奴隶一样，不敢随便和主人讲话。他们向主人弯腰行额手礼，称主人是"穷人的保护者"。印度籍仆人总是按照命令做事，不用请求，他们不习惯说"请"和"谢谢"，玛丽生气的时候对他们想打就打、想骂就骂。玛丽想象着，如果有人打眼前的这个女仆一记耳光，不知道她会有怎样的反应。她的脸蛋儿圆圆的，脸上泛着玫瑰色的红晕，一副脾气很好的样子，可是她神态坚毅，玛丽推测她可能会扇回去——如果扇她的人只是个小女孩的话。

"你真是个奇怪的仆人。"她靠在枕头上傲慢地说。

玛莎直了直上半身，笑了起来，一点儿也不生气。

"是啊！我知道这点，"她说，"要是米瑟斯韦特庄园有女主人，我也许永远没有机会当女佣，他们顶多让我在厨房里当个洗刷工吧！我长得太普通了，说话的时候约克郡口音又那么重。但这栋大房子多么不一样，好像除了皮切尔先生和莫德劳克太太之外，没有男主人，也没有女主人似的。克兰文先生大部分时间都在外面旅行，即使他在这里，也什么都不关心。莫德劳克太太给我这个差事是出于好心。她曾和我说过，要是米瑟斯韦特和其他大庄园一样的话，她绝对不会安排这个差事给我。"

"你是我的仆人吗？"玛丽语气傲慢，一副专横跋扈的样子，跟在印度时一样。

玛莎又开始擦拭壁炉。

"我是莫德劳克太太请来的仆人，"玛莎说，"莫德劳克太太是克兰文先生的仆人，我在这儿工作，只是顺便服侍你。但是我估计你不太需要别人服侍。"

"那谁给我穿衣服？"玛丽质问道。

玛莎再度跪坐下来，瞪大眼睛看着玛丽。玛丽的话让她着实吃惊，以致她的家乡话脱口而出。

"你拔废自己穿牙服？"她说。

"你在说什么？我完全听不懂你说的话。"玛丽说。

"啊！我忘了，"玛莎说，"莫德劳克太太告诉过我，我得注意，不然你听不懂我说了什么。我刚才说的是：你不会自己穿衣服？"

"不会，"玛丽愤愤地回答，"我出生以来就没自己穿过衣服，一直都是保姆帮我穿的。"

"那么，"玛莎并不知道自己已经惹怒了眼前的这位小主人，"你应该试着自己穿了。你早就应该学习自己穿衣服，你要学着自己照顾自己，这对你有好处。我妈妈常说，那些有钱人家的小孩儿长大后不变成傻瓜才怪！他们洗澡、穿衣服，都有用人伺候，还要用人带他们出去散步，简直就把自己当成了什么都不会的小狗！"

"在印度不一样。"玛丽轻蔑地说。她听不惯玛莎所说的话。

可是玛莎完全没有被她的话影响。

"嗯！的确不太一样，我能想象得出来，"她回答时，脸上带着一种颇有同感的表情，"我保证是那里黑人太多，可尊敬的白人太少的原因。当他们告诉我你要从印度来这里的时候，我还以为你也是黑人呢！"

玛丽非常愤怒，她"呼"一下坐了起来。

"什么！"她说，"你居然敢说我是印度土著！你……你这只猪！"

玛莎激动得瞪大眼睛，脸也泛红了。

"你骂谁是猪？"她说，"你用得着这么生气吗？你还是一个小姑娘，这不是你说话该有的态度。我丝毫没有瞧不起黑人的意思。读过书的人都知道，黑人也是上帝的子民，书上说黑人也是我们的兄弟。我从来没有见过黑人，所以当我知道将有机会看到黑人的时候，我觉得特别兴奋哩！早上我进来生火的时候，来到你床边，轻轻地把你的被子拉下来看了一眼，结果发现你不是黑人，"她语带失望地说，"你比我黑不了多少，但是比我黄很多。"

玛莎无礼的态度，激起了玛丽心中的怒火。玛丽不能忍受这种屈辱，一下子爆发开来。

"你凭什么以为我是印度土著！你胆敢这样跟我说话！你压根儿不懂印度土著！他们不是人，他们是仆人，懂吗？见到我就必须得对我弯腰行礼。你根本不懂印度！你什么都不懂！"

玛丽怒不可遏，而玛莎一副错愕的表情，她眼神单纯，注视着玛丽。这一刻，不知为什么，玛丽突然觉得自己非常孤单，过去她所熟悉的同时也熟悉她的一切，离她已经非常非常遥远了。玛丽把头埋进枕头里，失声痛哭起来。好心肠的玛莎没想到她会有如此巨大的反应，吓了一跳，她觉得玛丽十分可怜，走到床边，朝玛丽弯下腰。

"噢！好啦，你不要哭了嘛！"她恳求着玛丽，"你不要哭了！我不是故意要惹你生气的。就像你说的，我真的什么都不懂。请你原谅我吧，小姐，请不要再哭了。"

玛莎那奇特的约克郡腔调，那种真诚、友好、关怀的态度，有一种神奇的力量，抚慰了玛丽受伤的心。看到她渐渐停止了哭泣，安静下来，玛莎终于松了口气。

"你该起床吃早饭了。"她说，"隔壁那个房间是你的儿童房，莫德劳克太太要我把早饭和茶端到那个房间里。你要是起来的话，我来帮你穿衣服。反正扣子在背后，你自己是扣不上的。"

玛丽终于决定起床，但玛莎从衣橱里拿出来的是一套白色的衣服，这不是她昨天穿的那套。

"那不是我的衣服。"她说，"我的衣服都是黑色的。"

她看着厚实的白色羊毛大衣和连衣裙，冷冷地说："不过我承认这些衣服比我的衣服好看上百倍。"

"这些是给你穿的，你必须穿。"玛莎回答，"这是克兰文先生吩咐莫德劳克太太从伦敦买回来的。他说：'我不想让一个孩子总是穿着黑衣服，像个孤魂野鬼似的在我的庄园里四处游荡。'他说这个地方本来就已经够阴沉的了，所以一定要给你穿上有颜色的衣服。我妈妈说她知道克兰文这样做的原因。我妈妈无所不知，她总是能够领会别人的意思。她说话

从不犹豫。我妈妈也不赞成小孩子总是穿一身黑衣服。"

"我也讨厌黑色的东西。"玛丽说。

穿衣服的过程让她们两个都增长了见识。玛莎以前偶尔也帮她的弟弟妹妹穿衣服、扣扣子，但是她从没见过一个小孩子站着不动，只等着别人来为她穿，就像她自己没有手脚似的。

"你不能自己穿鞋子吗？"当玛丽伸出脚让玛莎帮忙穿鞋子的时候，玛莎说。

"一直都是保姆帮我穿的。"玛丽瞪大着眼回答道，"我已经习惯了。"

"这是习惯。"玛丽经常这么说。印度籍仆人也总是把这句话挂在嘴边。如果有人让他们去做一件他们从来没有做过的事，他们凝视对方，然后温和地说："不习惯。"这样对方就不再勉强了。

让玛丽小姐自己穿衣服鞋子不是习惯，她乖乖地站着让别人来服侍才是习惯。还没吃早饭以前，玛丽已经想到了，在这个庄园里，她将学会很多新的东西，比如自己穿鞋、穿袜子、捡起自己掉下的东西。假如玛莎以前服侍的是年轻高贵的大小姐，而且她训练有素，她可能更懂得顺从、恭敬，会懂得她应该替小姐梳头、扣上靴子的扣子、把掉下的东西捡起来放好。然而，事实是她没有受过训练，她只是个淳朴单纯、在荒泽上的农舍里和一群兄弟姐妹一起长大的约克郡农家女孩，从小学会了独立，懂得自己照顾自己，同时还要照顾弟弟妹妹——或是怀抱里的婴儿，或是蹒跚学步、随处摔倒的小家伙。她从来没有奢望过别人来照顾自己，所以，她也理所当然地认为世上所有人也跟她一样，必须学会自己的事情自己做。

假如玛丽是个爱笑的孩子，也许早被玛莎的诸多话语逗笑了，可是玛丽只是冷漠地听着，她的小脑袋瓜里充满了疑惑，为什么一个仆人可以在主人面前这样肆无忌惮，一点儿都没有仆人的态度？

开始，玛丽对玛莎一点儿兴趣都没有，但是在不知不觉中，她开始被玛莎丰富有趣的话题吸引住了。

"哎，你该去瞧瞧我们家那群小家伙，"她说，"我们兄弟姐妹有十二个。我爸一个礼拜才赚十六个先令。我妈用我爸赚的全部的钱，也只勉强能买到一些麦片给娃娃们吃。他们整天都在荒泽上玩，我妈说荒泽上的空气能把他们养胖了，她相信他们和野马一样也需要吃草。我们家迪肯，他十二岁了，他有一匹自己的野马。"

"在哪里找到的？"玛丽问。

"他在荒泽上找到的，在那匹野马还很小的时候，他就和它认识并成为朋友了，小野马那时还和它妈妈在一起。他经常喂它一点儿面包，给它拔嫩草吃。小野马渐渐喜欢上迪肯，跟着他四处逛，准许他骑到自己的背上。迪肯是个特别好的孩子，小动物都喜欢他。"

玛丽早就想养一只属于自己的宠物，这个愿望一直都没有实现，于是她对迪肯产生了一丝兴趣。这是她第一次对自己以外的人感兴趣，而这情感，就如同清晨出现的第一缕阳光。对玛丽而言，这绝对是个好的开始。她走进那间属于她的所谓的儿童房，发现这个房间和她睡觉的那间差不多。这哪是孩子的房间，分明是成年人的房间，墙上挂的是幽暗的老画，房间摆着沉重的橡木椅子。桌子在房间中央，上面摆着丰盛的早餐。但是她的胃口一直都不太好，当玛莎给她摆上第一盘餐点时，她兴趣寡然地盯着盘子。

"我不吃。"她说。

"这是燕麦粥！你不吃？"玛莎不敢相信地喊道。

"不吃。"

"燕麦粥特别好吃！放点糖浆或白糖会更加香甜。"

"我不想吃！"玛丽重复道。

"嚯！"玛莎说，"这么好吃的食物不吃，白白浪费掉，真是可惜死了。要是我家的小孩儿能坐在这张桌子边，肯定不用五分钟就能把这些东西全部吃光。"

"为什么？"玛丽冷淡地问。

"为什么！"玛莎模仿着玛丽的语气说，"因为他们几乎从来没有吃过一顿饱饭。他们和小鹰、小狐狸一样饿。"

"我不知道'饿'是什么。"玛丽说道，因为无知所以显得冷漠。

玛莎一副十分愤慨的样子。

"你应该体会一下挨饿的感觉，对你肯定有好处，"玛莎率直地说，"那些对着好面包和好肉而干瞪着眼睛的人真让人受不了。我多么希望现在坐在这儿围着围兜的是我们家的迪肯、菲利普、珍以及其他孩子。"

"为什么你不把这些拿去给他们呢？"玛丽建议。

"这不是我的东西，我不能随便拿，"玛莎倔强地说，"再者今天也不是我的休假日。我和其他人一样，每个月只能休息一次。到了休假的时候，我就会回家帮忙做家务，这样我妈就能好好休息一天了。"

玛丽喝了点儿茶，吃了点儿烤面包加果酱。

"多穿点儿，出去玩一会儿吧！"玛莎说，"到外面跑一跑，呼吸一下新鲜空气，你就会想吃饭了。"

玛丽走到窗前，看见窗外有花园、小路、大树，可是现在是冬季，万物萧条、天寒地冻，看不到一丝生气。

"你让我出去？这样的天气我出去做什么？"

"可是如果你不出去的话就只能待在屋里，那你又能做什么呢？"

玛丽看了看四周，发现确实无事可做。莫德劳克太太准备儿童房的时候，压根儿就没考虑要替玛丽安排些娱乐活动。出去看看花园的样子，总比呆呆地坐在房间里好得多吧！

"谁陪我去呢？"玛丽问。

玛莎眼睛瞪得圆圆的。

"当然是你自己去啊。"她回答，"你要像那些没有兄弟姐妹的孩子一样学会自己找乐子。我们家迪肯总是自己去荒泽上玩儿，而且一去就是好几个小时，就是因为这样，他才和小野马成为朋友的。还有一只绵羊和他关系也很好，那只绵羊认得他；还有，鸟儿也会飞来吃他手上的东西。虽然可吃的东西不多，但他总是会想方设法留下一点儿面包屑去哄他的动物朋友。"

迪肯的故事影响了玛丽，她决定去花园走走，但她并没有意识到自己的想法是因迪肯而改变的。即使外面没有马和绵羊，总会有小鸟吧！这里的鸟儿估计和印度的鸟儿长得不一样，也许看看鸟儿会让她的心情变得好一点儿。

玛莎为玛丽找来外套、帽子和一双结实的小筒靴子，收拾停当后，她们下楼了。

"你顺着那条路绕过去，就是花园。"玛莎指着灌木织成的墙上的一道门说，"到了夏天，这里会有很多花，可是现在没有花。"然后，玛莎犹豫了一下说，"有一个花园的门被锁上了，已经有十年没人进去过了。"

"为什么？"玛丽好奇地问。这幢古怪房子里有上百道上锁的门，现在又多了一道。

"太太去世后，克兰文先生就叫人把那个花园锁上了，不允许任何人进去。被锁上的那个花园是太太的花园。先生把门锁上后，就在地上挖了个坑，把钥匙埋起来了。噢！莫德劳克太太按铃了，我得赶快过去看看。"

玛莎走了之后，玛丽便沿着小路出发了，她走向那道灌木墙上打开的门。她一边走一边想着那个十年无人涉足的花园。她想知道那个花园长成了什么样子，里面的花是否还有活着的。穿过灌木门以后，玛丽发现自己来到了一个大花园里，宽阔的草坪，蜿蜒曲折的小路，花园里的花木被修剪得整整齐齐。花园里还有一些树，这里的植物被修剪成奇怪的形状，花园中间还有一个有灰色喷泉的大池塘。不过，这里光秃秃的，看起来有点儿荒凉，池塘的喷泉也没有开。这肯定不是那个被锁起来的花园。花园为什么要锁起来呢？花园不应该是让人们可以轻易地走进去的吗？

玛丽一边走一边思索着，突然抬头看见在这条小路的尽头，似乎有一堵墙，墙上长满了长长的常春藤。她一直生活在印度，对英格兰还不熟悉，不知道自己来到的地方其实是菜园。她沿着小路一直走，看到常春藤中间有一道打开的门，她可以轻易地走进去——这显然也不是那个上锁的花园。

穿过门，玛丽发现这是一个四周围着墙的花园，旁边还有几个有墙的花园，几个花园的门相互通着。她看到另一道打开的绿色的门，透过门能看到一些灌木、花圃间的小径和花圃里种着的冬季蔬菜。墙边的果树被修剪得十分整齐，一些苗圃上盖着玻璃罩。这地方光秃秃的，看不到一点生机，玛丽心里想着，她停下脚步在那里环顾四周。到了夏天，植物都绿了，也许这里会变得好看些，但现在这里实在是不怎么样。

就在这时，一个肩扛铁锹的老人从第二个花园的门走过来。他看到了玛丽，脸上露出一副惊愕的表情，随后用手碰了一下鸭舌帽。他那苍老的脸显得十分严肃，看起来似乎不太想见到玛丽，不过或许是因为当时玛丽的脸上正摆着一副让人讨厌的表情。

"这是什么地方？"玛丽问。

"一个菜园。"他回答。

"那儿呢？"玛丽指着另一道绿门那边。

"另一个菜园。"他稍微停顿了一下，"墙那边还有一个菜园，挨着那个菜园的是果园。"

"我能进去吗？"玛丽问。

"如果你愿意，当然可以。不过也没有什么可看的。"

玛丽没有说话，径自沿着小路穿过第二道绿门。在这儿，她发现了更多的墙、冬季蔬菜和玻璃罩，但是第二堵墙上有个门是关着的——这会不会是通往那个十年没人进去过的秘密花园的大门呢？

玛丽一直以来都是个胆大的孩子，总是随心所欲地做自己想做的事，从来都不会考虑后果，更不会为此而担忧。她走到绿门前转动了一下门把手。她希望门是打不开的，因为这样就意味着她找到那个神秘的花园了！

　　可是，门很轻易地就被打开了。玛丽走了进去。原来这里是个果园，四周同样围着墙，树木也都服服帖帖地贴着墙壁，地上是枯萎的草叶，草叶中间只有光秃秃的果树——不过这里已经没有绿门了。玛丽寻找着新的门，等她来到花园高处，放眼望去，她发现墙好像没有终止于果园，而是延伸到了果园外面，而且那边好像有另一个花园。她能看到墙上露出的树梢，就在她静静地站在那里远望的时候，看到最高的树枝上有一只胸前有着鲜红色羽毛的小鸟。它好像发现了玛丽，突然高歌起来，好像在和她亲切地打招呼似的。

　　玛丽站在那里听着，不知为什么，她觉得小鸟的叫声热情而友好。这让她感到一阵欣喜——小女孩虽然脾气坏，但同样会觉得孤单，阴暗的大房子、光秃秃的荒原以及毫无生机的大花园让这个坏脾气的小女孩觉得这世界上只剩下她自己了，别人都不知道去哪儿了。

　　假如她是个感情丰富、被人呵护的孩子，面对这怪异的一切，她的心早就碎了。不过，虽然她是个"任性的玛丽小姐"，但也会觉得孤单，这只有着美丽羽毛的小鸟让她那张原本冷漠的脸浮现出一个浅浅的微笑。玛丽专注地听着它唱歌，直到它飞走。这只鸟儿和印度的鸟儿不同，她好喜欢这只小鸟，不知道还能不能再见到它。也许它的家就在那个秘密花园里，也许这只鸟儿知道有关秘密花园的一切。

　　大概是因为无事可做，玛丽一直对那个上了锁的花园念念不忘。她非常好奇，想知道那个花园里面究竟是什么样的。为什么克兰文先生把钥匙埋起来了呢？要是他曾经那么深爱着他的妻子的话，那他为什么不喜欢她的花园呢？玛丽不知道会不会见到克兰文先生，可是她很清楚，如果见到他，她肯定不喜欢他，而他也一定不喜欢自己。她只会一言不发地站在那里，静静地盯着他，虽然她非常想问他为什么要把花园锁起来。

"一直都没有人喜欢我，我也不喜欢别人，"玛丽心里想着，"我永远都不可能像克劳福家的小孩儿那样说话。他们总是不停地说啊，笑啊，吵闹着。"

她回想着那只可爱的鸟儿对她唱歌的模样，突然，玛丽想起了鸟儿曾栖息的树梢，她在小路上忽然停下了脚步。

"那棵树肯定就在那个秘密花园里，我的判断不会错的，一定是这样！"她自言自语着，"那个地方的四周都是墙，而且没有门。"

她回到了刚才去过的第一个菜园，先前见过的那个老人正在挖地。她走到他旁边站着，表情冷漠地看了他好一会儿。可是他丝毫没有搭理她的意思，过了一会儿，她不得不自己先开口了。

"我去了其他菜园。"她说。

"没人拦你。"他说话的腔调很奇特，一副老气横秋的样子。

"我还去果园了。"

"门口也没有狗会咬你。"他说。

"另一个花园没有门。"玛丽说。

"什么花园？"他的声音明显变粗了不少，并且停下了挖地的动作。

"就是墙那一边的花园，"玛丽回答，"那边有很多树——我看到了树梢，还看到了一只小鸟站在树梢上唱歌，它胸口长有红色的羽毛。"

老人那原本不友善的苍老面孔换上了另一副表情。一个微笑慢慢在他脸上绽开，老园丁和刚才比简直是变了一个人。玛丽觉得很惊讶，也觉得很奇妙。玛丽心想，原来一个人微笑时确实比不笑时好看太多了。她以前从没有这么想过。

他走到花园靠近果园的那边，轻柔地吹了个口哨。玛丽不明白，老园丁这么粗鲁怎么会如此有耐心地发出这么吸引人的声音。不一会儿，有趣的事情发生了。她听到空中传来一阵急促的声响——那只胸口有着红色羽毛的小鸟正朝他们这个方向飞来，它竟然停在了一个小土堆上，那个小土堆就在老人前面不远处。

"你说的就是它吧？"

老人轻声笑起来，用一种对孩童说话的语气对小鸟说："你到哪里去啦？你这个厚脸皮的小东西！好久没看到你了。你今年怎么这么早就开始追女生啦？你真是个急性子。"

小鸟把它那小小的头偏到一旁，抬头看着他，明亮温柔的眼睛像两颗黑珍珠。它一副跟人类很熟的样子，一点儿也不怕生。它不停地跳来跳去，在土里寻找种子和虫子吃。玛丽看着它，心底对它产生了一种无法言说的好感，因为它是那么漂亮、快乐，和人很像。它身子饱满小巧，那精致的喙也可爱死了，还有那双纤细灵巧的腿。

"只要你叫它，它就会飞来吗？"她低声问。

"当然，它一定会飞来。我们认识很长时间了，那时它刚学飞。它的巢在那边的花园里，它第一次从那边飞过围墙来到这里的时候还非常弱小，那时，它飞不回去了，在这边停留了好几天，于是，我们就成了好朋友。等它再飞过围墙回到它的巢穴时，它的兄弟姐妹都已经走光了。因为觉得孤单，它便又飞回来找我。"

"它是什么鸟儿？"玛丽问。

"你不知道啊？它是知更鸟，红胸脯的知更鸟，它是世上最友善、最好奇的鸟儿。要是你懂得如何和它们相处的话，它们就会特别友善，像狗一样友善。你瞧，它正一边到处找吃的一边看着我们呢！它知道我们是在谈论它。"

这个园丁大概是世上最奇怪的人了。他骄傲地看着那只身材浑圆、红胸脯的小鸟，内心的珍爱之情都表现在了脸上。

"它是个骄傲的家伙，"他轻声笑着说，"它喜欢听别人谈论它。一只好奇的……哦，上帝保佑，它除了好奇，还爱管闲事，然后就没有其他喜好了。它总是喜欢来看我又种了什么东西。即使是克兰文老爷不想花精神去想的事情，它也都知道。它是这里的总管。"

知更鸟忙碌着，啄着土，不时停下来瞅他们一眼。玛丽觉得它黑黑的眼睛里满是对她的好奇，总是想探知她的一切似的。

"那其他小鸟呢？它们去了哪里？"玛丽问。

"不知道。它们的母亲把它们赶出鸟巢，让它们自己去飞。在人们还没注意到它们的时候，它们就已经各自飞走了。这只知更鸟非常懂事，它知道自己落单了。"

玛丽朝知更鸟走近了一步，眼睛一眨不眨地看着它。

"我觉得很孤单。"她说。

她以前并不知道，正是这种孤单让她觉得厌烦、不开心。在她看到知更鸟的瞬间，她似乎明白了这点。

老园丁把戴在秃头上的帽子往后推了推，盯着她瞧了一会儿。

"你就是那个从印度来的小姑娘？"他问。

玛丽轻轻地点了点头。

"难怪你会孤单。在这个庄园里，你会比以前更孤单。"他说。

他又开始挖地，把铁锹深深插入花园肥沃的黑土里，知更鸟在周围跳来跳去啄着土。

"能告诉我你的名字吗？"玛丽询问。

他站起身来。

"季元本。"他回答，然后轻轻地笑了一声，"我也觉得孤单，除了有它陪我的时候。"他大拇指朝知更鸟一指，"它是我唯一的朋友。"

"我一个朋友都没有，"玛丽说，"我从来就没有过朋友。连我的保姆都不喜欢我，我也从来没有和别人一起玩过。"

老园丁是约克郡旷野上的人，约克郡的做派就是说话直言不讳。

"你和我还挺像的，"他说，"看来，我们是同一类人。我们长得都不好看，不但样子古怪，而且脾气也古怪。我们两个脾气一样坏，我敢保证，我们俩都是。"

这确实是真话，从出生到刚才的前一秒都没有人对她讲过真话。以前的那些仆人总是对她恭恭敬敬，不管她做了什么，他们都是绝对地顺从。她之前从没想过自己是什么模样，但现在她开始怀疑自己是不是和季元本一样不讨人喜欢，她还怀疑自己是不是和知更鸟飞来之前老园丁的样子一样难看。她开始怀疑自己是不是"脾气坏"，而这种种怀疑让她觉得不舒服。

突然，附近响起一阵细小的声音，那声音就像波浪一样。她转过身，发现知更鸟站在离她几尺远的一棵小苹果树上，高声地唱起了歌。季元本听了大声笑了起来。

"它在做什么？"玛丽问。

"它决定跟你交朋友，"老园丁回答，"它一定是已经喜欢上你了。"

"我？"玛丽说着，轻轻走向那棵小树往上看。

"你真的愿意和我交朋友吗？"她对知更鸟说，像是对人说话一样，她说话的语气不再冷漠强硬，也没有原来那种大小姐的专横跋扈，反而变得轻柔和善。季元本露出了十分惊讶的表情，那惊讶的表情和玛丽听到他吹口哨时的一样。

"哈哈，"他喊道，"你这样说话就对了，这样多么亲切啊，这样才是个真正的小孩儿，不再是原来那样尖刻，像个小老太婆。你现在说话的语气，快赶上迪肯对他的那些荒泽上的野东西说话时的语气了。"

"你也认识迪肯吗？"玛丽急忙回过头来问道。

"没有人不认识他，他每天都在约克郡的荒泽上四处游荡，甚至每丛黑莓、石楠都认识他。我敢肯定地说，狐狸会带他去看自己的小宝宝，而云雀也不怕告诉他自己安家的地点。"

玛丽本来还有许多问题想问，她对迪肯的好奇不亚于对那个废弃花园的好奇。但就在此时，知更鸟唱完了歌，稍微抖了抖身子，拍打着翅膀

飞走了。它探访友人的时间已经结束，去做其他事情了。

"它飞过墙去了！"玛丽看着它喊道，"看！它飞进果园了……它飞过了那一道墙……它飞到没有门的花园里去了！"

"它住在那里。"季元本说，"它是在那里出生的。它在求爱，正讨好一只年轻的雌知更鸟，而那个知更鸟女士住在那里的老玫瑰树丛里。"

"玫瑰树丛，"玛丽说，"那里居然有玫瑰树丛？"

季元本拿起铁锹，又挖起地来。

"十年前有。"他嘟囔着。

"我想去那里看看，"玛丽说，"那个花园的门在哪里？那个地方一定有一道可以进去的门。"

季元本用力地把铁锹插入土里，露出和初见时一样的拒人于千里之外的表情。

"十年前有，但是现在没有了。"他说。

"没有门？"玛丽叫了起来，"肯定有！"

"没有人找到过，那里有没有门和任何人都没有关系。别多管闲事，也别总是问些没用的。好了，我要接着干活了。你自己去别的地方玩吧！我没空跟你说话。"

事实上，季元本没有继续挖地，他扛起铁锹，头也不回地走了，连看都没看她一眼，更没有说什么再见了。

Chapter 5
走廊里的哭声

在来到庄园的最初几天里，对玛丽·伦诺克斯来说，一天与另一天之间没有任何差别。每天早上，她在自己的房间里醒来，看到玛莎跪在壁炉前升火；起床后，她在没有任何趣味的儿童房里吃她的早餐；而早餐之后，她就呆呆地凝视着窗外巨大的荒泽，她发现那荒泽仿佛向每个方向扩展着，直到天边。在她盯了一会儿荒泽之后，她知道自己如果再不出去的话，就只能这样无所事事地待在房子里了，于是就走出了房门。

走出房门是她做的最好的选择，但是她并不知道这一点，当她走得越来越快，甚至可以沿着小径、逆着从荒泽上吹来的风奔跑的时候，她身体里的血液流动加快了，她也因此逐渐强壮起来了。她其实是为了让身体暖和些才奔跑的。她讨厌刺骨的冷风，觉得它像个无形的巨人一样吼叫着拖住她。同时，大股大股的新鲜空气灌满了她的肺部。这对她瘦弱的身体有好处，她的脸颊渐渐不再那么蜡黄，变得红润起来，她无神的眼睛开始焕发光彩，但她并不知道发生在自己身上的这些改变。

这样的生活坚持了几天之后，一天早晨，她睡醒后，突然感觉到"饿"了。她坐下来吃早餐，不再用鄙视的目光扫一眼她的早餐粥，然后推开，而是拿起勺子开始一口一口地吃起来，一直把整碗粥都吃光。

"看来今天早晨的粥合你的口味。"玛莎说。

"今天的粥特别好吃。"玛丽说，她自己也有些惊讶。

"是荒泽上的空气让你有了胃口，"玛莎回答，"你是有福气的，有胃口，也有吃的。我们家那十二个小家伙，有胃口，却没有东西吃。只要你坚持每天到外面去玩，你会渐渐变强健的，脸色也会有所改变。"

"我不玩，"玛丽说，"我没有什么可玩的东西。"

"你居然说没有可玩的东西！"玛莎惊叹道，"我的弟弟妹妹玩树枝、石头，或者四处乱跑，放声大叫，或是到处观察各种东西。"

玛丽没有放声大叫，只是东瞧瞧、西看看，并没有什么事可做。她每天都围着那些花园绕圈子，在庭院里的小径上游荡。有时候她会去找那个老园丁，但是每次见到他，他总是忙得不可开交，并不搭理她，有时还暴躁地赶走她，要她到别的地方去玩。有一次，他刚见到玛丽朝着他的方向走去，立刻拎起铁锹转身就走，像是故意的。

她比较常去的地方就是被高墙围着的那个花园外面的长走道。那条走道的两侧是裸露的花圃，墙上爬满了密实的常春藤。墙上有一个地方被墨绿色的叶子遮得密不透风，很明显这里的叶子比其他地方要浓密许多。感觉这一处地方似乎很长时间没人打理了，因为其他地方的树木枝叶都被修剪得十分整齐，只有走道这一头杂草丛生，一看就是没人打理过。

在她和季元本讲过话的几天以后，玛丽有一次路过时，注意到了这个地方。这个地方太杂乱了，与其他整洁的地方相比显得那么格格不入。

"这肯定是有原因的。"她停了下来，抬起头，看着一蓬长长的常春藤在风中摇曳，突然，她见到一抹红色，而且听到了一声清亮短促的鸟儿的叫声——就在那儿，在墙顶上，她认识的那只知更鸟正停在常春藤上，歪着小脑袋俯着身看她。

"噢！"她叫了起来，"是你吗？是你吗？"她和鸟儿讲话呢，自己对它讲话，她一点儿也不觉得奇怪，她觉得它能听明白。玛丽静静地等待着它的回答。

它和玛丽聊了起来，一会儿是婉转的迭声，一会儿是短促的清啼，然后在墙头上跳来跳去，好像在告诉她许多事情。虽然它说的不是人类的语言，但玛丽觉得自己听懂了它说的话。它似乎是在告诉玛丽：

"早啊！这儿的风多好！这儿的太阳多好！一切都是那么好，你说对吗？我们一起唱歌，一起跳舞吧！来啊！跟我一起来吧！"

玛丽不由自主地笑了起来。知更鸟顺着墙头一会儿飞一会儿跳，她也跟着跑。原本那个干瘪瘦弱、脸色蜡黄、长相一般的小女孩，突然间，变好看了。

"我喜欢你！我喜欢你！"她大声喊着，追着它沿着走道奔跑；她模仿着知更鸟的叽叽喳喳的鸣叫声，还试着吹口哨。她根本不会吹口哨，可是知更鸟看起来并不介意她吹得不好，它不断地发出鸣叫回应玛丽的口哨声。最后它拍动翅膀，飞到一棵树的树梢上，停下来引吭高歌起来。这让玛丽想起第一次见到它时，它就和现在一样站在一棵树的树梢上摇荡，当时她站在果园里，现在她则在果园另一面墙的外面，站在墙外的一条小路上——这道墙比其他墙要低许多，而在里面的那棵树正是那天的那一棵。

"这就是那个不允许人进去的花园，"她自言自语着，"这就是那个没有门的花园。它真的住在这里。如果我能看到里面是个什么模样，那就真的太棒了！"

她顺着小径跑，跑到第一天早晨她进过的绿门，接着她一路跑，跑过另一道门进入果园。她停在那里，看到了墙那边的那棵树，知更鸟在树上唱完了歌，正用喙打理自己的羽毛。

"这就是那个花园，"她说，"我肯定这就是那个上了锁的花园。"

她四处走动，仔细察看着果园墙壁的那一面，但是她还是没有发现哪里有门。然后，她又一次次跑过菜园，来到覆满常春藤的长墙外面那个走道上，她一直走到尽头，也没发现门。她又走到另一头查看，依然没有门。

"这太奇怪了，"她说，"季元本说没有门，真的是没有门。但是十年前肯定有一道门，因为克兰文先生埋过钥匙。"

一定要把这件事弄清楚。玛丽觉得事情越来越有趣了，她开始觉得来到米瑟斯韦特庄园是一件不错的事。在印度，每一天都那么热，整个人也提不起精神，总是懒洋洋的，倦怠得什么事都不关心。如今，这里的空气太新鲜了，所有的烦闷情绪似乎都被吹走了，她觉得清醒了不少。

她几乎在外面待了一整天，等到坐下来准备吃晚饭的时候，她又饿又困，可是心情却很爽。当玛莎和她闲聊的时候，她也不再觉得玛莎啰唆了。她发现自己开始喜欢和玛莎聊天、听她说话，最后她想问玛莎一件事。晚饭过后，她坐到炉火前的地毯上，问玛莎：

"克兰文先生为什么讨厌那个秘密花园？"她说。

她让玛莎留下来陪她，玛莎没有丝毫犹豫就答应了。玛莎很年轻，习惯了自己家里挤满兄弟姐妹的热闹气氛，楼下的仆人大厅让她觉得很沉闷。大厅里的男仆和女佣总是取笑她的约克郡口音，把她当成什么都不懂的小丫头。他们一群人总是坐在一起嘀嘀咕咕地聊天，没有人理会她。玛莎本来就很喜欢聊天，而玛丽在印度住过，还曾被"黑人"服侍过，这都引起了玛莎强烈的好奇。

玛莎不等人请，自己就坐到了地毯上。

"你是在想那个花园吗？"她说，"我就知道你肯定会对它有兴趣的。我第一次听人提起它的时候，也非常好奇，跟你现在一样。"

"他为什么讨厌它呢？"玛丽追问着。

玛莎为了让自己更舒服点，盘起了腿。

"听到这房子周围呼啸的风声了吧？"她说，"今天晚上你要是在荒泽上，估计早就被风吹走了。"

玛丽一直不明白"呼啸"是什么意思，直到她认真去听才懂。"呼啸"一定是指那空洞而让人战栗的咆哮声，它绕着房子发疯似的奔跑，仿佛一个看不见的巨人在猛烈地砸着墙和窗户，想要闯进房间。但是人们知道它进不来，玛丽突然觉得，坐在这有发着红光的炭火的屋里，让人感觉踏实而又温暖。

"可是他为什么讨厌那个花园？"玛丽听了风声之后，又一次问道。她很想玛莎告诉她这其中的原因。

在她的追问下，玛莎决定把自己知道的一切说给玛丽听。

"要知道，"她说，"莫德劳克太太警告过我不能讲这事。这个地方有很多事情都不准讲，是克兰文先生下的命令。他说他的麻烦和任何仆人都没有关系。但是如果不是那个花园，他不会是现在这个样子。那个花园原本是克兰文太太的花园，那是他们刚结婚的时候，克兰文先生特别为她建造的。她非常喜欢那个花园。他们自己打理里面的花花草草，花匠们都没进去过。他们俩常常进去后就把门关上，然后在里面待上几个小时，一起读书、聊天。她像个小女孩一样。那个花园里有棵老树，老树有一根弯弯的树干，看起来像是个座位。她让玫瑰长满树干，经常坐在那儿。可是，有一天当她坐上去的时候，树干突然断了，她跌落下来，受了重伤，第二天就死了。医生还以为克兰文先生会因此伤心欲绝，跟着死去。这就是克兰文先生不喜欢那个花园的原因。从此以后，那个花园就被锁上了，谁也没有再进去过，而他也不准任何人提起那个花园。"

玛丽安静下来，不再说话。她看着红色的炉火，听着风呼啸而过的声音，那"呼啸"好像变得比刚才厉害了。

那一刻，一种叫同情心的东西正在她内心滋生着，这对于她来说是一件好事。其实，自从她来到米瑟斯韦特庄园之后，她身上已经发生了好几件好事。她发现自己能和知更鸟交流了——自己知道知更鸟在讲什么，知更鸟也能听明白她的话；整天在风里奔跑使她的血液流动加快，她的脸色红润起来了；她生平第一次知道了什么是"饿"；还有，她觉得克兰文先生的遭遇很可怜，她第一次为他人感到难过。

不过，她听着风声的时候，隐约也听到了其他声音。她不知道那是什么声音，因为刚开始她几乎无法把它和风声区分开来。那是个奇怪的声音，听起来很像是一个孩子的哭泣声。虽然，有时候风声和孩子的哭声很像，但是玛丽十分肯定自己听到的这个声音不是在房子外面，而是来自这幢房子里面，她转过身疑惑地看着玛莎。

"你听到哭声了吗？人的哭声。"她问。

玛莎的表情瞬间变得有些紧张。

"没有，"她回答，"那是风发出的声音，听起来就像是有人在荒泽上迷了路而发出的哭声。风总是能弄出各种不同的声音来。"

"但是你听，"玛丽说，"声音明明就是从房子里传出来的……它是沿着哪条走廊传过来的。"

就在那一刻，楼下的某个门似乎被打开了，因为一阵猛烈的风呼啸而来，猛地吹开了她们房间的门。她们两个吓得同时跳了起来，灯也被吹灭了。远处的哭声一下子传了过来，让人听得清清楚楚。

"在房子里！"玛丽说，"我说过！真的有人在哭……而且是小孩儿的哭声。"

玛莎快速跑过去把门关上，并且上了锁，但是在她关门之前，她们俩都听到"砰"的一声，那是远处走廊里某道门被关上的声音。很快一切都安静下来了，似乎连风声都停了，她们听不到呼啸声了。

"那就是风声，"玛莎固执地说，"如果不是风声，就是那个洗碗的仆人小贝蒂在哭。她们听说她今天牙疼。"

但是她的脸上有着明显的慌张、不安，玛丽小姐用怀疑的目光紧紧地盯着她，想瞧出些端倪。玛丽觉得玛莎在说谎。

Chapter 6

有人在哭……真的！

　　第二天又是大雨滂沱，玛丽透过窗户看到荒泽基本上隐藏在了灰蒙蒙的云雾中。这样的天气肯定没人出去。

　　"像这样的下雨天，你们会在农舍里做些什么呢？"她问玛莎。

　　"主要是要想办法避免相互踩到，"玛莎回答，"当大家都不出去的时候，我家就会显得十分拥挤，因为人实在是太多了。妈妈的脾气一直以来都很好，但是她偶尔也会心情不好。遇到雨水，比较大的孩子就到牛棚里玩。但是迪肯不怕淋湿，下雨天对他来说根本不是问题，他依然会出去。他说雨天能看到很多晴天看不到的东西。有一次，他发现了一只刚出生不久的小狐狸，它的洞被水淹了一半，迪肯把它放到胸前保暖，然后把它带回了我们的农舍。狐狸妈妈在洞穴附近被杀死了，后来整个狐狸洞穴都被水淹没了，其他幼狐都死了。现在那只小狐狸就养在我们家里。他还发现过一只快被淹死的小乌鸦，把它也带回家里养了。那只小乌鸦的羽毛很黑，所以迪肯给它取名为煤灰，无论迪肯走到哪儿，小乌鸦都跟着他，在他周围又蹦又跳。"

　　不知不觉中，玛丽已经不讨厌玛莎这种不够礼貌的说话方式了，她觉得玛莎说的事情都很有趣，当玛莎有事必须离开的时候，她会特别不舍。她在印度的保姆讲的故事和玛莎讲的完全不同。玛莎的故事发生在荒泽上的小农舍里，在玛莎口中，她和她的家人住在几个小房间里，食物永远不够吃。孩子们到处乱跑，都有副好脾气，一家人其乐融融。这些人里最让玛丽感兴趣的是玛莎的妈妈和迪肯。玛莎提起妈妈说过的话、做过的事时，总是给人非常舒服的感觉。

"要是我也可以养一只乌鸦或者小狐狸该有多好，我就可以和它玩了。"玛丽说，"但是我什么都没有。"

玛莎一副困惑的样子，若有所思地看着她。

"你不会编织东西吗？"她问。

"不会。"玛丽回答。

"那缝制东西呢？"

"也不会。"

"读书总会吧？"

"会。"

"那你可以读书呀，或者学点单词拼写也不错啊！你年纪已经不小了，可以多看一些好书了。"

"我没有书，"玛丽说，"我以前的书都没有带过来。"

"那真是太可惜了。"玛莎说，"莫德劳克太太如果同意你进书房就好啦，那里有很多很多书。"

玛丽没有问书房在哪里，因为她想到了一个新点子，这让她心头一亮——她要自己去找那个书房。莫德劳克太太的存在不会给她造成太大困扰，因为莫德劳克太太一般都是待在楼下她那个舒适的起居室里，那是管家的专用房间。在这个古怪的大庄园里，一般都见不着一个人影。其实，除了仆人之外，这个大庄园里根本就没有其他人。他们的主人经常不在，每到这个时候，仆人们就在楼下享受他们自由自在的生活。楼下有个超大的厨房，四处挂着擦得闪闪发亮的铜质和锡质厨具。楼下还有一个宽敞的大厅，供仆人们用，他们每天都会在那里吃四五顿丰盛的美食。莫德劳克太太没在的时候，那里经常传出兴高采烈的笑闹声。

玛丽的每顿饭都会被准时地送到儿童房来，由玛莎服侍她用餐，但是再没有任何人关心她。隔个一两天，莫德劳克太太会来看看她，但是没有人关心她平时做了什么，或者告诉她应该做什么。玛丽猜想，估计英国人都是这样对待小孩儿的吧！在印度的时候，做什么事都有保姆服侍她、寸步不离地跟着她、等候她的吩咐，她早就厌烦了保姆跟着她。现在没人跟着她了，她已经学会了自己穿衣服，因为每当她想让玛莎帮忙穿衣服鞋袜或者拿东西的时候，玛莎总会用一种奇怪的眼光看着她，那样子似乎是在说，她是个什么都不会的笨蛋。有一次，玛丽伸手站着等玛莎帮她戴手套。

"你的手脚坏掉了吗？"玛莎说，"我妹妹苏珊只有四岁，但是她比你灵活两倍。有时候你看起来真的有点笨笨的。"

玛丽气死了，不过这也让她开始思考一些她从没想过的事情。

玛莎打扫完地毯后，就下楼去了。玛丽在窗前站了一会儿，她在盘算着听到有书房时想到的那个新点子。她并不怎么关心书房，因为她没读过几本书，但是听到书房之后，她想起了那些上锁的房间。她很好奇那么多房间是不是真的都被锁上了，要是她能进去其中的一间，会不会有新的发现呢？真的有一百间那么多吗？她何不亲自去数数看呢？反正今天早晨出不去了，这样一来不就有事可做了？没有人告诉过她有些事要得到允许才行，在她的字典里根本没有"许可"这个概念，所以她也没觉得有必要问莫德劳克太太自己是否可以在房子里到处走，尽管她见到了那个女管家。

她打开房门来到走廊上，开始了她的探险。走廊很长，在一端的尽头和其他走廊相连接，一条走廊把她引上一段向上的台阶，这段台阶又连接着另一段台阶。一道门接着一道门，墙上挂着一幅又一幅画。有的是阴暗神秘的风景画，但最多的是不同的男女的画像，他们都身着古怪而华丽的服装，那些服装无一例外都是用缎子和天鹅绒做成的。不知不觉间，她来到一条长长的画廊，墙上挂满了之前见到的那样的画像。真的难以想象这座房子里竟有这么多画像。她慢慢往下走，盯着那些画上的面孔，那些画上的人好像也在盯着她。居然还有些是儿童的画像——画像里的小女孩穿着厚厚的绸缎的裙子，蓬松的裙子拖到脚边，裙摆散在她的身侧；小男生留着长长的头发，衣服的袖子宽大，衣领有着蕾丝花边，脖子上还有一圈皱领，就像套着一个大轮子。她忍不住停下来观察那些画像中的小孩儿，猜想着他们的名字，他们去了哪里，为什么都穿着这么古怪的衣服。其中有个小女孩很像玛丽，脸上的表情僵硬，长得很普通。她身穿一件绿色的裙子，裙子上缀着用金银丝织成的浮花，手指上停着一只鹦鹉。她的眼神敏锐而好奇。

"你去了哪里呢？"玛丽大声对她说，"你要是住在这里该有多好。"

除了玛丽之外的小女孩肯定不曾度过这么奇怪的早上。这幢巨大的房子里面好像一个人都没有，只有小小的她在上下乱走，不断地穿过或窄或宽的走廊。除了她，这些走廊像是从来没有人走过。既然造了这么多房间，应该有人住过，但是它们好像全都是空的，她觉得这其中肯定有什么原因。

她爬上了三楼，突然想起可以去扭转门的把手。果然如莫德劳克太太所说，所有的门都上了锁。但是当她转动最后一个门的把手时，房门竟然打开了，她推了一下门，门缓慢而沉重地开了。她愣住了。门又大又厚，里面是一间大卧室，墙上有刺绣的挂饰，房间摆着一些带有镶嵌饰品的家具，和她在印度见过的差不多。有一扇大窗户镶着彩色带铅玻璃，正对着下面的荒泽；壁炉台上是那个长相普通的小女孩的另一幅画像，小女孩似乎在盯着她，眼神似乎比刚才更加好奇。

"也许这里曾经是她的房间。"玛丽想，"她正在盯着我看，这让我觉得很不自在。"

然后她一道道地打开了很多门。她看过很多房间之后，开始觉得有点累，心想这里的房间肯定有一百个，尽管她没有真正数过。所有的房间里都有老旧的画，不然就是挂着上面有着奇怪的图样的旧挂毯；几乎所有的房间都布置着精致的家具和装饰。

有个房间，看起来像女士的房间，所有的挂饰都是带刺绣的天鹅绒。壁橱里有好多用象牙雕刻的小象，估计得有一百只。它们大小不一，有些带着赶象人，有些驮着轿子，有些比较大，有些则非常小，像是象宝宝。在印度，玛丽见过象牙雕刻，对这些东西可以说是非常熟悉。她打开壁橱门，站在一个凳子上，和这些大象玩了好久，直到累了才停下来把大象依次放好，把壁橱门关好。

在所有转过的长廊和经过的房间里，都没有发现任何生命。只在一间房里，玛丽忽然听到一阵窸窸窣窣的声音。她惊讶得把目光投向似乎发出动静的壁炉旁的沙发边上。她惊讶地发现，只有靠垫在沙发的角落里。天鹅绒的靠垫套上有个洞，一个小小的脑袋竟从洞里探出来，露出了惊恐万状的眼睛。

玛丽轻手轻脚地走过去一看，那原来是一只灰色小老鼠的一对小眼睛！靠垫被老鼠啃了一个洞，变成了一个舒舒服服的老鼠窝。六只老鼠宝宝在妈妈身边挤作一团，睡得正香呢！就算上百个房间里都没有生命，但这七只小老鼠却一点儿也不孤单。

"它们要是不这样一副被吓住的样子，我就把它们带回去。"玛丽说道。

她逛了很长时间，累得不想再逛了，于是就往回走。有两三次她走错走廊然后就迷路了，只得上上下下乱走一通，直到找对走廊，最后找到了自己住的那一层的走廊。虽然离她自己的房间不远了，但她仍然不知道自己的确切位置。

"我一定又走错了，"她思考着，站在一个短走廊的尽头观察着，面前的墙上有一道挂毯，"我该往哪里走才是对的呢？这幢房子里真是太安静了！"

就在她站在那里想着周围太安静的时候，安静突然被打破了。忽然传来了哭声，这次的哭声和她昨晚听到的不大一样；这个只是一声很短的孩子气的哀怨声，充满焦躁，声音穿过墙壁后就变得低沉而模糊了。

"是哭声，这次比上次清楚，"玛丽想，她心跳加速，"我肯定是哭声。"

她把手放在身旁的挂毯上，挂毯突然一下子弹开来，她大吃了一惊。挂毯后面有一道门，门就这么被打开了，玛丽看到了走廊的另一部分。此刻，莫德劳克太太正从那里走过来，手上拿着一大串钥匙，脸上是一副十分不高兴的表情。

"你在这里做什么呢？"她说完，便抓起玛丽的胳膊，"我跟你说的话你都忘了吗？"

"我拐弯拐错了，"玛丽解释，"找不到路了，然后听到人的哭声。"这一刻她很恨莫德劳克太太，不过还有接下来让她更恨这个管家的事。

"你根本没有听到哭声，"管家说，"现在，立刻回你的儿童房，不然我就要赏你耳光了。"

她抓着玛丽的胳膊，又拉又扯，在众多走廊里一会儿上一会儿下，最后拉着她进了她的房间。

"现在，"她说，"待在你应该待的地方，再乱跑就把你锁起来。主人他最好说话算数，赶紧给你找个家庭教师，你必须得有人看管。我的事情那么多，哪有时间管你？"

她走出去后把门重重摔上。玛丽坐在地毯上，非常生气，脸都绿了。但是她没有哭，只是非常不服气。

"明明就是有人在哭……真的是人的哭声！"她自言自语道。

这已经是她第二次听到了，她暗暗决定迟早要把一切都弄清楚。今天早上她已经弄清楚很多事了。她觉得自己好像进行了一次长时间的旅行，至少她找到了一些新的东西来自娱自乐。她已经玩过象牙小象了，还看到灰老鼠和它的宝宝了，它们的窝就在天鹅绒靠枕里。

Chapter 7
花园的钥匙

两天后，早晨玛丽一睁开眼，立刻直挺挺地坐了起来，高声叫着玛莎。

"你看荒泽！你看荒泽！"

暴风雨停了，一夜的风终于把灰色的浓雾和云层吹走了。风也止住了，远处的天空呈现一片明朗的深蓝色，高高跨在荒泽之上。玛丽在梦里都没见过这么蓝的天。在印度，天气总是灼烧似的热，而此刻这种深蓝色的天空，闪亮得就像一片深不见底的湖水。在高远的蓝天里，这里，那里，都飘浮着一朵一朵的白云，白得像雪一样。荒泽上现在是一片温柔的蓝色，一扫过去阴郁的紫黑的样子或者凄凉得可怕的灰色的样子。

"啊哈，"玛莎咧嘴笑道，"暴雨很长一段时间都不会再来了。每年这个时候都是如此。雨一停，就跟从来没来过一样，好像也不会再来了似的。这是因为春天就快到了。春天已经在路上了，很快就到了。"

"我原本以为英格兰不是下雨，就是阴天。"

"嘎！才不是呢！"玛莎一边说一边坐了起来，"根把不是酱。"因为过度兴奋，玛莎的约克郡话又脱口而出。

"你说的是什么意思？"玛丽好奇地问。在印度，土著讲不同的方言，一般没人听得懂，她已经习惯了，所以虽然她没听懂玛莎的话，但一点儿也不惊讶。

　　玛莎笑了起来，就像第一次和她相见的那个早上一样。

　　"是这样的，"她说，"我刚才讲的是约克郡话，你听不懂，莫德劳克太太告诉过我千万不能这么说话。'根把不是酱'翻译成普通话就是'根本不是这样的'。"玛莎一字一句很慢地说，"可是这么说话要说好久。等到天晴的时候，约克郡就是世界上最晴朗的地方了。我曾经告诉过你，过阵子你一定会喜欢荒泽的。到时候，你可以看到金色的金雀花、紫色的石楠花，还有许许多多蝴蝶飞来飞去，蜜蜂也嗡嗡地飞着采蜜，云雀在天空中高声唱歌。太阳一升起来，你就会不由自主地想到外面去，然后像迪肯一样，在荒泽待上一整天。"

　　"我能到那里去吗？"玛丽小心地问。她透过窗户看着远方的天空，它是那样蓝、那样清新、那样浩大、那样奇妙，这蓝色大概就是天堂的颜色吧。

　　"我不知道，"玛莎回答，"你从生下来就好像没怎么走过路，我觉得你连五英里都走不了。我家的农舍离这儿就有五英里。"

　　"我好想看看你家的农舍。"

　　玛莎用好奇的目光打量了她一会儿，然后又拿起她的刷子，重新开始清洗炉架。她觉得玛丽这张并不漂亮的小脸看起来似乎不再那么暴躁了。现在，这张脸看起来有一点儿像她妹妹小苏珊非常想要某种东西时的模样。

"等我回去后去问问我妈妈，"她说，"任何事情她都能想出办法。今天是我休假的日子，等会儿就可以回家去了。啊！我高兴死了！莫德劳克太太说她也很想念我妈妈，没准她会跟我一起回去，也许妈妈可以和她聊聊关于你到我家来的这件事。"

"我喜欢你妈妈。"玛丽说。

"我猜你也会喜欢她的。"玛莎一边清洗壁炉，一边说着。

"但是我没有见过她。"玛丽说。

"是的，你没有。"玛莎回答。

玛莎重新坐起来，用手揉了揉鼻子，感觉有点困惑，但是她的态度很快又变得十分肯定。

"嗯，我的妈妈是那么明理、那么勤快、那么好心，而且爱干净，不管有没有见过她，所有人都喜欢她。当我休假走在回家的路上时，每次经过荒泽，我都会控制不住高兴得跳起来。"

"我还喜欢迪肯，"玛丽补充道，"可是我也没有见过他。"

"嗯，"玛莎肯定地说，"我说过每只鸟儿都喜欢他，兔子、野绵羊，还有那些狐狸也都喜欢他。我不知道……"玛莎若有所思地盯着她看，"迪肯会不会喜欢你呢？"

"他肯定不会喜欢我的，"玛丽脸上一副刻板冷漠的样子，"任何人都不喜欢我。"

玛莎又是一副若有所思的模样。

"你自己喜欢自己吗？"她问玛丽，一副很想知道的样子。

玛丽犹豫了一会儿，认真地思考着。

"不喜欢，真的。"玛丽回答，"但是我之前一直都没想过这个问题。"

玛莎微微一笑，好像想起了什么事似的。

"有一次我妈妈这样跟我说，"玛莎说，"当时我妈妈正在洗衣服，我心情特别不好，总是说别人的坏话，她转身对我说：'你！你这个小泼妇！你就会站在那儿，唠叨自己不喜欢这个，不喜欢那个。你喜欢你自己吗？'她把我给逗笑了，也让我立刻清醒了。"

玛莎高兴地照料玛丽吃完早饭后就走了。今天她要休假了，她要走过五英里的荒泽，回到自己的家，她要帮妈妈做家务，帮她准备下一个礼拜的食物，她要好好享受久违的家庭温暖。

玛丽知道玛莎回家了，觉得更加孤单了。她索性跑到外面去，待在花园里。玛丽一来到花园就围着喷泉跑了十圈。她跑一圈数一圈，跑完之后，觉得精神好多了。阳光让这地方变成了另一副模样，在米瑟斯韦特庄园的上空是一眼望不到边际的瓦蓝瓦蓝的天空，她不时地仰起头来望着天空，想象着如果可以躺在那些雪白的小云朵上四处飘荡会是什么样的感觉。随后，她走进第一个菜园，看到季元本和另外两个花匠正在干活。天气变暖让季元本的精神变得很好，他主动和她打招呼："春天来了，你闻到了没？"

玛丽闻了闻，觉得自己好像真的闻到了春天的气味。

"我闻到了香香的、新鲜的、略带潮湿的味道。"她说。

"那是肥沃的土壤的味道，"他一边回答一边挖，"这泥土现在心情很好，做好准备迎接春天了。播种的时候到了，它心里就会开心；冬天它无所事事，就会烦闷。那边花园里头，地底下的东西会暗中生长。太阳给了它们能量。再过一段时间，你就能看到一些冒出土的绿色的尖芽了。"

"会长出哪些东西？"玛丽问。

"番红花、雪绒花，还有黄水仙。你以前见过这些花吗？"

"没有。在印度气候又热又湿，下雨之后到处都是绿色的，"玛丽说，"我一直以为那些花儿都是在一夜之间长出来的。"

"一夜之间是不会长出花来的。"季元本说，"你必须等。它们会一点一点地从地下冒出来。你可以每天出去观察它们是怎样慢慢长大的。"

"我会的。"玛丽回答。

不一会儿，她听到一阵轻柔的振动翅膀的声音，玛丽立刻判断出是知更鸟飞来了。它是那么漂亮、活泼。它飞到玛丽身边，紧挨着她的脚跳来跳去，歪着头害羞地看着玛丽。玛丽忍不住问季元本：

"你觉得它记得我吗？"

"记得你？"老园丁露出一副难以置信的表情说，"岂止记得你，它连园子里每棵卷心菜卷曲的模样都知道，更别说人了！它以前在这里哪见过小姑娘，所以你肯定给它留下了深刻的印象。你什么事都瞒不过它的！"

"在它住的花园里，地底下的东西也都暗中生长吗？"玛丽询问。

"什么花园？"季元本问，脸上又露出了凶凶的表情。

"就是有老玫瑰树的那个花园。"玛丽忍不住问，因为她实在太想知道那个地方了，"那里的花都死了吗？夏天时会不会有些能活过来？真的有玫瑰花吗？"

"去问它，"季元本朝知更鸟耸耸肩，说道，"只有它最清楚了。过去十年来，谁都没去过那座花园。"

十年是一段很长的时间，玛丽想。十年前她才刚出生呢！

她一边想，一边缓慢地走开了。她有点儿喜欢那个花园了，就像她逐渐喜欢上了知更鸟、迪肯和玛莎的妈妈一样。她也开始喜欢玛莎了。在这之前，她可是从来不喜欢任何人的，现在她喜欢的人真是不算少了，她觉得知更鸟也算是一个"人"。她走到那条覆满常春藤的长墙外散步，越过墙顶她能看到树梢。就在她走第二趟的时候，发生了一件极有趣、非常

让人激动的事，这一切多亏了那只知更鸟。

知更鸟发出一声婉转的鸟鸣，玛丽朝左边的花圃看去，它正在那里不停地跳跃，假装在土里找食物，那样子好像是想让玛丽相信自己没有刻意跟踪她。可是她知道它就是在跟着她，那一刻，她满心喜悦，高兴得几乎有些颤抖了。

"你真的记得我！"她高声喊起来，"你真的记得！你真是世界上最漂亮的知更鸟！"

她学鸟儿的叫声，说着话，逗着它玩。而知更鸟也轻快地跳着，不时卖弄着它那色彩斑斓的尾巴，发出婉转的叫声，就像人在说话一样。它

胸脯上的红羽毛像是一件红缎子背心。它骄傲地将胸脯高高鼓起，好像自己是个长相俊俏的人一样自豪。当它默许玛丽靠近它时，玛丽忘记了所有的烦恼，弯下腰，说着话，想方设法发出和它一样的声音。

哦！它竟然愿意和她靠得那么近！就像是知道在任何情况下她都不会伤害它，或者惊吓它。知更鸟这么信任她，她感动得无以言表，高兴得几乎忘了呼吸。

冬天的花圃有些萧瑟，因为许多植物都枯死了，多年生的植物也都被割掉了，花圃里只剩下高高矮矮的灌木丛，知更鸟就在下面跳着，她看到知更鸟跳过一小堆新翻的泥土，停下来找虫子吃。土被一只狗翻了起来，因为那只狗想挖出鼹鼠，所以刨出了一个挺深的坑。

玛丽凑过去看，但是她并不知道那里为什么会有个坑。她在新翻的泥土里发现了一样东西——好像是一个生锈的铁环。知更鸟飞上了附近的一棵树，她伸手把那个铁环捡了起来。拿在手里才知道，那不是什么铁环，而是一把旧钥匙，看样子埋了很久。

玛丽站了起来，盯着手里的钥匙发呆。

"这或许是那把被埋了十年的钥匙。"她自言自语地说。

Chapter 8
领路的知更鸟

　　玛丽全神贯注地盯着那把钥匙看了好久，又翻来覆去地看了几次，细细思量着。前面已经介绍过，玛丽做任何事都没有征求别人许可的习惯。面对这把钥匙，她想到的只是它能不能打开那个上锁的花园，她怎样才能找到花园的门，然后把它打开，看看墙里面是什么样子，看看那些老玫瑰现在是否还活着。玛丽相信，那花园已经锁了十年，在这十年中一定发生了许多奇妙的事情。而且，如果她喜欢那花园，她就可以天天到花园里去，关上门，自己单独在那里放开了玩耍。她可以想怎么玩就怎么玩，就她自己一个人玩，因为没人知道她在哪里，别人都会以为门仍然锁着，钥匙依然埋在地下。一想到这些，玛丽顿时兴奋起来。

　　像那样的生活，就是完全只有她一个人。在这幢拥有上百间紧闭的神秘房间的房子里，她形单影只，百无聊赖，不知道做什么好。但是这种生活反而使玛丽迟钝的大脑变得活跃起来，也唤醒了她的想象力。可以肯定的是，荒泽上新鲜、纯净的空气让玛丽受益良多。就像风让她变得有胃口了一样，与风搏斗也使她的血液流动加快了，脸色红润了。在印度时，闷热的天气总是让她感到困倦，以至于无精打采，也不愿意关心任何事情。但是在这里，她变了，变得越来越好奇，所有的事都愿意尝试。甚至连她的坏脾气都在不知不觉中改掉了，现在，她很少发脾气，尽管她并不知道这其中的原因。

她把钥匙放进口袋里，沿着走道走来走去。除了她，这里似乎从没有人来过，所以她可以放心地慢慢走，看着墙上的常春藤。这常春藤让玛丽渐渐迷惑了，因为无论她看得如何仔细，看到的只有密密麻麻的有光泽的墨绿色叶片，其他什么也看不见。玛丽感到非常失望。她在走道上慢慢走着，看着墙里面的树梢，心情十分不爽，一直感到很别扭。这真没办法，她懊恼地想着——那个花园就在眼前，可是却进不去！于是她只得回屋里去了。她心里暗想：以后出门都要随身带着这把钥匙，一旦发现了那扇隐藏的门，便能立马打开。

莫德劳克太太同意玛莎在自己家过夜，所以她第二天早晨才回来，她的脸蛋儿红扑扑的，看起来精神好极了。

"我四点就起床了，"她说，"啊，荒泽真是美极了！小鸟鸣唱着，兔子四处蹦蹦跳跳，太阳刚刚升起，温暖的阳光照耀着整个荒泽。我遇到了一个人，那个人用马车顺路载了我一程。哦，我真是开心死了！"

虽然玛莎在家只待了一天，但是这一天里发生了那么多快乐有趣的事。她告诉玛丽妈妈见到自己后是多么高兴，自己和妈妈一起烤完了所有的面包，洗完了所有的衣服，自己还为弟弟妹妹每人做了一块红糖蛋糕。

"他们从荒泽上玩够了回到家，我早已给他们烤好了热腾腾的蛋糕，整个房子飘着面包的香味，火烧得很旺，他们都高兴得欢呼起来。迪肯说我们家的农舍简直可以和皇宫媲美。"

晚上一家人围坐在炉火旁，玛莎和她妈妈缝补破旧的衣服和袜子，玛莎给他们讲了一个从印度来的小女孩的故事，还告诉他们，她一生下来就由"黑人"伺候，所以连袜子都不会穿。

"哦，他们都很喜欢听你的故事呢！"玛莎说，"他们想知道所有关于黑人的事，还有你来时坐的那艘轮船。他们总是听不够的样子。"

玛丽稍微想了想。

"那从今天起，我还会告诉你更多事，"玛丽说，"这样你下次休假的时候就可以有更多的故事讲给他们听了。我相信他们一定想听骑大象、骑骆驼，还有军官出去猎捕老虎的事。"

"我的天哪！"玛莎高兴地惊呼起来，"他们要是知道了会高兴死的，这会让他们的脑子什么都装不下的。你真的愿意告诉我吗，小姐？这和我第一次听说约克郡有马戏表演一样让人兴奋哩！"

"印度和约克郡真是有很大区别。"玛丽一边说一边在思考着什么，"我以前从来没有想到这一点。迪肯和你妈妈喜欢听你谈到我吗？"

"当然喜欢了，迪肯听得可入神了，眼睛睁得又大又圆，眼珠子都快掉出来了，"玛莎回答，"不过妈妈听说你独自一人，无人照料时，很不安。她觉得不应该这样。她问我：'克兰文先生没有给她找个家庭教师或者保姆？'我说：'没请，但莫德劳克太太说，等克兰文先生想起来的时候自然就会请了，但是她还说有可能要过两三年他才会想起这件事。'"

"我不想要家庭教师。"玛丽有些不开心地说。

"但是我妈妈说你这个年纪应该学着读书了，应该有个女人来照顾你，她还告诉我说：'玛莎，如果你整天独自一人待在那么大的房子里，只能到处游荡，没有妈妈，你会有什么感觉？所以你要努力让她感到高兴。'我向她保证，我一定会尽力做到的。"

玛丽静静地看着她，看了很长时间。

"你已经让我高兴起来了，"她说，"我很喜欢听你说话。"

玛莎突然想起了什么事情，飞快地跑了出去，回来时藏在围裙下面的双手似乎握着一样东西。

"猜猜看，"她愉快地咧着嘴笑，"我妈妈让我给你带了件礼物哟！"

"礼物！"玛丽惊讶地大叫起来。十几个吃不饱饭的孩子挤在一间农舍里，怎么还能送礼物！

"一个小贩推着推车在荒泽上沿路叫卖杂货，"玛莎解释道，"他在我们家门口停下来。他的推车上有锅碗瓢盆和一些杂七杂八的小东西，但是妈妈买不起他那些东西。当他准备离开的时候，我们家伊丽莎白眼尖，她喊道：'妈妈，他那儿有根红蓝手柄的跳绳。'妈妈听到这话，突然喊道：'停一停，先生！那根跳绳多少钱？'小贩说：'两便士。'妈妈摸了摸口袋里的钱，对我说，'玛莎，你是个好女儿，把你赚的所有钱都交给了我，我常常省吃俭用，把每一分钱都花在刀刃上，不过我现在要拿出两便士，给那个孩子买根跳绳。'她买下了那根跳绳，就是这个！"

玛莎从围裙下面拿出跳绳，骄傲地向玛丽展示着。跳绳细长，一看就很结实，两端的手柄带着红蓝两色条纹，但是玛丽从来没有见过跳绳这样的玩意儿。她疑惑地盯着它，充满了疑问。

"这是用来做什么的？"玛丽好奇地问。

"做什么的？"玛莎也有些惊讶，大声说，"你的意思是……你在印度没见过跳绳！是因为他们有大象、老虎、骆驼了吗？难怪他们多半都是黑人。我来告诉你这个怎样玩，看着。"

玛莎跑到房间中央，一手拿一个手柄，一边抡绳子一边跳了起来……玛丽转过身去看她跳，老旧画像里那些奇怪的脸好像也在盯着她看，似乎想不明白这个普通的小家伙怎么能公然在他们的眼皮子底下这么厚脸皮地耍弄把戏。但是玛莎专心地跳着，没有注意到那些画像。玛丽一脸好奇，跃跃欲试，这让玛莎兴致更加高昂。玛莎一直跳着、数着，直到跳够了一百下。

"我其实可以跳更多的，"她停下来说，"我十二岁的时候就已经能跳够五百下了，不过那时候我不像现在这么胖，而且那时候我经常练习。"

玛丽从椅子上站了起来，感到自己渐渐兴奋起来。

"这跳绳看起来很好玩，"她说，"你妈妈很好，太热心了。你觉得我能跳得像你一样多吗？"

"你可以先试试，"玛莎鼓励她，并把跳绳递了过去，"刚开始要跳够一百下会有难度，但是只要你经常练习，就会越来越熟练，跳得越来越多。我妈妈说：'跳绳最适合她了。这是小孩儿玩具里最实用的玩意儿。让她到新鲜空气里跳一跳，舒展一下她的手脚，这样她的手脚就能增加点儿力气，慢慢就会变结实了。'"

玛丽开始跳了，她的手脚有些无力。她不像玛莎那么灵巧，笨手笨脚地跳着，不过她不想停下来。因为她实在太喜欢这个玩具了。

"穿上衣服，到外面去跳吧！"玛莎说，"妈妈让我一定要告诉你，你要尽可能多待在屋外，就算下点儿小雨，只要你穿得暖和一点儿就啥事都没有。"

玛丽穿上外套，戴好帽子，拿上跳绳。她打开门刚要出去，突然想起了什么，又转过身来。

"玛莎，"她说，"跳绳其实是用你的工资买的，是用了你的两便士，谢谢。"她稍微有些不自在地说，玛丽还不习惯跟人道谢，也注意不到别人为她做的事。"谢谢！"玛丽一边说一边伸出了双手，想握一握玛莎的手向她表示感谢，除此之外，玛丽想不到其他方式。

玛莎笨拙地握了一下她的手，似乎也不习惯这样做。然后，玛莎就笑了起来。

"哎，你真奇怪！简直像个小老太婆，"她说，"如果是我们家伊丽莎白，她会亲我一下的。"

玛丽更加不自在了。

"你的意思是要我亲你吗？"

玛莎听了，忍不住再次大笑起来。

"不，不是，"她回答，"如果你有这样的习惯，你自己就会主动过来亲我了，但是你还没有这个习惯。赶快去玩你的跳绳吧！"

玛丽有点儿不自在地走了出去。约克郡人在她看来都很奇怪，而她一直都猜不透玛莎的想法，对她来说玛莎一直是个谜。玛丽第一次见玛莎的时候非常讨厌她，但现在越来越喜欢她了。这根跳绳真是件有魔法的宝

贝，玛丽数着、跳着，跳着、数着，直到她的双颊变得通红。从她出生以来，任何事情都没有像这根跳绳一样让她如此兴致勃勃。她绕着那个有喷泉的花园不停地跳啊跳啊，从一条小径跳上去，从另一条小径跳下来，跳着跳着她跳到了菜园里，看到季元本在挖地，还不时地和他的知更鸟说话，那只知更鸟在他四周蹦蹦跳跳。她没有停下，一路朝他跳去，他抬起头，饶有兴致地看着她。她想知道他是否注意到她，她想让他看到自己在跳绳。

"哎哟！"季元本惊叫，"老天啊！原来你真是个小孩儿，血管里流的是小孩儿血，而不是发酸的剩牛奶。你还会跳绳哪！真叫我刮目相看。"

"我以前没跳过，"玛丽说，"现在才开始学。我现在最多只能跳二十下。"

"你接着练，"季元本说，"你跳的个数已经不少了，你的身体已经算是不错的了。瞧，它正在观察你哩！"他头朝知更鸟的方向点了点，"昨天它跟着你，今天估计还会再跟着，它肯定想弄清楚跳绳是个什么样的玩意儿，它以前从来没见过这种东西。啊！"他对那鸟儿摇了摇头，"你以后要小心点，否则说不定哪天你的好奇心会害了你的命。"

玛丽围着所有的花园和果园跳啊跳啊，跳一会儿就休息一下，最后她来到那个秘密花园外的那条特别的走道上，决定试试看自己能不能跳完全程。这段路好长，她开始跳得很慢，还没跳到一半，她就热得喘不上气来，不得不停了下来，不过她对此并不在意，因为她已经数到三十下了。她停下来，愉快地轻笑着，就在这时，她看见那只知更鸟落在一根长长的常春藤枝上，正在摇来晃去。原来真如季元本所说，它又在跟踪她，现在它正在用清脆的啼声向她问好。玛丽朝它的方向跳去，每跳一下，口袋里那个沉甸甸的东西就碰她一下，当她跳到知更鸟附近时，她又笑了起来。

"昨天在你的指引下我找到了钥匙，"她说，"今天你应该告诉我花园的门的位置，不过，我估计你也不知道它在哪里吧！"

知更鸟从常春藤的枝条上飞到了墙头上，它站在那里张开嘴巴，发出一阵嘹亮的啼声，似乎是在炫耀自己。世上没什么东西比炫耀自己的知更鸟更可爱了——虽然它经常炫耀自己。

忽然，一阵温柔舒适的风沿着小径轻拂过来，这阵风比先前的风强劲一些。树枝随风摇曳，墙头上垂挂的那些未经修剪的常春藤也开始摇摆起来。玛丽向知更鸟走去。忽然，一阵风吹了过来，一些零散的常春藤枝叶便倒向一侧。突然，玛丽好像发现了什么，她往前一跃，抓住了常春藤枝条，她发现常春藤枝条的下面有个东西——一个圆圆的门把手。它被下垂的枝叶掩盖着，真的是一个门把手。

玛丽把手伸过去，把枝叶拨到一边。常春藤太浓密了，好像一块松散的帘子，遮住了整个大门。玛丽的心跳开始加速，她兴奋得手微微发抖。知更鸟唱着歌，歌声婉转，它头歪到一侧，似乎和玛丽一样兴奋。她的手伸进叶子下面，摸到了一个方形的铁质的东西，她的手指触摸到，这个铁质的东西上面有个小孔。

这就是那个已封闭了十年的花园的门锁，她从口袋里掏出那把钥匙，发现它跟那锁孔正好相符。她有些颤抖地把钥匙插进锁孔，双手使劲地转动了一下，打开了那把锁。

她深吸了一口气，转身朝身后的那条长长的走道上看了看，确定没有人看到这一切，她又深深地吸了一口气，然后拨开那像帘子般飘荡着的常春藤，推动那扇门，门慢慢地开了。

　　她顺着打开的门缝溜进去，然后迅速关上门，将背靠在门上，环顾了一下四周。她此刻的心情真是难以形容，夹杂着兴奋、惊奇和高兴，几乎要喘不过气来了。

　　此刻，她正站在秘密花园中……

Chapter 9
古怪的房子

　　这是一个任何人都想象不到的最美好、最富神秘气息的地方。四周的高墙上爬满了光秃秃的玫瑰枝条，它们长得异常浓密，缠绕在一起。玛丽认得这些是玫瑰，因为她在印度见过玫瑰。花园的地上满是褐色的枯草，草丛中还夹杂着一丛丛灌木，它们要是还活着，一定是玫瑰丛。花园里还有其他种类的树，而让这个地方显得奇妙而可爱的，就是那些爬满树木的玫瑰枝条。玫瑰枝条上长满了长蔓，从树上低垂下来，织成了一张轻轻摇曳的帘幕，那些枝条从这棵树爬到那棵树，搭成了一座座美丽的桥。现在枝条上光秃秃的，没有叶片，也没有开花，玛丽无法判断它们到底是活着，还是已经枯死了。但它们那纤细的灰褐色枝条犹如一面纱帐，覆遍了这里的墙壁、树枝，甚至褐色的枯草，它们从附着物上垂下，又在地面蔓延开来。这些细细的玫瑰枝条交错缠绕，使这座花园显得更加神秘，也更为与众不同。

　　"这里真安静，"她喃喃地说，"真的好安静啊！"

　　然后她停了下来，倾听着此刻的安静。知更鸟飞上树梢，也安静地一动不动地站在树梢。它不再拍打翅膀，静静地看着玛丽。

"这里没有人，怎么会不安静呢？"她又喃喃自语，"我是十年来第一个站在这里说话的人。"

　　她从门边轻手轻脚地走开，仿佛担心会吵醒谁似的。幸好脚下全是杂草，这样走路就不会发出声响。她从一座两棵树中间如童话中所讲的灰色拱门下走过时，抬头看着那些组成拱门的小枝蔓。

　　"它们不会都枯死了吧？"她想，"真不希望这是一座死掉了的花园，希望不是。"

　　假如她有季元本的本领，她就能凭着经验观察、辨别树木是不是还活着。可是她只看到了光秃秃的褐色、灰色的小枝条和树蔓，没有发现任何叶芽的踪迹。不过，她已经站在这个奇妙的花园里面了，她的好奇心得到了一部分的满足，而且她随时都可以从常春藤下的门进来，她觉得自己发现了一个属于自己的小天地。

　　四墙之内，阳光明媚，米瑟斯韦特庄园的上面是一片湛蓝的天空，这片天空似乎比荒泽上的天空更加亮丽温柔。过了一会儿，知更鸟从树梢飞下，时而在她周围蹦跳，时而跟着她从这棵树飞到那棵树。它开始叽叽喳喳地叫了，忙得不可开交，简直是在为她做这个地方的小导游。一切都那么奇妙、那么静谧，她觉得自己好像远离了尘嚣，可是不知怎的，她一点儿都不觉得孤单。唯一让她感到困惑的是这些玫瑰是不是真的死了，也许有些还活着，天气再暖一些的时候可能会长出嫩叶和花苞。她非常不希望这是座死去了的花园。假如它是个生机勃勃的四周长满许许多多玫瑰的花园，该有多美妙啊！

　　走进花园后，跳绳就一直挂在她的手臂上。四处观察了一阵子后，她觉得应该在这个花园里跳一圈，说不定可以遇到许多值得看的东西呢。花园里有很多条杂草丛生的小径，角落里还有几座凉亭，也有植物攀附在上面，里面有石凳，还有高脚的石花瓶，只是上面长满了苔藓。

玛丽跳到第二座凉亭附近，停了下来。这里面曾经有一个花圃，玛丽隐约看见了一些从泥土里冒出来的尖尖的绿芽。她想起季元本说过的那些话，于是跪下来开始观察它们。

"是的，这是一些有生命的小绿芽，可能是番红花，也有可能是雪绒花，还有可能是黄水仙。"她喃喃自语。

她弯下腰凑近它们，湿润的泥土的新鲜气味扑面而来。她非常喜欢这气味。

"其他地方肯定也有小绿芽正在长出来，"她想，"我要在花园里到处找找看。"

她收起跳绳，慢慢地在花园里走，一边走一边低头盯着地面。她察看老旧的花圃、草丛，等她走了一圈后，总算是没有白费功夫，她看到了很多的灰绿嫩芽，这个发现再次让她兴奋起来。

"这不是一座死气沉沉的花园，"她轻声对自己说，"就算玫瑰死了，还有很多其他植物活着呢。"

玛丽对园艺一无所知，可是当她看到那些小绿芽的周围杂草太密、小绿芽只能挤着往外长时，觉得它们需要足够的空间生长。于是她到处搜索，找到了一块很尖的木头，跪下来用那块木头开始挖地锄草，直到她在绿芽周围整理出一片干净的空地。

"现在它们可以自由呼吸了，"整理完第一处，她想，"我要把其

他地方也整理出来，只要有嫩芽的地方我都要整理干净。今天如果整理不完，明天我还可以再来。"

她一处一处地清理着，挖土锄草，感受到了劳动带来的前所未有的快乐。她清理完一个花圃后再到另一个花圃，一直清理到树下的草地上。运动让她暖和起来，她脱掉外套和帽子。她一边干活一边对着草儿和稚嫩的绿芽微笑。

玛丽在花园里不停地忙碌着，一直忙到了中午，该吃午饭了。实际上，她很晚才想起该吃午饭的事。她穿上外套，戴上帽子，拿起跳绳，看着自己的劳动成果，有些不敢相信自己已经忙碌两三个小时了。她觉得非常快乐。在她清理过的泥土地上，那些稚嫩的小绿芽，让这个花园有了生气。

"下午我再来整理。"玛丽环顾着她的新王国，然后对树木和玫瑰丛说道，她觉得它们能听懂她的话。

然后她轻巧地穿过草地，慢慢地推开那道老旧的门，从常春藤下溜了出来。

她的脸蛋儿特别红润，眼睛明亮起来，胃口也比平常好了许多，玛莎看到后高兴极了。

"两块肉，两份米饭布丁！"玛莎说，"啊！我要告诉妈妈，跳绳对你很有用，她一定会很高兴的。"

玛丽上午在花园里用尖木头挖土时，挖出了一个很像洋葱的白色球根。她不知道那是什么，她把它放了回去，小心地在上面盖了一层泥土。这时，她突然想起也许玛莎知道那是什么东西。

"玛莎，"她说，"那些长得像洋葱的白色的根是什么东西？"

"是球根，"玛莎回答，"那里面可以长出花来。小的球根是雪绒花、番红花的，大的是水仙花、长寿花的，最大的是百合花和紫菖蒲的。啊，它们都很漂亮！在我们家的花园里，迪肯也种了很多花。"

"迪肯认得所有的花吗？"玛丽问，她的脑海中冒出来一个新念头。

"我们家迪肯能让砖缝里长出花来。妈妈说他能轻声细语地把东西从地里唤出来。"

"球根能活多久？如果没人管理，它们能活多少年呢？"玛丽有些焦急地问。

"它们懂得自己照顾自己。"玛莎说，"就是因为这点，穷人才能买得起也愿意买这种花。如果没有人打扰它们，它们会一直在地底下长着，长出新的小苗。在公共林区里有个地方，那里长了成千上万的雪绒花。春天到了，那里就是约克郡最漂亮的一处景色。没人知道它们是什么时候被种下的。"

"真希望春天快快到来，"玛丽说，"我迫不及待地想看看所有生长在英格兰的花草树木。"

吃完饭，玛丽坐在火炉前的地毯上，依然坐在那个她最喜爱的座位上。

"我好想有一把属于自己的小铲子。"她说。

"你要铲子干吗呢？"玛莎笑着问，"你要挖地吗？我要把这个消息告诉妈妈。"

玛丽眼睛看着火，心里衡量了一下。她如果要保住自己的秘密王国的话，就一定要事事都谨慎小心。她并没有做什么坏事，可是万一让克兰文先生知道花园的门被打开了，他可能会很生气的，然后再去换把新锁，再次把花园永远地锁起来。如果发生这种情况，她是无法接受的！

　　"这个地方这么大又没什么人，"她慢慢地说，把事情在脑子里反复思量着，"房子冷清，院子冷清，花园冷清，许多地方都被锁了起来。在印度时，我虽然也经常无所事事，不过那儿其实有事可做——我可以看士兵游行，偶尔还可以观看乐队演奏，我的保姆也会给我讲故事。在这里，除了你和季元本之外，我找不到说话的人。你要工作，季元本又常常不和我说话。我想，如果我有一把小铲子的话，我可以像季元本那样找个地方挖坑，然后跟他要一些种子，也许我能造一个小花园。"

　　玛莎的脸色明亮了起来。

　　"非常棒！"她大叫，"我妈妈就是这么说的，她说：'那个大庄园有那么多空地，他们应该给她一点儿自己的地，就算她什么也不种，只种点儿芹菜和小红萝卜也不错啊！给她一小块地，她就会一直挖个不停，并会为此而开心。'"

　　"是吗？"玛丽说，"她懂很多事情，对不对？"

　　"对！"玛莎说，"就像她说的，她有十二个小孩儿，作为一个妈妈，她除了知道一、二、三这些数字之外，还懂很多其他东西。因为小孩子会让你明白事理，这就像算术一样神奇。"

　　"一把铲子需要多少钱？一把小的。"玛丽问。

　　"嗯，"玛莎考虑了一会儿，"斯韦特村有个卖杂货的小店，我看到过一套小的园艺工具，有铲子、耙子、叉子，一套卖两先令。它们看起来很结实耐用。"

"我钱包里的钱早就超过两先令了，"玛丽说，"莫瑞森太太给了我五先令，克兰文先生吩咐莫德劳克太太每个星期也给我一些钱。"

"他有想到你呀？"玛莎忍不住惊呼。

"莫德劳克太太说我每个星期有一先令的零用钱。她每个星期六都会把零用钱给我，但我从来没花过，我不知道怎么花。"

"我的天啊！那你确实有不少钱了，"玛莎说，"任何你想要的东西都可以买了。我们农舍的租金虽然只要一先令三便士，但简直要我们拼了命才能挣够。我刚刚想起来……"她把手叉在腰上说。（一先令等于十二便士。译注。）

"什么？"玛丽急切地问。

"斯韦特村的杂货店里有那种一包一包的种子，一便士一包，我们家迪肯知道哪种最好看，怎么播种，他去过斯韦特村好多次了。你会写印刷体字吗？"玛莎突然问。

"我会写连笔字。"玛丽回答。

玛莎摇头。

"我们家迪肯只会认印刷体字。你要是能写印刷体字，可以给他写信，让他去把园艺工具和种子一起买来。"

"哦！你真是太好了！"玛丽喊，"你是好人！我不知道原来你这么愿意帮助我。我可以试着写印刷体字。我们现在就去跟莫德劳克太太要笔、墨水和纸。"

"不用去找她了，我那里有一些，"玛莎说，"我买了笔和纸，还有墨水，是给妈妈写信用的，我马上去拿！"玛莎去拿写信用的笔、墨水和纸了，玛丽站在炉火边，不停地绞着自己纤细的双手，开心得不知道说什么好。

　　"要是我有一把铲子，"她低声说，"我就可以挖开泥土，拔出杂草。我要是有种子，就可以种花。那样，花园就会慢慢地活过来。"

　　她那天下午没有去花园，因为玛莎拿来纸、笔和墨水后，要把餐桌收拾干净，再把碗碟拿下楼。玛莎进了厨房后，莫德劳克太太又让她去干别的活儿了，过了很长时间玛莎才回到玛丽的房间。接下来，她们就要给迪肯写信了，这对她们来说是件重大的事。在印度的时候，玛丽的家庭教师太不喜欢她，所以教给她的东西很少。她拼写不是很好，不过她发现自己只要有信念，肯努力，还是能写出印刷体字的。玛莎口述，玛丽写，她俩共同写完了这封信：

亲爱的迪肯：

　　我写这封信的时候，希望你一切顺利。玛丽小姐有很多钱，她现在想种点儿花，你能不能去斯韦特村的杂货店帮她买些花的种子和一套种花的工具。最好选那些最漂亮、最容易种的花，因为她从没种过花，她住在印度，那里跟这里是完全不一样的。顺便把我的爱转达给妈妈和其他人，玛丽小姐答应过我会告诉我更多她在印度的事，下次我休假时，你们就可以听到大象、骆驼以及军官们出去猎捕狮子和老虎的故事了。

爱你的姐姐玛莎·菲比·索尔比

"我们把钱和信一起放进信封里，我会让肉店里的伙计坐马车时顺便带给迪肯。他俩是好朋友。"玛莎说。

"迪肯买了那些工具和种子以后，怎样才能拿给我们呢？"

"他会自己送来的。他喜欢走路过来。"

"啊，天啊！"玛丽惊呼，"那我岂不是要见到他了！我从没想过能见到迪肯。"

"你很想见他吗？"玛莎突然问，因为玛丽脸上写满兴奋。

"是的，我想。我从来没有见过一个连狐狸和乌鸦都会喜欢的男生。我特别想见他。"玛丽异常兴奋地说道。

玛莎轻轻拍了脑门一下，好像记起了什么来。"我竟然忘记了。"她大声嚷道，"我本来打算早上见到你时就告诉你这件事的！我问过妈妈，她说她要自己去和莫德劳克太太说。"

"你是说……"

"就是我星期二说的那件事。问问莫德劳克太太，能不能哪天把你带到我们家，尝尝妈妈做的热乎乎的加了奶油的燕麦蛋糕，再喝杯牛奶。"

好像一切幸运的事都在同一天发生了。想想，在蓝天下穿过荒泽，去一个有十二个孩子的小农舍做客！

"莫德劳克太太会让我去吗？"她紧张地问。

"她肯定会的。她知道我妈妈是个多么爱干净的人，我们家被她收拾得要多干净有多干净。"

"要是真的能去你家，我就可以看到你妈妈，还有迪肯了，"玛丽充满期待，"她和印度的妈妈不一样。"

玛丽上午在花园里的忙碌以及这个下午带给她的兴奋都过去了。现在她感到特别平静，一副若有所思的样子。玛莎和她一起待着，直到喝晚茶的时候，这段时间她们安静、舒服地坐着，几乎没怎么说话。然而就在玛莎准备下楼去端茶时，玛丽突然问了一个让她吃惊的问题。

"玛莎，"她说，"今天那个洗碗仆人又牙疼了吗？"

玛莎吃了一惊。

"你为什么会这样问？"她说。

"因为我坐在这儿等你，左等不来，右等也不来，我就打开门到走廊那头看你来了没有，在那儿我又听到远处的哭声，就跟我们那天晚上听到的一样。今天没有刮风，所以我不会听错，应该不会是风声。"

"嚄！"玛莎有些紧张地说，"你千万不要在走廊里到处乱走、到处偷听。克兰文先生知道了肯定会非常生气的，到时候真不知道他会做出什么事来。"

"我不是在偷听，"玛丽说，"我是在等你，然后就听到了。这哭声我都听到三次了。"

"我的天哪！莫德劳克太太又在摇铃了。"玛莎说着，快速地跑出了房间。

"这幢房子真是有太多古怪之处了。"玛丽没精打采地说，于是她将头靠在身边一把铺着垫子的椅子上。新鲜空气和跳绳让她的身体感到特别疲倦，她很快就睡着了。

Chapter 10
迪肯

　　这一个星期以来，每天都有明媚的阳光照耀着秘密花园。"秘密花园"是玛丽为那个上了锁的花园取的名字。与其说她喜欢这个名字，不如说她更喜欢那种神秘的感觉：美丽的老墙把花园围起来，没有人知道它在何处，那里就像是一个与世隔绝的童话世界。她读过几本童话，有一些书里曾讲过秘密花园的故事。有个故事里面说有人在花园里睡了一百年，但她觉得那实在太蠢了。她毫无睡意，事实上，自从来到米瑟斯韦特庄园，她一天比一天清醒。她渐渐喜欢待在户外，不再讨厌风，反而越来越享受了。她越跑越快，越跑越远，跳绳也已经能跳满一百下。秘密花园里的那些球根一定非常惊讶，它们的周围居然变得如此干净整洁，它们有了自由呼吸的空间。事实上，玛丽并不知道那些球根已经开始在泥土里疯狂地生长，现在太阳每天照耀着它们，温暖着它们，雨水滋润着它们，这让它们开始变得非常有生气。

　　玛丽是个脾气倔强而且做什么都会坚持下去的小孩儿，现在她整个身心都扑在了秘密花园上，整个人都被吸引进去了，变得非常专注。她每天不停地干活，卖力地拔杂草，不但没有感到一丝一毫的厌烦，而且不知疲惫。她好像在玩一场令人着迷的游戏。她发现地上冒出了更多的小绿芽，似乎随处可见。每一天玛丽都看到有新的小绿芽冒出来，有些小绿芽非常柔弱细小，有些小到刚刚能钻出泥土小心地窥探这个世界。那些小绿芽越来越多，使她不禁想起玛莎曾说的"成千上万的雪绒花"和不断滋生蔓延的球根。这些球根已经有十年没人理会了，或许它们也像那些雪绒花一样，早就繁殖了成千上万。她好想知道它们还要多长时间才能开出花朵。有时她会停下手中的活儿，看着这个花园，努力想象着自己的周围百花盛开、争奇斗艳的景象。

在这阳光灿烂的一周里，她和季元本也渐渐亲密起来。好几次她突然来到他身边，仿佛是从地下钻出来似的，令季元本大吃一惊。事实上，玛丽是怕他发现自己过来后就捡起工具走开，所以每次都是悄悄地向他走去。其实，季元本已不像最初见到她时那么厌烦她了，这或许是源于玛丽的改变，玛丽那种明显想和这个老人做伴的神情，让他感到满足与欣慰。另外，她比以前文明多了。他不知道她第一次见到他时，她用的是对印度土著的态度和他说话；她不知道一个坚定的约克郡人根本不懂向主人行额手礼，更不懂要接受命令去做事。

"有时候你和那只知更鸟很像，"一天早晨，他抬头看到玛丽站在自己身边，对她说，"我从来不知道什么时候你会出现在我身边，你是从哪边来的。"

"它和我现在是好朋友了！"玛丽说。

"对，它就是这样，"季元本厉声说，"就知道讨好女人，特别虚荣、轻浮。为了显摆尾巴上的毛，它什么都干得出来。它是那么骄傲。"

季元本的话不多，他有时甚至不理会玛丽的问题，只是嘟囔一声，可是他今天早上的话比每天的都多。他站起来，把一只穿着钉靴的脚踩在铁锹上，仔细看着玛丽。

"你来这里多久了？"他闲聊似的问。

"大概一个月了吧。"她回答。

"你开始给这个庄园增添光彩了。"他说，"你比刚来的时候胖了一点儿，脸色也红润了不少。我第一次见到你的时候，感觉你看起来就像只被拔了毛的乌鸦。那时候，我从内心深处不想再见到你那张丑巴巴、苦哈哈的臭脸了。"

玛丽本身就不喜欢别人奉承，而且她也一点儿都不在意自己的长相，所以听了季元本的话之后也不觉得难过。

"我知道我变胖了，"她说，"我的袜子都变紧了，以前它是皱皱的。知更鸟来了，季元本！"

真的是知更鸟，她觉得它今天格外漂亮。它那红背心似的羽毛那么光滑，如同缎子一般，它不时耍弄着翅膀和尾巴，歪着小脑袋跳来蹦去，做出各种或活泼或顽皮的姿态，那样子像是要让季元本羡慕似的。可是季元本装出一副冷漠的样子。

"我知道你在耍诡计！"他说，"没有别人的时候，你还能拿我将就些。这两个礼拜你总是在整理你的背心，梳理你的羽毛。我知道你的目的。你在讨好那个小女孩，对她吹嘘自己是什么大鹕荒泽区里第一帅的知更鸟。你已经准备好要和其他知更鸟打架了吧？"

"哦！你看它！"玛丽惊呼。

知更鸟显然正在尽力地展现自己的魅力，而且一点儿也不怕冒险。它跳了过来，眼睛一眨不眨地看着季元本。它飞到最近的一棵醋栗树上，歪着头对着他唱起歌来。

"哼，你以为你做这些就可以哄我开心了吗？"老季元本皱着眉说，玛丽看得出来他不过是在尽力掩饰自己的喜悦而已，"你以为就你美——你真是太骄傲了。"

知更鸟展开翅膀——玛丽以为自己眼睛花了。它飞到季元本的铁锹柄上，停在了顶端。老人脸上的皱纹渐渐地舒展开了，表情也产生了变化。他站在那里一动不动，大气也不敢出——似乎是不愿惊扰这世界，以免他的知更鸟受到惊吓。

"好吧，我对你服气了！"他语调轻柔，好像正在谈论一件特别的事，"你确实知道怎么讨好人——你知道的！你这个小家伙，你太精明了。"

他一直那样一动不动地站着——屏住呼吸，直到知更鸟拍了拍翅膀，飞走了。他还是站在那儿，双眼盯着知更鸟站过的铁锹柄，好像它有什么魔法似的。过了好一会儿，他又开始重新挖地，有好几分钟都没说话。

不过，他仍不时地咧着嘴笑，所以玛丽跟他说话时一点儿也不害怕。

"你有自己的花园吗？"她一脸期待。

"没有。我是单身汉，和马丁一起住在大门房里。"

"假如你有一个自己的花园，"玛丽说，"你会种些什么？"

"卷心菜、洋芋、洋葱。"

"可是如果你想开辟个花园，"玛丽强调了一下，"你愿意种什么？"

"球根和一些好闻的花——不过，主要种玫瑰。"

玫瑰两个字让玛丽脸色一亮。

"你是不是很喜欢玫瑰？"她问。

季元本把拔出的一棵杂草扔到一边，然后认真地回答道："嗯，我非常喜欢玫瑰。是一位年轻女士教我种玫瑰的，我是她的园丁。她的花园里有很多玫瑰，她非常喜爱它们，像爱自己的孩子一样爱那些玫瑰——或者就像爱知更鸟一样。我亲眼见过她弯下腰亲吻玫瑰花。"他慢慢拔出另一棵杂草，微微皱眉，"不过，那已经是十年前的事了。"

"她现在在哪里呢？"玛丽很有兴趣地问。

"天堂。"他回答，把铁锹用力插入泥土中，"人们都这么说。"

"那些玫瑰花现在还活着吗？"玛丽追问，她的兴趣更浓了。

"不知道，它们只能自生自灭。"

玛丽听了此话，变得更加兴奋。

"它们会死吗？让那些玫瑰花自生自灭的话，有可能活下来吗？"她大胆地问道。

"唉！我怎么能不喜欢那些玫瑰花呢！因为我喜欢那位女士，而她喜欢它们。"季元本不情愿地承认道，"这十年间，每年我都去那儿一两回，给那些玫瑰修剪一下枝条，给根的周围松松土。它们疯狂地生长，因为那里的土壤肥沃，所以有的玫瑰活下来了。"

"它们没有叶子，枝条是干的，你怎么知道它们是不是活着？"玛丽询问道。

"等春天来临……到春天，阳光照耀着它们，春雨滋润着它们，你就会知道了。"

"怎么做……怎么做呢？"玛丽继续追问，忘记了要小心行事。

"找那些细嫩枝条看，枝条上要是到处有隆起的褐色小包，那么，在春雨过后再来看它们发生了怎样的变化。"突然，他停了下来，好奇地看着玛丽热切的脸，"你怎么突然间关心起玫瑰花的事了？"他问道。

玛丽的脸微微发烫，她不知道该怎样回答。

"我……我想要那个……我就是想要有个自己的花园。"她有些结巴地说，"我……在这里太闲了，没事可做，也没什么可玩……也没有人陪我。"

"也是，"季元本一边看着她，一边缓缓地说，"确实是这样，你什么都没有。"

他说话的口气带着些古怪，玛丽觉得他是有点儿可怜她。从来没有任何人可怜过自己，以前她只是感到烦闷，不高兴，因为她十分不喜欢周围的人和事。但是现在全都不一样了，周围的一切都变好了，如果没人发现秘密花园的话，她每天都会很开心的。

她又和季元本聊了十几分钟，还壮着胆子问了他一些问题。季元本又嘟嘟囔囔地回答了她的每一个问题，而且没有感到厌烦，也没有扛起铁锹走开。当玛丽准备离开时，他又讲了一些关于玫瑰花的事。她不禁想起季元本说过他喜欢那些玫瑰花。

"你要去看看那些玫瑰吗？"她问。

"今年去不了了。我得了风湿，关节僵硬得不方便活动了。"季元本语带抱怨地嘟囔着。突然，他似乎对玛丽大为恼火，尽管玛丽并不明白他为什么会突然生气。

"你听着！"他厉声说，"你怎么这么多问题！我见过的小姑娘里就你问的问题最多。赶快到别的地方玩去！今天我跟你说得太多了。"

季元本说话的语气表明他不太高兴，玛丽知道没必要继续待在这里了。她沿着外侧走道抡起跳绳慢慢地跳着往回走，但却反复想着季元本对自己说的话。说来奇怪，虽然季元本脾气古怪，可是她却依然很喜欢他。是的，她是真的喜欢他，总是主动靠近他，让他和自己讲话，而且她知道他熟知世上一切关于花草的事。

有一条曲折的月桂篱笆的小径环绕着那座秘密花园，这条小径的尽头有道小门，一直通向庄园的一片树林。她决定沿这条小径跳绳，去看看那片树林里有没有乱跑的野兔。她很享受跳绳的乐趣。她来到那道小门，忽然听到一声低沉而奇特的哨音，她停下来，推开门走了进去，想看看哪里来的声音。看到眼前的情景，她差点儿停止呼吸——一个男孩坐在树下，背靠着树，正吹着一支粗糙的木笛。这个男孩一看就很开朗，大约十二岁，衣着干净，鼻子翘翘的，脸蛋儿像罂粟花一样红彤彤的。让玛丽惊叹的是，小男孩有一双特别圆、特别蓝的眼睛，玛丽以前从来没见过这样一双眼睛。在他靠着的那棵树上，有一只棕色的松鼠正趴在那儿望着他。旁边的灌木丛里，有一只野鸡正在伸着脖子探看，那姿势很优美。小男孩的不远处坐着两只兔子，它们鼻子翕动着——看情形，这些动物似乎都被他悠扬的木笛声吸引过来，听他的笛子发出的奇妙低沉的呼唤。

他一看见玛丽，便举起一只手。

"不要动，"他说，声音低得几乎和他的笛声一样，"不然会吓走它们的。"

玛丽停下来，一动不动。他不再吹笛子，从地上慢慢地站起来，他的动作很慢很慢，简直看不出来他在动。他站直了身体，松鼠蹿入上面的枝叶里，野鸡缩回头，兔子则蹦蹦跳跳地跑开了，不过显然它们并没有受到惊吓。

"我是迪肯，"男孩说，"我知道你是玛丽小姐。"

不知怎的，她一开始就猜到这个男孩是迪肯。还有谁能像印度土著迷惑蛇一样迷惑兔子和野鸡呢？他嘴红红的、弯弯的，脸上洋溢着笑容。

"我站起来的时候如果动作太快，一定会惊吓到它们，"他解释，"有野生动物在旁边时，做什么动作都要慢，说话也要尽量放低音量。"

他对玛丽说话的时候一点儿陌生的感觉都没有，不像是第一次见面，反而像是十分熟悉的朋友。玛丽对他说话时的表情倒有点儿不自然，因为她一点儿都不了解男生，觉得很不好意思。

"你有没有收到玛莎的信？"玛丽问。

他点点有着红褐色鬈发的头："我今天就是来给你送你需要的东西的。"

他弯腰捡起了他刚才吹奏木笛时放在地上的一包东西。

"我拿来了你要的园艺工具。这儿有小耙子、小叉子和小锄头。它们都非常好用哦！还有一把移植用的小铲子。我买了好多花的种子，店里的老板娘还热心地送了我一包白罂粟和一包蓝色飞燕草。"

"现在，我能看看那些种子吗？"玛丽说。

她真希望自己能像他那样轻松地说话。他说话又轻快又简洁，给人的感觉是他很喜欢她，而且一点儿也不担心玛丽会不喜欢他，尽管他的衣服有补丁，他的长相有些滑稽，尽管他只是一个有着一头乱蓬蓬的红褐色头发、在荒泽上长大的普通男孩。

"我们坐到圆木上看花籽儿好了。"她建议。

他们在圆木上坐下，迪肯从外套口袋里掏出一个粗糙的小牛皮纸袋。他解开绳子，里面有许多个整齐的小袋子，每个袋子上面都印有一种花的图案。

"这里面有很多木樨和罂粟。"他说，"木樨是最香的，而且容易活，随便你撒到哪里它都会长，罂粟也是这样。只要你对它们吹声口哨，它们就能生长、开花，特别好看。"

他突然停了下来，迅速转过头，那罂粟色的脸上顿时换上了另外一种神采。

"是知更鸟在呼唤我们，它在哪里呢？"他说。

鸟鸣声从冬青灌木丛那边传来，玛丽知道那是季元本的知更鸟发出的声音。

"你听到它在呼唤我们了吗？"她问。

"嗯！"迪肯说，仿佛这是最平常的事，"它在呼唤它的某个朋友，好像在说：'我在这儿。快来看看我！我想聊聊。'它就在那边的灌木丛里。它是谁？"

"它是季元本的知更鸟，我估计它也认识我，跟我并不陌生。"玛丽回答。

"哦！它认识你，"迪肯又放低了嗓门说，"而且它很喜欢你，它已经把你当成朋友了。等会儿它就会告诉我关于你的一切。"

他一步一步慢慢地靠近那丛灌木，和玛丽刚才看见的一样。他发出一声鸣叫，那声音与知更鸟发出的叫声几乎一样。知更鸟全神贯注地听了几秒钟，然后也跟着叫起来，像是在回答迪肯提出的问题。

"哦！没错，它是你的朋友。"迪肯轻声笑道。

"你觉得它是我的朋友吗？"玛丽着急地问，"你觉得它真的喜欢我吗？"

"它如果不喜欢你，就不会靠近你，"迪肯回答，"鸟儿最会挑人，知更鸟比人类更自傲。看，它在讨好你呢。它在说：'你没看见我这个小家伙吗？'"

知更鸟看上去还真像迪肯说的那样。它一会儿羞怯地侧身慢走，一会儿啾啾地鸣叫，一会儿又歪着脑袋在灌木丛中跳来跳去。

"你是不是能听懂鸟儿说的话？"玛丽问。

迪肯的笑在脸上铺开来，整张脸上似乎只剩下了宽大、红润而弯弯的嘴巴。他习惯性地用手挠了挠他那乱蓬蓬的头发。

"我想我听得懂，它们也觉得我听得懂。"他说，"我在荒泽上和它们待了很长很长时间。我看着它们一天一天长大，我见过它们的出生，长毛，学飞，开始唱歌，直到我觉得自己也成了它们中的一员。有时我觉得自己有可能就是只鸟儿，也有可能是狐狸、兔子，再不然就是松鼠，甚至是一只甲虫，只是我自己不知道而已。"

他微笑着回到圆木上，重新说起种花的事。他告诉玛丽怎么栽种它们，怎样照顾它们，如何给它们施肥、浇水以及它们以后开花时的样子。

"来，"他突然说，"我来帮你种这些花。花园在哪里？"

玛丽紧张起来，纤细的双手在大腿上攥成一团。她不知道该怎么说，所以她一言不发地足足待了一分钟。她从来没有想到迪肯会问这个问题。她觉得倒霉。她的脸红一阵、白一阵。

"你有一个自己的小花园？"迪肯问。

玛丽神色慌张，表情有些尴尬，而且一声不吭，迪肯看到这一切感到非常困惑。

"他们没有给你一小块地吗？"他问道，"难道你还没有自己的花园？"

玛丽把双手攥得比刚才更紧了，抬起头望着迪肯。

"我对男生一点儿都不了解，"她慢慢地说，"你能帮我保守秘密吗？我跟你说，这是一个天大的秘密，要是被人发现的话，那我可就真的走投无路了！我相信我会死掉的！"她说最后一句话时，语气万分坚定。

迪肯越来越疑惑不解了，再次用手挠着那乱蓬蓬的脑袋，不过，他还是很高兴地回答她。"我会替你保守秘密的，"他说，"如果我是个守不住秘密的人，那小狐狸的窝、鸟巢，还有其他野生动物的家早就被别人发现了，荒泽上就谈不上安全了。嗯！放心吧，我能保守任何秘密。"

玛丽不由自主地伸出双手，紧紧抓住了迪肯的袖子。

"我偷了一个花园。"她说得很快，"它不是我的。它不属于任何人。没有人要它，没有人管它，那里也没有人进去过。也许里面的所有植物都已经死了。我不清楚。"

她有些激动，心头渐渐发热，而且产生了前所未有的固执。

　　"我不管，我不管！任何人也不能把它从我这儿夺走，只有我喜欢它，他们都不在乎它。他们不关心它的死活，任它被锁起来逐渐死去。"她愤愤地说完之后，双手捂住脸开始放声大哭——可怜的玛丽小姐。

　　迪肯的蓝眼睛睁得越来越圆，里面充满好奇。

　　"哦——哦——哦！"他对玛丽说的话既惊讶又同情。

　　"我无所事事，"玛丽说，"我一无所有。是我发现了它，我自己找到了进入里面的门。我就像是那只知更鸟，他们不会把这个花园从知更鸟那儿夺走的。"

　　"它在哪里？"迪肯低声问道。

　　玛丽迅速从圆木上站起来。她知道自己又变得乖戾，而且有些顽固不化了，不过她一点儿都不在乎。她傲慢，一副印度做派，同时心里又满是愤怒和悲伤。

　　"跟我来，我带你去看。"她说。

　　她在前面，迪肯跟在后面，他们一起绕着月桂小径，来到常春藤浓密的走道上。迪肯在后面跟着她，脸上露出一副怜悯、同情的表情。他感觉自己像被带去看一只陌生鸟儿的巢，动作必须缓慢、轻柔。当她走近围墙，掀起垂下来的常春藤时，他吓了一跳。那里居然有一道门，玛丽推开门，他们一起穿过门进入了花园。玛丽站在那儿，得意地挥舞着手。

　　"就是这儿了。"她说，"这是一个秘密花园，除了我之外，估计没人关心它的死活。我非常想让它活着。"

　　迪肯站在花园里，环顾四周，扫视了好几遍。

"噢！"他喃喃地说，"这真是个奇怪的地方，同时又那么漂亮！像是在梦境里似的。"

Chapter 11
荒泽上的鸟巢

　　他站在那儿环顾着四周，估计得有两三分钟，玛丽静静地观察着他。接着他轻轻地迈开脚步，动作甚至比玛丽第一次置身于这座花园时还要轻巧。他的眼睛就像摄像机一样，正一幕一幕仔细拍摄着眼前的美景——灰色的树上爬满藤蔓，藤蔓从树枝上垂下，与墙和草丛不断地缠在一起，常绿植物搭成的凉亭里面有石凳，还有高脚石花瓶。

　　"我从没想到我能见到这样一个地方。"他终于开口说道。

　　"你是不是以前就听说过它了？"玛丽问。

　　她说话的声音有些大，他对她比了个手势。

　　"我们说话要小声一点，"他说，"不然会有人听见我们的说话声，会怀疑这里发生了什么。"

　　"哦！我忘了！"玛丽说。她有些害怕，猛地用手捂住了嘴。"你以前就知道这个花园，对不对？"她回过神来后又问了一次。迪肯点头。

　　"玛莎告诉过我，这个庄园有个上了锁而且不允许人进去的花园，"他回答，"我们常常好奇地想象它会是什么样子。"

　　他停下来盯着那些由藤蔓和树搭成的可爱的灰色鸟巢，他圆圆的眼睛散发着快乐兴奋的光彩。

"啊！等春天来了，这里会有很多鸟巢，"他说，"这里该是英格兰最安全的筑巢圣地。这里没有人走近，这些缠绕在一起的树木和玫瑰丛里都能筑巢。怎么荒泽的鸟没全到这里来搭巢呢？这真是件奇怪的事。"

玛丽不知不觉又把双手放到他的胳膊上。

"你看，这些是玫瑰吗？"她低语，"你应该认得吧？我原来想它们也许都死了。"

"啊！不！它们不是……不是全部都死了！"他回答，"看这儿！"

他走到离自己最近的一棵老树旁，这棵树实在太老了，树皮上长满了灰色的苔藓，但是树上仍有一帘纠缠的花枝。他从口袋里拿出一把厚实的刀，打开其中一个刀片。

"这里有很多死树，都应该砍掉，"他说，"这里还有很多老树，但是它去年长出了些新芽。这，这个就是新长出的。"他摸着一个细芽，不是干硬的灰色，而是绿中带点褐色。玛丽小心而虔诚地摸了摸它。

"这个？"她说，"这个活得很好吗？"

迪肯的嘴又弯了起来，微微一笑。

"它跟我们俩一样醒着。"他说。"醒"这个词是玛莎告诉她的，是"活着"或"活泼"的意思。

"我希望它是醒着的！"她低声喊道，"我希望它们醒着！我们数数整个花园有多少棵是醒着的。"玛丽也开始学约克郡人，用"醒"代表"活着"。

他们两个顿时热情高涨。他们一棵树一棵树地察看着，从一丛灌木到另一丛灌木，哪一处都不放过。迪肯手上拿着他的刀，对她展示各种东西，她觉得他真是很了不起。

"强壮的在这上面长得繁密茂盛，但柔弱的都死光了。强壮的一直长，一直蔓延，直到变成一个奇观。看那儿！"迪肯说着，拽下一根灰色的干枯粗枝，"一般人都会以为这是根死木头，但是我不相信它真的完全死了……我们割开下面的部分来看看。"

他跪下用刀割开看似了无生气的枝条。

"这里！"他欣喜若狂地说，"快看，木头里还是绿色，瞧！"

他还没说完，玛丽已经跪下，全神贯注地凝视着。

"只要里面含有绿色的汁液，它就是醒的，"他解释，"若枝条中心干了，会很容易折断的，像我割下来的这根……这里有丛大根，既然这儿冒出一蓬活芽，如果把死了的枝条割了，给它松一松土，再有人来照顾，会是……"他停下来，抬头看着头顶攀缘着、垂挂着的枝条，"这里会有瀑布似的玫瑰花，就在今年夏天。"

他们从这丛灌木走到那丛灌木，从这棵树走到那棵树。他力气大，用刀灵巧，能娴熟地割去枯死的植物，能辨别出一根看似没有希望的主干或小枝里面是否还有绿色生命。忙碌了半小时后，玛丽觉得自己已经学会辨认了。她用力割断一根没有生气的枝条，只要见到绿色的汁液，便会压低声音高兴地叫起来。铲子、锄头、耙子很有用，迪肯逐一教她如何使用，向她演示。他用铲子在根的周围挖地、松土，让空气进去，一边教她怎么用耙子。

他们选了一株最大的玫瑰，在它的周围忙碌起来，松土、整理，突然，迪肯像是看到了什么，发出了一声惊奇的赞叹。

"哇！"他指着几公尺外的草丛大喊，"那里是谁整理的？"

那是玛丽自己围绕着灰绿嫩芽所做的小小整理。

"我做的。"玛丽说。

"哦，我以为你完全不懂园艺。看来不是的！"他惊呼。

"我不懂，"她回答，"我觉得它们太小了，周围挤满了那么密实的草，它们看起来像是被挤得没有地方呼吸。所以我就给它们清理了一下周围的杂草。其实我连它们是什么都不知道。"

迪肯走过去跪在小嫩芽的旁边，露出宽慰的微笑。

"你做得对，"他说，"真正的园丁能告诉你的也只有这么多。现在它们会像杰克的魔豆那样长大。它们是番红花和雪绒花，那里还有株水仙，"他转向另一条小径，"这里是黄水仙。啊，它们以后会是另一番景致！"

他从一块整理完的土地跑到邻近的一块。

"对这么小的女孩来说，你做得已经够多了。"他看着她说。

"我在长胖，"玛丽说，"我在变结实。以前我总是特别容易累，可是现在挖地的时候我一点儿都不觉得累。我喜欢闻新翻开的泥土的味道。"

"这对你很有好处，"他说，并深有同感地点点头，"干净的土是最好闻的了，当然除了雨水落到正长着的新鲜植物上的味道以外。下雨天我出去过很多次，躺在灌木丛里，听着那些雨点落在石楠上柔和的沙沙声。我就闻啊闻，怎么闻都闻不够。妈妈说我的鼻子已经变得跟兔子一样了，总是一开一合地翕动着。"

"你难道不会着凉吗？"玛丽问，感觉像是听到了什么神奇故事似的盯着他。她从来没有见过这么有趣的男生。

"不会啊，"他咧嘴笑着说，"从出生到现在我就没着凉过，我没那么娇弱。我和兔子一样，不论天气好坏都在荒泽上到处跑。妈妈说我吸了十二年的新鲜空气，早就习惯了冷空气。我身体结实着呢，像带刺的山楂树那样结实。"

他一直在说话，但是手中的活并没有停下。玛丽跟着他，用她的耙子、移植用的小铲子帮助他。

"这里有很多活儿等着我们来做！"他说着，非常欢欣鼓舞地四处张望。

"你能再来帮我做吗？"玛丽祈求道，"我一定也能帮得上忙。我能挖土、拔杂草，你让我做什么我就做什么。哦！来吧，迪肯！"

"要是你希望我来，我可以天天来，而且风雨无阻。"他坚决地回答，"这个游戏太好玩了，是我玩过的最好玩的游戏……唤醒一座花园。"

"要是你来，"玛丽说，"要是你能帮我把它救活，我该……我完全不知道我该怎么报答你才好。"她无力地说。像这样一个男孩，她能为他做什么呢？

"我来告诉你，你能做什么，"迪肯带着快乐的微笑说，"你能长壮，最好能像狐狸一样敏捷，你还能像我一样跟知更鸟说话。啊，我们在一起会有太多好玩的！"

他仰着头，看着墙和灌木丛，若有所思地开始四处走。

"这个花园如果是我的，我不想把它造成一个'园丁的花园'——一切都被修剪得那么整整齐齐，你觉得呢？"他说，"这样本来就很好看，它们自然地生长，随风摇荡着，相互缠绕在一起。"

"对，我们不要把它弄那么整齐，"玛丽紧张地说，"太整齐了就不像一个秘密花园了。"

迪肯站在那里非常疑惑地挠着红褐色的头发。"这肯定是个秘密花园，"他说，"但是，有人来过这里，除了知更鸟，肯定有别的人在上锁之后的十年里来过这儿。"

"可是门是锁着的，钥匙也被埋了起来，"玛丽说，"怎么会有人能进来呢？"

"不一定，"他回答，"这地方是有些奇怪。看起来像有人在这十年里进来修剪过。"

"可是他是如何做到的呢？门锁着，钥匙被埋起来了！"玛丽说。

他看着一枝玫瑰，轻轻地摇了摇头。

"是啊！如何做到的呢？"他嘟囔，"门是锁着的，钥匙又被埋起来了。"

玛丽一直觉得无论她活到多少岁，都会铭记属于自己的花园开始生长的那个早晨。当然，那个早晨她的花园似乎真是为她开始生长的。就在迪肯清理地面、种下种子的时候，玛丽忽然想起巴兹尔捉弄她时对她唱的歌。

"有什么花长得像铃铛吗？"她好奇地问。

"铃兰最像，"他边回答边用铲子挖着泥土，"坎特伯雷风铃和其他各种风铃草。"

"那我们种一些铃兰吧。"玛丽说。

"这里已经有铃兰了，我看到过。它们长得太密了，我们必须把它们分开。其他种子要两年才能开花，不过我可以从我们家的花园带一些给你。你为什么想要铃兰？"

玛丽把在印度她跟巴兹尔和他的兄弟姐妹之间所发生的事告诉了他，她那时非常讨厌他们，讨厌他们叫她"任性的玛丽小姐"。

"他们经常围着我跳舞，对我唱歌，他们是这样唱的：'玛丽小姐，特别任性，你的花园，长得如何？银色风铃，鸟蛤贝壳，金盏花儿，排成一行。'我一直记得这首歌，一直想知道是不是真的有像银色风铃一样的花。"

她皱起眉，狠狠地把铲子往土里一插。

"我不像他们说的那样爱故意作对。"

迪肯笑起来。

"啊！"他一边说，一边压碎肥沃的黑土。她看到他用力闻着它的气味。"没有人会故意作对的，当周围有花一类美好的东西时，就会招来许许多多友好的野东西，它们建造自己的家，筑巢、唱歌、吹口哨、到处乱跑，对吧？"

玛丽正拿着种子跪在他旁边，看着他，听他这么一说，她的眉毛舒展开了。

"迪肯，"她说，"你和玛莎都很好。我喜欢你，你是第五个让我喜欢的人。我自己从没想到我会有五个喜欢的人。"

迪肯坐起来，和玛莎擦炉架时的姿势很像。玛丽看着他圆圆的蓝眼睛正好奇地看着自己。

"你只喜欢五个人？"他说，"那另外四个是谁？"

"你妈妈和玛莎，"玛丽掰着手指头数，"还有知更鸟和季元本。"

迪肯控制不住地大声笑了起来，他不得不用胳膊堵住嘴来止住声音。

"我知道你肯定觉得我是个奇怪的家伙，"他说，"但是你也是我见过的女孩中最奇怪的一个。"

这时候玛丽做了件很奇怪的事。她身体微微前倾，问了一个做梦也没想到会问别人的问题，而且她努力用他惯用的约克郡话问。在印度，如果你能和土著说方言，他们通常都很高兴。

"尼（你）喜欢我吗？"她说。

"啊！"他诚恳地说，"我喜欢尼。我觉得尼非常好，我相信知更鸟也这样觉得！"

"哦，两个了，那么，"玛丽说，"现在喜欢我的总共有两个人了。"

他们继续工作着，浑身似乎有使不完的劲儿，而且气氛是那么愉快。后来院子里的大钟响了，预示着午饭时间到了，她听到钟声吓了一跳，觉得可惜。

"我必须走了，"她有些难过地说，"你也要走，是不是？"

迪肯咧着嘴笑了起来。

"我的饭随身携带，"他说，"妈妈总会在我口袋里装点吃的东西。"

他从草地上捡起外套，从一个口袋里掏出一个鼓鼓的小包裹，用一张干净的粗布蓝白手帕包着。里面是两片厚厚的面包，面包中间夹着一片薄薄的东西。

"一般情况下只有面包，"他说，"可是今天，妈妈还在里面给我夹了一片油滋滋的咸猪肉。"

玛丽觉得他的这顿饭看起来怪怪的，但是显然他已准备就绪，要好好享用自己的午餐了。

"你快去吃饭吧，"他说，"我一会儿就吃完。我回家之前还能再整理出一些地方。"

他坐下来，靠在一棵树上。

"我会把知更鸟呼唤过来，"他说，"把咸猪肉的硬边给它吃，它很爱吃有油的食物。"

玛丽真舍不得离开他。她有那么个瞬间觉得，他仿佛就是一个森林精灵，等她吃完饭再回到花园里来的时候，他可能就会不见了。他很不像真的。她慢慢地走向那个带锁的门，走到半路，她停下又折了回来。

"无论发生什么事，你……你都会保守秘密的，对吗？"她说。

他罂粟般深红的脸蛋儿被一大口面包和咸猪肉撑得鼓了起来，但是他正努力露出一个鼓励的笑容。

"假如你是只荒泽上的画眉鸟，带我去看了你的窝，你想想我会告诉别人吗？当然不会，"他说，"放心好了，你和画眉鸟一样安全。"

而她相当肯定她是安全的。

Chapter 12
"我可以要一小块地吗？"

　　玛丽跑得飞快，当她跑到房间的时候，已经上气不接下气了。她额前的头发蓬松地散着，脸蛋儿是鲜亮的粉红色。午饭已经摆在了桌子上，玛莎在旁边等着她。

　　"你晚了。"她说，"你去哪里了？"

　　"我见到迪肯了！"玛丽喘着气说，"我见到迪肯了！"

　　"我就知道他会来，"玛莎欣喜地说，"你觉得他怎么样？"

　　"我觉得……我觉得他好看，很酷！"玛丽语气坚定地说。

　　玛莎倒退了一步，但是明显很高兴。

　　"嗯，"她说，"他是全世界最棒的小伙子，可是我们从来没有觉得他好看。他的鼻子太翘了。"

　　"我就喜欢翘鼻子。"玛丽说。

　　"还有他的眼睛也太圆，"玛莎稍微犹豫了一下说，"虽然眼珠的颜色很好看。"

　　"我喜欢他那双圆眼睛，"玛丽说，"他的眼珠和荒泽上蓝天的颜色一模一样。"

玛莎神采奕奕，非常高兴。

"妈妈说是他自己让眼睛变成了那种颜色，因为他总是抬头观察天上的鸟儿和云朵。可是他的嘴太大了，不是吗？"

"我喜欢他的大嘴。"玛丽执拗地说，"我希望我的嘴也能长成那样。"

玛莎快乐地笑起来。

"你的脸那么丁点儿大，再长一张大嘴，会显得很突兀、很好笑的。"她说，"不过我知道你见了他后一定会喜欢他的。你觉得种子和工具怎么样？"

"你怎么知道他给我送来了那些东西？"玛丽问。

"啊！我非常确定他会给你送来的。只要能在约克郡买到，他肯定会给你送来。他本来就是一个非常可靠的小伙子。"

玛丽担心接下来她会问关于秘密花园的问题，但是她没有问。玛莎的兴趣都集中在种子和工具上。但是当玛莎开始问准备把这些花的种子撒在哪里的时候，玛丽着实被吓到了。

"你问过他们了吗？"她询问。

"我还没来得及问呢。"玛丽犹豫着说。

"嗯，我是不会去问那个总园艺师饶奇先生的。他太爱摆架子了。"

"我从来没见过他。"玛丽说，"我只见过一般的园丁和季元本。"

"我觉得你还是去问季元本。"玛莎建议，"他人其实很好，虽然所有人都觉得他很阴沉。克兰文先生留下他，让他愿意做什么就做什么，因为他是克兰文太太的园丁，以前他经常把她逗得很开心。她很喜欢他。

也许他能在哪个不挡道的地方给你找块地，让你种这些种子。"

"只要是不挡道、没人要、没人在乎的一块地就能归我所有，是不是？"

"没有理由不让你种，"玛莎说，"你又不会妨碍谁。"

玛丽以最快的速度吃完了饭。当她从桌旁起身，准备跑去房间戴帽子出门的时候，玛莎叫住了她。

"有件事要告诉你，"她说，"我想等你吃完饭就告诉你。克兰文先生今天早上回来了，我觉得他想见你。"

瞬间，玛丽的脸色变得苍白起来。

"哦？"她说，"为什么？为什么？他不是不愿意见我吗？我听皮切尔说过他不会想见我。"

"嗯，"玛莎开始解释，"莫德劳克太太跟我说是因为我妈妈的关系。我妈妈去斯韦特村的时候，正巧遇到了克兰文先生。她以前一直都没跟他讲过话，不过克兰文先生曾经去过我们家两三次。估计他早忘记了，可是我妈妈记得，于是我妈妈就冒昧地叫住了他。我不知道她对他说了什么，可是她说的话让他觉得在他再次出发之前该来看看你。他明天就又要走了。"

"噢！"玛丽喊道，"他明天就走吗？那真是太好了！"

"这次他会出门很久。可能会等到秋天或冬天才回来。他要去国外旅行。他总是这样。"

"噢！我真开心——开心极了！"玛丽愉快地说。

如果他冬天——就算是秋天才回来，那她也有时间看着秘密花园

"醒"过来。即便到时候被他发现了，把花园从她手里抢走，那至少她也算是拥有过它了。

"你觉得他什么时候想见……"

玛丽话还没说完，莫德劳克太太开门走了进来。莫德劳克太太穿着她最好的黑色的裙子，戴着她最好的那顶帽子，领子用一枚大领针扎住。领章上有一张男人的脸，那是已经去世多年的莫德劳克先生的照片，她盛装时总是会把它戴上。此刻她显得紧张而兴奋。

"你要梳梳你那毛糙的头发。"她说得很快，"玛莎，给她穿上最好的裙子。克兰文先生要见她，派我把她带到书房去。"

玛丽的脸瞬间由红转白，她的心开始怦怦直跳。她觉得自己又变回了不自在、乏味、沉默的孩子。她甚至没有回答莫德劳克太太的话，转身走进了自己的卧室。玛莎在后面跟着她也进了卧室。

玛莎给她换衣服的时候，她一声不吭。梳好头发，等打扮整齐之后，玛丽跟着莫德劳克太太沿着走廊往前走，依然沉默不语。玛丽没什么好说的，她必须去，去见克兰文先生。她知道，他不会喜欢她，她也不会喜欢他。她知道他会像其他人一样看她。

她跟着莫德劳克太太来到这幢房子里她从未到过的一处地方。莫德劳克太太敲门，有个声音说："进来。"她们一起进到屋内。一个男人坐在炉火旁。

"老爷，这是玛丽小姐。"莫德劳克太太说。

"你出去吧，让她留在这里。需要你的时候，我会摇铃叫你。"克兰文先生说。

莫德劳克太太出去后把门关上了，玛丽在一旁站着等待。玛丽又回到了乏味、不舒服的状态中，她那双细小的手绞在一起，一脸的倔强。她看得出来，坐在椅子里的克兰文先生，虽然高耸的肩膀有些倾斜，但是他的背驼得并不是很厉害。他的黑发中夹杂着一根根白发。他转过头来看着她。

"过来！"他说。

玛丽朝他走去。

如果他脸上的表情不是那么忧郁的话，他其实长得挺好看的，甚至可以算是英俊。他那副模样，给人的感觉是仿佛见她是一件让他苦恼、烦躁的事，他不知道到底该拿她怎么办。

"你过得还好吗？"他问。

"还好。"玛丽简短地回答。

"他们有没有好好照顾你？"

"有。"玛丽回答得有些僵硬。

他有些烦躁，开始一边揉着前额，一边注视着她。

"你看起来太瘦了。"他说。

"我正在长胖。"玛丽回答，觉得现在简直不自在到了极点。

他的脸上写满不开心！他的黑眼睛跟没看见她一样，仿佛在看别的东西。他看起来不可能把心思放在她身上。

"我不小心把你给忘了，"他说，"我哪记得住你呢？我本来想给你找个家庭教师或者保姆的，但很抱歉，我忘记了。"

"请你，"玛丽开口说，"请你……"这时，她着急紧张得说不出话来了。

"慢慢说，别着急。"他说道。

"我……我长大了，已经不需要保姆了。"玛丽说，"请你……请你暂时不要给我找家庭教师。"

他又揉了揉前额，看着她。

"那个索尔比家的女人也是这个意见。"他心不在焉地说。

这时玛丽鼓起仅存的勇气。

"她是……她是玛莎的妈妈吗？"她结巴着问。

"是，应该是的。"他回答。

"她很懂得小孩儿的心思，"玛丽说，"她自己有十二个孩子，所以她很有经验，很懂孩子的想法。"

他好像回过神来了。

"那你想做什么？"

"我想到房子外面玩，"玛丽回答，尽力控制自己的声音不要发抖，"在印度时，我不喜欢户外。但是在这里，我喜欢户外，每天运动让我胃口大开，而且我想我能长高、长胖些。"

他观察着她。

"索尔比太太说户外活动对你有好处，也许是吧。"他说，"她说你得长强壮些了才能给你请家庭教师。"

"每当我在荒泽上的风里尽情玩耍的时候，我就会觉得我比以前强壮不少。"玛丽答道。

"你都在哪里玩？"他接着问。

"哪儿都去，"玛丽有些紧张，"玛莎的妈妈送给我一根跳绳。我就拿着跳绳四处跳……我还到处看有没有东西开始从土里冒出来。我不会妨碍任何人的。"

"不用害怕。"他声音苦恼地说，"你不会妨碍什么人的，你还是个小孩子，你可以想做什么就做什么。"

玛丽把手放到喉咙上，因为怕他发现自己兴奋得喉咙都哽咽了。她缓缓向他靠近一步。

"我真的可以做任何我想做的事吗？"她瑟瑟地问。

她的小脸上那副明显很焦虑的样子，让他更为苦恼。

"不用害怕，孩子。"他说，"你当然可以。我是你的监护人，虽然我并不懂得怎么照顾孩子。因为生病的关系，我情绪不好，不能在你身上花时间和心思。但是我希望你每天都过得舒服、快乐。我一点儿都不懂小孩儿的心理，但是我已经吩咐莫德劳克太太照顾你，小孩该有的你都会有。我今天之所以派人带你来，是因为索尔比太太说我应该见见你。她的女儿经常谈起你，而她觉得你需要呼吸新鲜的空气，需要自由自在地到处跑。"

"她很懂得小孩儿的需求。"玛丽不由自主地说。

"她是很懂。"克兰文先生说，"她在荒泽上拦住我，我觉得这是相当唐突的行为，但是她说……克兰文太太曾经对她很关照，我才不得不停下来注意听她说的话。"让他说亡妻的名字似乎是很艰难的事，"索尔比是个可敬的女人。看来你同意她的看法。那就到户外尽情地玩去吧！这个地方这么大，你可以随便玩儿，想去哪里就去哪里，只要你觉得开心就行。你有什么想要的东西吗？"——一个念头瞬间在玛丽的脑海中形成——"你想要什么东西吗？布娃娃？玩具？书？"

"我可以……"玛丽声音有些颤抖，"我可以要一点儿泥土吗？"

情急之下，她没有意识到她的话听起来是那么奇怪，而且这不是她原本想说的话。克兰文先生甚为吃惊。

"泥土！"他有些惊讶，"你用来做什么？"

"我想用它来种花……长东西……看它们活过来。"玛丽支吾着。

他凝视了她一阵子，然后迅速地把手覆盖在眼睛上。

"你……这么关心花园吗？"他慢慢地说。

"在印度时我不懂花园，"玛丽说，"因为我总是生病，每天都觉得很累，而且天气又是那么热，让人提不起精神。虽然有时候我会在沙里做些小花圃，把花插到里面。但是到了这里，情况完全不一样了，我很想要一块地。"

克兰文先生站起来，开始慢慢在房间里来回踱步。

"一块地，"他对自己说，玛丽能感觉到一定是自己唤醒了他的某些回忆。等他停下来对她讲话时，他的眼睛显得温柔而慈祥。

"随你想要多少地都行，"他说，"你让我想起了一个人，她也深爱土地和地上生长的东西。你看到你想要的地了吗？"他的心情变得愉快起来，"可以，孩子，让它活过来。"

"任何一块没人要的地都可以吗？"

"任何一块地都可以，"他回答，"好了！现在你必须得走了，我累了。"他摇铃唤来莫德劳克太太，"再见。整个夏天我都要外出。"

莫德劳克太太很快就到了，玛丽觉得她一定就在走廊上等着。

"莫德劳克太太，"克兰文先生对她说，"现在我见到了孩子，也终于明白索尔比太太的意思了。她现在还是有些柔弱。开始上课之前她必须得长得更健康一些，让她吃简单、有营养的食物，让她在花园里随便跑。不要太过注意她，她需要自由、新鲜空气以及到处蹦蹦跳跳。索尔比太太什么时候都可以过来看玛丽，或者玛丽什么时候要去她家的农舍都是可以的。"

莫德劳克太太听了很高兴，尤其在听到不需要太过"注意"玛丽时，像是卸下了千斤重担似的。她早就觉得照顾她是个累人的差事，之前就已经尽可能地减少对她的照顾了。而且，她也很喜爱玛莎的妈妈。

"谢谢，老爷。"她说，"索尔比和我是同学，她是个明理、好心的女人。我自己没有孩子，但她有十二个，他们都是健康、活泼的好孩子。他们不会对玛丽小姐有任何不好的影响。在管教孩子上，我也总是采纳她的意见。她可以算得上是个'心智健全'的女人——我知道您可以理解我的意思。"

"我理解。"克兰文先生回答，"把玛丽小姐带走，把皮切尔叫来。"

当莫德劳克太太在走廊尽头消失后，玛丽飞快地跑回她的房间。她看到玛莎正在那里等着她。其实，玛莎收拾好剩下的饭菜后就急忙赶回来等消息了。

"我可以有自己的花园了！"玛丽高声喊道，"可以在任何我想要的地方！我暂时不会有家庭教师！你妈妈可以随时来看我，我也可以在任何时候去你们家的农舍！他说我这样的小女孩妨碍不到别人，我可以随便做任何想做的事情——在任何地方！"

"哦！"玛莎高兴地说，"他人很好，对吧？"

"玛莎，"玛丽慎重地说，"他是个善良的人，只不过他的神情看起来很忧郁，他的眉头总是皱在一起。"

她以最快的速度跑到花园。她离开的时间远远超过了吃一顿午餐的时间，她知道迪肯的家离这儿有五英里远，所以他得早点儿回去。当她从常春藤下溜进来的时候，她看到，原本迪肯待的地方没有了人影。园艺工具都被整齐地放在了树下。她跑过去，环顾了一圈，依然没有见到迪肯。她知道他走了，秘密花园空了。知更鸟此刻越过墙飞来，停在玫瑰丛上看着她。

"他走了，"她有些难过地说，"噢！他只是……他只是……只是一个林中精灵吗？"

她看到玫瑰丛上钉着一张白色的纸。原来是她依玛莎的话写下来寄给迪肯的那封信中的一张纸。纸被钉在一根玫瑰枝上，她知道这肯定是迪肯留下的，上面有一行潦草的字和一幅图。她看了半天也认不出是什么，后来她慢慢看出纸上画的是一个鸟巢，鸟巢里蹲着一只鸟。纸的下方写着：

"我还会回来的。"

Chapter 13
"我是柯林"

吃晚饭的时候，玛丽把图拿给玛莎看。

"噢！"玛莎看完大为骄傲地说，"原来我们家迪肯这么厉害，我都不知道。这个巢里面是一只画眉鸟，它的巢就在大鹕荒泽区，他画得大小跟真的一样，样子也很逼真，而且比真的还自然呢。"

玛丽这才明白，原来迪肯是用画来告诉她，让她放心，他会帮她保守秘密。秘密花园是她的巢，她就像一只大鹕荒泽区上的画眉鸟。噢，她是如此喜欢这个长相普通而又特别的男生！

她希望第二天马上就来，她入睡时盼望着早晨快点到来。

可是你永远不知道约克郡的天气将会怎样，特别是春天的时候。夜里，雨点重重敲打着窗户，声音很大，她被吵醒了。大雨瓢泼般洒了下来，风在这座巨大古老的房子的拐弯处、烟囱里呼啸着。

玛丽睡不着了，就从床上坐起来，暗暗生气。"这雨和我以前一样爱和人作对。"她说，"它明知道我不想要它，它还要来。"

她倒回枕头上，把脸埋进枕头。她没有哭，只是躺在床上气恼地听着雨水落下敲打窗户的声音，她讨厌风，讨厌风的呼啸声。她翻来覆去还是睡不着，如果她情绪安稳的话，风雨声可能早已经安抚她入睡了。这场雨来势凶猛，一直击打着玻璃窗，发出巨大的声响。

"风声听起来很像一个在荒泽迷路的人，一边流浪，一边哭泣。"她想。

她已经辗转反侧了大概一个小时，突然，她听到一个声音，猛地从床上坐了起来。她扭头转向门的方向仔细聆听。

"这不是风声，"她低语，"这不是风的声音，这是我以前听到过的人的哭声。"

声音是从走廊那边远远传来的，是一种模糊的焦躁的哭声。她听了几分钟，更加肯定这是人的哭声。她很好奇，决定找出这声音的源头。这似乎比秘密花园和被埋了的钥匙还要奇怪。大概是喜欢跟人作对的情绪让她的胆子变大了，她起身离开了床，站在地上。

"我要找找看这到底是怎么回事，"她说，"大家都在睡觉，我才不管莫德劳克太太会说什么呢！"

床边点着一支蜡烛，她拿起来轻轻地走出房间。走廊又长又黑，但是她太兴奋了，所以不怎么害怕。她想起上次迷路那天，莫德劳克太太出现时穿过的那个走廊。声音就是从那个走廊的方向传来的。她借着蜡烛的微光继续走着，基本是凭着感觉在找路，她的心剧烈地跳动着，好像自己都能听见。那远处的模糊的哭声不断传来，引导着她。有时它停顿一下，待会又开始响起来。"是不是要在这个地方转弯呢？"她停下来想了一下，"是，是这里。"走到这个走廊的尽头，然后左转，然后上两段台阶，再右转。对，她看到了那扇被挂毯盖着的门。

她轻轻推开门，进去后把门关好。她站在走廊里，那个不太响亮的哭声在这一刻被她听得非常清楚。声音在墙的左边那一侧，再走几步后，有一道门，她能看到门下透出的一点亮光。有个人在那个房间里哭着，是个年纪很小的人。

她走到门前，轻轻推开门，进到了那个房间里。

这个房间很宽敞，里面有古老、华丽的家具。微弱的火光照在壁炉前的地上，屋子里面有一张四角带柱并挂着锦缎的雕花大床，床边点着一盏灯，床上躺着一个男孩。他正焦躁不安地哭着。

玛丽惊疑不定，不知道自己到底是来到了一个真实的地方，还是不知道什么时候睡着了在做梦。

男孩的脸特别尖瘦，肤色白如象牙，眼睛在那过瘦的脸上显得更大了。他浓密的头发垂在前额上，显得脸更小了。小男孩看上去像是病了很久，但似乎是因为心情不好在哭，并不是因为身体的疼痛而哭。

玛丽手执蜡烛站在门旁，屏住呼吸。她溜进房间，一步一步向床边靠近。蜡烛的亮光吸引了男孩的注意，他的灰眼睛睁得特别大，盯着玛丽。

"你是谁？"终于他恐惧地低语，"你是鬼吗？"

"不，我不是，"玛丽回答，她的语气里也带着恐惧，"你是吗？"

他呆呆地看着玛丽发愣。玛丽注视着他那双灰色的眼睛，他的眼睛实在是太大了，而且周围还长了又黑又长的浓密的睫毛。

"我不是鬼，"他过了一会儿才回答，"我叫柯林。"

"柯林是谁？"她道。

"我是柯林·克兰文。你叫什么名字？"

"我是玛丽·伦诺克斯。克兰文先生是我姑父。"

"他是我爸爸。"男孩说。

"你爸爸！"玛丽倒吸了一口气，"我不知道他还有个儿子，他们为什么从来都没跟我说过？"

"过来。"他命令似的说道，眼睛仍然盯着她，表情有些焦虑。

她走到床边。他伸出手摸她。

"你是真的，是不是？"他说，"我经常做梦，那些梦也很真实，你也许只是其中一个梦罢了。"

玛丽出来的时候套上了一件羊毛袍子，她把袍子的一角放到他的手上。

"你可以揉一揉，看它多厚多暖和。"她说，"如果你愿意的话，我还可以捏你一下，让你看看是不是真实的。刚才我也以为是在做梦。"

"你是从哪里来的？"他问。

"从我自己的房间里。风那么大声，吵得我睡不着，我听到有人哭，就想找出到底是谁在哭，所以我就找到这里来了。你为什么哭呢？"

"因为我睡不着，我头疼。再跟我说一次你的名字。"

"玛丽·伦诺克斯。你不知道我来到这个庄园了吗？没人告诉你吗？"

他还在揉着她的袍子，不过他似乎开始相信这一切不是梦，是真实的。

"没有，"他回答，"他们不敢告诉我。"

"为什么不敢？"玛丽问。

"因为我不想别人看到我。我不准其他人看到我，和我说话。"

"为什么？"玛丽又问，比之前更疑惑了。

"因为我总是生病，所以必须躺着。我爸爸不准任何人和我说话，也不准仆人们谈论我。如果我能活下来，我可能会变成驼背，但是我不会活太久的。我爸爸也不喜欢我，因为他一想起我可能会像他一样，就觉得厌烦。"

"哦，这真是一幢古怪的房子！"玛丽说，"这房子实在是太古怪了！到处都隐藏着秘密！不但房间被锁起来，花园被锁起来，还有你……你是不是也被锁起来了？"

"没有。因为我不想到外面去，那对我来说太累了，所以我只好待在这个房间里。"

"你爸爸常来看你吗？"玛丽不知道会不会冒犯眼前这个人，但还是问了出来。

"有时候。一般是在我睡着的时候。他不愿意直接面对我。"

"为什么？"玛丽忍不住又问。

男孩的脸上闪过一抹愤怒的神色。

"我妈妈在生我的时候去世了，他很讨厌我，不愿意看到我这个杀人凶手。他以为我不知道，但是我非常清楚，人们背地里谈论的时候被我听到了。他几乎仇恨我。"

"他恨那个花园，难道也是因为你妈妈死了的关系吗？"玛丽半是自言自语。

"什么花园？"男孩问。

"哦！不过是……不过是一个你妈妈以前喜欢的花园。"玛丽结结巴巴，"你难道一直待在这里吗？"

"基本上是。有时候我会被带到像是海边的地方，但是我不喜欢那里，因为其他人都盯着我看。以前我身上戴着一个铁架一样的东西，来支撑我的背，但是一个伦敦来的医生来看我，说那个东西很愚蠢。他叫他们把那个东西拿掉，让我待在户外的新鲜空气里。但是我讨厌新鲜空气，我不喜欢出去。"

"我刚来的时候也不喜欢这里。"玛丽说，"你为什么总是看着我？"

"因为这个梦太真实了，"他相当焦躁地回答，"即使我睁着眼睛，也不相信我是醒着的。"

"我们两个现在都清醒着。"玛丽说，她看了一眼高高的天花板、满布阴影的角落和微弱的火光，"看起来很像是在梦里，现在是半夜时分，这幢房子里的其他人都睡了——除了我们俩。我们清醒得很。"

"我希望这不是梦。"男孩焦虑不安地说。

玛丽仿佛想起什么来。

"你不是不喜欢别人看到你吗，"她开口道，"那你需要我走开吗？"

他仍然不停地揉着她的那件袍子，听到玛丽这么问，轻轻地拉了一下。

"不，"他说，"你不要走，你走了，我肯定会觉得这是个梦。如果你是真实的，你就坐在那个脚凳上和我聊天吧。我想听听你的故事。"

玛丽把蜡烛放在床边的桌子上，坐在那个带褥垫的脚凳上。她本来就不想走，她想留在这个神秘的、被隐藏起来的房间里陪这个从来不出门的男孩说话。

"你想要听什么呢？"她问。

他想知道她来米瑟斯韦特庄园多长时间了；他想知道她的房间在哪个位置；他想知道她每天都做些什么；他想知道她是不是也讨厌荒泽；他想知道她来约克郡之前住在哪里。她对他的问题一一做了回答，当然还有许多别的问题，他躺在枕头上默默地听着。

他请玛丽讲了很多有关印度和越洋旅行的事。她发现，因为他常年卧病在床，足不出户，所以其他孩子知道的事情他都不知道。他还很小的时候，有一个护士教会了他读书，所以，他的时间都用在了读书上，或者看华丽的图画书里的图画。

虽然他醒着的时候，爸爸很少来看他，但他给他买了很多奇妙的东西，用来娱乐。然而，这些东西并没有取悦他。他总是要什么就有什么，从来不必做他不喜欢做的事。

"所有人都必须让我高兴。"他冷淡地说，"我连发脾气时都会觉得恶心。没有人相信我能活到成年。"

他说这话的口气，仿佛是已经习惯了这件事。他看起来很喜欢玛丽的声音，一直认真专心地听她说话。她一直不停地说着，他默默地、感兴趣地听着。有时太安静了，她怀疑他睡着了。可是最后他问了一个问题，这个问题打开了一个新话题。

"你几岁了？"他问。

"十岁。"玛丽回答，一时间忘了自己的烦恼，"我知道你也是十岁。"

"你怎么知道的？"他惊奇地询问。

"因为你出生那年，花园的门被锁上了，钥匙被埋了起来。那个花园已经锁了十年了。"

柯林突然来了兴趣，他半坐起来，转向她，身体用胳膊肘撑着往前倾。

"哪个花园门被锁起来了？谁锁的？钥匙埋在哪里？"他喊道，这件事引起了他的好奇。

"是……是克兰文先生不喜欢的那个花园。"玛丽紧张地说，"他让人把门锁起来的。没人……不知道钥匙埋在哪里。"

"那是个什么样的花园？"柯林热切地追问。

"那个花园不允许任何人进去，而且它已经被锁了十年了。"玛丽小心地回答着。

可是这时候小心已经太迟了。他非常像玛丽，他也无事可做，所以这个上了锁的花园吸引了他，正如当初吸引了她一样。他不停地追问着。它在哪里？她去找过那座花园的门吗？她问过园丁吗？

"园丁们不肯告诉我，"玛丽说，"我想可能是有人禁止他们谈论有关这个花园的事。"

"我能让他们回答。"柯林说。

"你能吗？"玛丽支吾道，她有些害怕。要是园丁们回答了他的问题，谁知道接下来会有什么事情发生呢？

"他们每个人都必须听我的吩咐，他们必须让我高兴。我告诉过你的。"他说，"要是我活下来，这地方最后是属于我的。这一点，他们都很清楚。所以我能让他们开口。"

玛丽并不觉得自己是个被惯坏了的女孩，但是她认为这个神秘的男孩是真的被惯坏了。他以为全世界都是他的。他是那么古怪、那么孤僻，尤其当他说起自己肯定活不长时，态度冷漠得可怕。

"你为什么觉得自己活不了多久？"她有些好奇，同时也希望他忘记花园。

"我相信我不会活太久，"他依然是用刚才那种冷漠的态度回答，"因为自从我懂事以来，人们一直这么说，我从小听到了现在。开始时，他们以为我太小听不懂，现在他们以为我听不见。但是我能听见。我的医生是我爸爸的堂弟，他很穷，如果我死了，然后再等到我爸爸死了，那时候，整个米瑟斯韦特庄园就全都是他的了，所以我觉得他并不希望我活下来。"

"你想活吗？"玛丽询问。

"不，"他回答，"但是我也不想死。生病的时候，我就总是这样躺在这儿，一直想着死这件事，想着想着我就忍不住哭了又哭。"

"我听到过三次，"玛丽说，"但是当时我不知道是谁在哭。你是在为这件事哭吗？"她继续问，是想让他彻底忘记关于花园的事。

"多半是的。"他回答，"我们还是说点别的吧。说说花园，你难道不想看到它吗？"

"想。"玛丽回答，声音透露出她的心虚。

"我也想。"他固执地继续说着，"我觉得我以前从没真的想去看什么，但是现在我想看看那个花园。我想找到那把钥匙，把它挖出来。我想打开那扇门。我也许可以坐在轮椅里，让他们把我抬到花园去，去那里呼吸一下新鲜空气。我打算让他们把门打开。"

他越说越激动，他的眼睛开始像星星一样发光。

"他们必须让我高兴，"他说，"我会让他们抬我去那里的，我会让你也一起去。"

玛丽的双手紧握。一切都毁了——一切！迪肯再也不会回来了。她也不能再像一只大鹇荒泽区的画眉鸟一样，有一个自己的安全的隐秘的巢了。

"噢，不……不要……千万不要那么做！"她喊出声来。

他瞪着她，觉得她可能是发疯了！

"为什么？"他惊呼，"你刚才说过你想看到它的。"

"我在想，"她几乎呜咽着回答，"如果你让他们打开门，把你抬进去，那它就不是秘密花园了。"

他前倾身体，凑近玛丽。

"秘密？"他说，"这话是什么意思？我想听你详细地说说。"

玛丽结结巴巴地说着。

"你看……你看，"她断断续续地说，"假设除了我们别人都不知道……假设有一道门，藏在常春藤下的什么地方……假设有门……假设我们找到了那把钥匙……假设我们能一起从那道门溜进去，然后关上它，这样就没有人知道里面有人，那它就是我们的秘密花园，假装……假装我们是大鸫荒泽区的画眉鸟，花园是我们的巢，假设我们每天都可以在那里玩，挖土种花，让花园里的植物全部都活过来……"

"那些植物死了吗？"他打断她。

"没有完全死，但是要是没有人关心它们，它们很快就会死的。"她说下去，"但是球根还活着，玫瑰……"

他又打断她，和她一样兴奋。

"什么是球根？"他问。

"是水仙、番红花和雪绒花的根。它们此刻正在土里生长着……冒出灰绿的小芽，因为春天要来了。"

"春天要来了吗？"他说，"春天是什么样子？像我这样总是生病，一直待在屋子里，根本不知道春天是什么样。"

"春天就是太阳照耀着万物，春雨滋润着大地，小绿芽往上冒，根在地下悄悄地长。"玛丽说，"假设花园是个秘密花园，我们可以每天进去，观察植物们是怎样长大的，看看有多少玫瑰是活的……你看不到吗？噢，假如花园是个秘密该多好啊！"

他跌回枕头上，躺在那里，脸上的表情很古怪。

"我从来没有过秘密，"他说，"除了那个活不到长大的秘密。他们以为我不知道，所以算个秘密。但是我更喜欢你说的这种。"

"如果你不叫他们抬你去找花园，"玛丽祈求道，"我想……也许……我能找到进去的方法，那时……如果医生同意你坐轮椅出去，如果如你所说，你总能做你想做的，也许……也许我们能找到一个值得信任的男生来推你，我们就可以单独去那里了，这样，那里就会一直是个秘密花园。"

"我应该……喜欢……那样，"他说得很慢，眼睛有些蒙眬，"我会喜欢那么做。我肯定不会讨厌秘密花园里的新鲜空气。"

玛丽舒了一口气，感到安全些了，因为让花园是个秘密的点子看来引起了他的兴趣。她基本确定，如果她接着把自己看到的花园的样子形容出来，他就可以在脑海里想象到花园的样子，他就会非常喜欢那个花园，会跟她一样不能忍受每个人都能随便跑进去。

"我会告诉你我想象中的花园长什么样，假设我们能进去的话，"她说，"它被锁起来这么多年，植物也许都随处缠绕着，胡乱长着。"

他躺在那里没有动，静静地听她继续讲着关于玫瑰的事。她说玫瑰可能已经笨拙地从这棵树爬到那棵树，枝蔓像帘子一样垂挂下来，附近可能有很多鸟儿把巢筑在了那里，因为那里绝对安全。然后她说了关于知更鸟和季元本的事。关于知更鸟，可以说的有很多，而且说起来又容易又安全，玛丽可以轻轻松松地说出许多知更鸟的事，而且也不用担心被他打断追问。知更鸟的事让他感到快乐，他很乐意听，脸上挂着微笑，表情越来越温和。一开始，玛丽曾觉得他甚至比自己长得还要难看，因为他有巨大的眼睛、卷曲的头发。

"我不知道鸟原来是那样的，"他说，"但是如果你像我一样，一直待在屋里不出去，你就根本不可能看到这些东西。你知道的东西这么多，让我觉得你已经去过花园里面似的。"

她不知道该怎么接他的话茬儿，索性就什么也没说。显然他也不期待她的回答，下一刻，他让她吃了一惊。

"我给你看一样东西，"他说，"你看到墙上挂着的玫瑰色丝帘了吗？在炉台的上方。"

玛丽其实没有注意到，听他这么一说，她抬起头看见了那个丝帘。它看起来很柔软，后面似乎有一幅什么画。

"看到了。"她回答。

"上面有一根细绳，垂在旁边，"柯林说，"去拉它。"

玛丽站起来，有些疑惑。她找到细绳，用力一拉，丝帘向后一退，露出了后面那幅画。画上是一个微笑着的女孩。她的头发色泽柔亮，用蓝色丝带束了起来。她玛瑙灰色的眼睛是那么灵动可爱，和柯林的眼睛简直是一个模子里刻出来的，看起来有实际的两倍那么大，周围满是黑睫毛。

"那是我妈妈，"柯林抱怨地说，"我不明白她为什么死了。有时候我恨她那么早就死掉。"

"好奇怪！"玛丽说。

"如果她活着，我肯定不会老是生病。"他说，"如果她活着，我也会活下去，而且我爸爸也不会讨厌我。我敢说我肯定会有个强壮的后背。拉上帘子吧！"

玛丽把那个丝帘恢复原样，然后坐回脚凳上。

"她非常漂亮，比你漂亮多了，"她说，"不过，她的眼睛和你的一模一样……至少形状和颜色是一样的。为什么用帘子遮住她？"

他不舒服地挪动了一下身体。

"是我叫他们遮盖的。"他说，"有时候我不喜欢她看着我，特别是当我生病的时候，她还笑得那么灿烂。还有，因为她是我的，我不想要别人看到她。"

"要是莫德劳克太太发现我来过这里，会不会有事？"她询问。

"不用担心，她会按我说的办。"他回答，"我会告诉她，是我想要你每天过来和我聊天的。我喜欢你来。"

"我也是，"玛丽说，"我会尽量常来的，可是……"她犹豫道，"我每天必须去找花园的门。"

"对，你必须去。"柯林说，"然后你可以来告诉我事情的进展。"

他躺着想了好久，就像他曾经做过的，然后他又说：

"我想你也必须是个秘密，我不会把你来过的事告诉他们，直到他们发现为止。护士来了，我就叫她到房间外面去，说我想一个人待着。你认识玛莎吗？"

"认识，而且很熟。"玛丽说，"她负责服侍我。"

他朝外面的走廊点点头。

"她就睡在另一间房里。护士昨天去她姐姐家了，每当她外出的时候都是玛莎来照顾我。我会让玛莎告诉你什么时候可以到我这里来。"

玛丽这才明白当她问起哭声时，玛莎为什么那么为难了。

"玛莎一直都知道你的存在吗？"她说。

"对，她经常照顾我。那个护士不喜欢和我待在一起，经常叫玛莎来照顾我。"

"我在这里待很久了，"玛丽说，"我该走了，你也困了。"

"我希望我能在你走以前睡着。"他带着害羞的语气说。

"那就闭上眼睛，"玛丽说，她把脚凳拉近了些，"我会像在印度时我保姆哄我睡觉时那样，轻轻拍着你的手，给你唱歌。"

　　"我想我会喜欢那样。"他已经昏昏欲睡了。

　　不知为什么，玛丽有些同情他，不想他醒着躺在那里，她背靠在床上，开始轻轻拍着他的手，唱起了一首印度歌谣。

　　"很好听。"他说，她继续吟唱、轻拍，过了一会儿，当她再看他时，他黑色的睫毛已经紧贴在脸颊上，闭着眼睛睡着了。

　　玛丽轻轻地站起来，拿起她的蜡烛，悄悄地走了。

Chapter 14
小王储

清晨，荒泽隐藏在迷蒙的雾霭之中，雨依然在下，今天出不了门了。玛莎一直在忙，玛丽没有机会和她说话。直到下午的时候，玛莎才有空来儿童房和她一起坐坐。玛莎带着没事做时总是织着的袜子。

"发生什么事了吗？"玛莎一坐下就问，"你看起来像有事情要讲。"

"是的。我知道哭声是怎么回事了。"玛丽说。

玛莎十分震惊，她的针织活儿掉到膝盖上她也没管。

"怎么会呢？"她惊呼，"不可能的！"

"昨天夜里我听见哭声，"玛丽接着说下去，"就出门去寻找，到底是谁在哭。是柯林，我找到了他。"

玛莎惊恐极了。

"哦！玛丽小姐！"她几乎要哭了，"你不应该这么做……你怎么这么好奇！你会让我倒霉的。我一直没有对你提起他……我会因为你而丢掉我的工作的，那妈妈该怎么办啊！"

"你不会失去你的工作的，"玛丽说，"我去见他，他很高兴。我们俩聊了很久，他说他见到我很愉快。"

"是吗？"玛莎叫道，"你确定吗？你不知道，如果有什么事情惹恼了他，他会把整个屋子弄得人仰马翻！他是个脾气很大的男孩，平常哭时，声音小得像个婴儿，可是当他发起火来，他会用尖叫来吓我们。他知道我们不敢违抗他的命令。"

"他没有生气。"玛丽说，"我问他我是不是要走开，但是他要我留下来陪他聊天。他问了我很多问题，我坐在脚凳上，给他讲印度、知更鸟，还有越洋旅行的事。是他不让我走的。他还让我看他妈妈的画像。我是把他哄睡着了之后才离开的。"

玛莎吃惊得不敢呼吸。

"我真不敢相信！"她提出异议，"你就像直接走进了狮子笼。照平时的情况，他早就勃然大怒了，甚至会把整个房子给掀了。他是不允许陌生人见到他的。"

"他允许我看着他。我一直盯着他看，他也看着我。我们彼此盯着对方看！"玛丽说。

"我要怎么办呢？"焦虑不安的玛莎喊着，"要是莫德劳克太太知道了，她会认为是我破坏规矩，把事情告诉了你，如果真是那样，我肯定会被辞退的。"

"他不会告诉莫德劳克太太。他说这会是个秘密，他会保守这个秘密，"玛丽坚定地说，"而且他说每个人都必须照他的要求来做事。"

"是的，那肯定是真的……他就是一个坏孩子！"玛莎叹了口气，不停地用围裙擦着额头。

"他说莫德劳克太太必须听他的话。他要我每天去和他聊天。他想让我去的时候，会让你来告诉我。"

"我？"玛莎说，"那样，我会丢了我的工作的……一定会！"

"不会的，你只是按他的要求做你应该做的事，每个人都得听从他的命令。"玛丽辩解。

"你难道想说，"玛莎眼睛睁得溜圆，喊道，"他对你很好？"

"我觉得他跟我很像。"玛丽回答。

"那肯定是你蛊惑了他！"玛莎深深地吸了一口气。

"你是说魔法吗？"玛丽询问，"我在印度时听说过魔法，但是我不会。我只是走进他的房间，看见他在哭，我也很吃惊，就站在那里瞪大眼睛看着他。然后他转身盯着我看。刚开始他以为我是鬼，或者是他在做梦，而我也以为他是鬼。那真是奇怪，大半夜两个互相不认识的人单独待在一起。接着，我们开始互相问问题。我问他我是不是应该走开，他说不用。"

"世界末日到了！"玛莎不敢呼吸。

"怎么回事？"玛丽问。

"肯定没有人能说得清楚，"玛莎说，"他出生的时候，克兰文先生像是失去了理智似的。医生们以为克兰文先生会进疯人院。克兰文太太的去世让他很难过，我曾经告诉过你这一点。他连看都不愿意看那孩子一眼。他只是胡言乱语地说着，说这孩子长大后会像他一样变成驼背，还不如死了算了。"

"柯林是驼背吗？"玛丽问，"我感觉他不太像。"

"目前他还不是，"玛莎说，"但是他的出生就是个错误。妈妈说这房子里麻烦和怒气太多，任何孩子的出生都是错。他们担心他会驼背，一直小心照料着他——让他躺着，几乎不让他走路。有一次他们给他戴上了一个支架，他非常生气，一病不起，后来请来了一个伦敦的医生来看他，那个医生让他们把支架取了下来。那个医生狠狠教训了其他医生一顿——不过态度还算礼貌。说给他吃的药太多，不能那么放任他。"

　　"我觉得他是个被宠坏的男生。"玛丽说。

　　"我从来没见过像他这么坏的孩子！"玛莎说，"我不是说他在装病，事实上有两三次的咳嗽和感冒差点儿要了他的命。他还得过一次风湿病，一次伤寒。啊！那次，莫德劳克太太真的被吓坏了。当时他正昏迷着，莫德劳克太太以为他什么都听不见，就和护士说：'这次他肯定会死掉的，这对大家都好。'然后莫德劳克太太走到床边去看他，却发现他睁着大眼睛躺在那里，死死地盯着她，清醒得很。她不知道他什么时候清醒的，而他只是恶狠狠地盯着她，说：'闭上你的嘴，去给我倒水！'"

　　"你觉得他会死吗？"玛丽问。

　　"妈妈说，任何一个小孩儿，如果只是躺着看书、吃药，而不到外面呼吸新鲜空气，什么也不做，活下来都不容易。他体弱多病，很容易感冒，不喜欢户外，说出去会让他恶心难受。"

　　玛丽坐着注视着炉火。"我想，"她慢慢说，"到花园里呼吸一下新鲜空气，看看大自然的一草一木会不会对他有好处呢？你看，我不是一个很好的例子吗？这些东西对我很有好处。"

　　"他最严重的一次发病，"玛莎说，"是他们把他抬出去，抬到了喷泉旁的玫瑰丛旁边的那次。他在书里读到有人得了一种叫‘玫瑰寒’的怪病。他到那里便开始打喷嚏，说自己也得了这种怪病。很不巧，那时有一个新来的不知道规矩的园丁从那儿经过，好奇地打量了他一下。他勃然大怒，硬说那园丁看他是因为他就要变成驼背的关系，园丁在看他的笑话。他一直哭，哭得发起烧来，病了一整夜。"

"如果他对我乱发脾气，我就永远都不会再去见他了。"玛丽说。

"他要是要你去，就一定有办法让你去的。"玛莎说，"你应该知道这一点。"

没多久，铃响了，玛莎收起手中的活儿。

"肯定是护士想让我到那里和他待一会儿，"她说，"希望他的心情是好的。"

玛莎离开了房间，过了大约十分钟，她表情疑惑地回来了。

"嗯，你已经把他迷住了，"她说，"他已经起来了，正坐在沙发上看图画书。他让护士在他房里待到六点。我刚进去他就把我叫去，说：‘我要玛丽过来和我聊天。记住！千万不要告诉任何人。’我觉得你最好尽快过去。"

玛丽当然愿意赶快过去，虽然她想见柯林不如想见迪肯那么厉害，不过她还是很想见柯林。

当她进入柯林的房间时，炉子里有一堆火正熊熊燃烧，现在是白天，她发现这个房间真的很漂亮。地毯、窗帘、墙上的画和书，五颜六色的，不管是阴天还是雨天，这些颜色都为这个房间增添了不少光彩，显得很舒适。柯林看起来很像一幅画。他裹在一件天鹅绒材质的晨袍里，靠着一个锦缎大靠枕坐在那里。他双颊泛着红晕。

"快进来，"他说，"我一直都在想着你。"

"我也在想你。"玛丽回答，"可是玛莎非常害怕。她说莫德劳克太太会以为是她把你的事告诉了我，她很担心她会被打发走。"

他微微皱眉。

"把她叫来，"他说，"她在隔壁房间。"

玛丽去隔壁把玛莎叫来了。可怜的玛莎紧张死了，浑身发抖。柯林仍然皱着眉。

"你是不是必须做让我高兴的事？"他询问。

"是的，少爷。"玛莎支吾着，脸变得通红。

"莫德劳克是不是也必须做让我高兴的事？"

"是的，少爷。"玛莎说。

"嗯，那么，如果是我命令你把玛丽小姐给我带来，被莫德劳克发现了，她怎么敢解雇你呢？"

"请您千万不要让她知道，少爷。"玛莎祈求。

"要是她敢对这事有半点意见，看我会不会把她解雇。"柯林少爷严肃地说，"她肯定不想被解雇，我非常确定这一点。所以，你放心吧！"

"谢谢您，少爷。"玛莎快速地行了个屈膝礼，"我也只是想尽我的职责。"

"满足我的需要就是你的职责，"柯林更加严肃地说，"放心吧，我会护着你的。现在你可以出去了！"

玛莎出去后把门关上了，柯林发现玛丽正盯着他看，她觉得这一切显得有些不可思议。

　　"你为什么那样看着我？"他问她，"你在想什么？"

　　"我在想两件事。"

　　"什么事？坐下来慢慢说。"

　　"第一件，"玛丽一边说，一边走到大凳子上坐下，"在印度时，我曾见过一个男孩，他是个王储。他身上的衣服镶满了红宝石、绿宝石、钻石。他对他的手下说话的态度和你对玛莎说话的态度一样。每个人都必须按照他说的去做，而且要立即执行。如果他们不做的话，有可能会被杀的。"

　　"待会儿你再告诉我什么是印度王储，"他说，"现在你先告诉我第二件事是什么。"

　　"第二件，"玛丽说，"我觉得你和迪肯是两种完全不一样的人。"

　　"迪肯是谁？"他说，"怎么会有这么奇怪的名字！"

　　她想，告诉他也没什么关系，反正她只说迪肯，不说秘密花园的事就好了。她喜欢听玛莎说迪肯，她觉得他应该也会喜欢听。另外，她热切地想谈迪肯，因为这样好像会离他更近一些。

　　"迪肯是玛莎的弟弟。他和其他所有人都不一样。他能够对狐狸、松鼠、小鸟发出命令，就像印度土著能够命令蛇一样。他会吹短笛，吹出的曲调非常柔和，那些小动物都会跑出来听他吹笛子。"

　　柯林那边的桌子上有些大本的书，他突然拿出其中的一本说："这里面有一幅耍蛇人的图画，你过来看。"

书装帧得很漂亮，里面有好多极其华丽的彩色插图，他翻到其中一页。

"他能像图中这样做吗？"他热切地问。

"他吹着笛子，小动物听着，"玛丽解释，"但是他那不是魔法，他说他在荒泽上待的时间很长，所以懂得那些小动物的习性。他还说有时候他觉得自己就是只鸟儿或者兔子，他特别喜欢那些小动物。我觉得，他和知更鸟就是通过叽叽喳喳的叫声来交谈的。"

柯林躺到靠枕上，眼睛越睁越大，脸上泛着红晕，脸颊有些发烫。

"可以多讲一些他的事。我想听。"

"他懂得一切和蛋、鸟巢有关的事。"玛丽继续说道，"他知道狐狸、水獭、獾的住处。但是他会帮它们保守秘密，这样其他人就不会找到它们的住处，也就不会吓到它们了。他知道荒泽上长着的、住着的一切东西。"

"他喜欢荒泽？"柯林说，"那个地方又大又空还特别阴沉，他怎么会喜欢呢？"

"荒泽是世界上最美丽的地方，"玛丽抗议道，"上面生长着许许多多可爱的东西，有成千上万的小动物在忙碌着，它们筑巢、挖洞，快乐地蹦跳、歌唱、吱吱尖叫。它们是那么忙碌，玩得是那么开心，地底下、树上，还有石楠丛里，都是它们的世界。"

"关于荒泽的事情你知道的好像挺多，你是怎么知道的？"柯林说，挪挪胳膊肘注视着她。

"其实我没有去过荒泽，"玛丽突然想起来，"只在黑夜里坐车时经过过一次。当时我觉得那里真的太丑了，而且还很吓人。开始时是玛莎跟我讲那里有多么好，然后迪肯也这么说。迪肯谈起荒泽的时候，你会觉得自己到了荒泽，看到了他说的各种东西，闻到了它们。好像你就站在石楠丛里，阳光明媚，金雀花闻起来像蜂蜜——花丛里到处飞舞着蜜蜂和蝴蝶。"

"你如果成天生病，就什么也见不到。"柯林沮丧地说。当他听玛丽描述荒泽时，他感到非常陌生，因此露出了一副困惑迷惘的表情，那表情就如同一个人听着远处的某种陌生的声音，猜测那是什么东西在那里活动时的表情。

"如果你总待在屋子里，肯定是见不到的。"玛丽说。

"我不能到荒泽上去。"他语带怨怼地说。

玛丽沉默了一会儿，然后她说了一句非常大胆的话。

"也许在未来的某一天……你可能会去。"

他动了一下，仿佛被吓到了。

"到荒泽上去？那怎么可能？我会死的。"

"你怎么知道到荒泽上去会死？你又没去过。"玛丽毫不同情地说。她不喜欢他谈论"死"这件事时的态度。她不觉得柯林有多么可怜。她反而觉得他就是在拿这件事炫耀。

"噢，从小时候开始我就一直听他们这样说，"他不开心地回答，"他们总是在偷偷谈论，都以为我听不到。他们每个人都希望我死。"

这个时候玛丽不愉快的情绪简直到了极点。她紧紧抿着两片嘴唇。

"换作是我的话，如果他们希望我死，"她说，"那我就偏不死。

哪些人希望你死？"

"仆人们——当然还有克兰文医生，因为我死了他就有可能得到米瑟斯韦特庄园，一夜暴富。虽然他不敢直接说，可是每次只要我的病情加重，他就特别高兴。我得伤寒的那次他的脸圆润了不少。我觉得我爸爸也希望我死掉。"

"绝不可能，我不相信他会这样。"玛丽相当顽固地说。

她的态度让柯林再次转身看着她。

"你不相信？"他说。

然后他躺回靠枕上，一动不动，似乎是在思考。接下来很长一段时间两个人都不说话。两个人都在想着"死亡"这件事，这是其他小孩儿不可能考虑的事情。

"我喜欢伦敦来的那位医生，因为他让他们把你背上那个支架取了下来。"玛丽先开口说，"他说你会死了吗？"

"没有。"

"他怎么说的？"

"他没有窃窃私语，"柯林回答，"他也许知道我不喜欢别人窃窃私语。我听到他很大声地说：'要是这个男孩下定决心活着，他就可能会活下来。尽最大可能地让他心情舒畅。'听起来他好像在对其他人发脾气。"

"我知道谁可能让你心情舒畅。"玛丽边思索边说，觉得自己必须把这件事解决掉，"我相信迪肯能做到。他总是谈论活的东西，从来不谈和死有关的任何事情，也不谈生病的事情。他总抬头看着天空，观察那些飞鸟……不然就低头看地上生长着的有生命力的东西。他的眼睛是那么圆那么蓝，总是睁得大大的到处看。他常常咧开嘴巴大笑……还有他的脸那么红，红得……红得像樱桃。"

她拉动了一下凳子，离沙发近了一些。一想到迪肯那张弯弯的宽嘴和大大的圆眼，玛丽的心情就变得明朗起来。

"瞧，"她说，"我们不应该讲和死有关的事情。我们多讲些活着的事。我们来讲讲迪肯，然后一起来看你的图画书。"

对于他俩来说，这真是可以谈论的最好的话题。谈迪肯意味着谈农舍，谈他的家人——十四个每周靠十六先令生活的人，像野马似的被荒泽上的空气养胖的孩子们。还有迪肯的妈妈和跳绳，还有阳光照耀下的荒泽——还有黑色土地上冒出的灰绿色的小嫩芽。一切都充满生机和希望，玛丽一直不停地说着，她从来没说过这么多话。柯林一边听一边问，他也从没这样快活过。他们两个会没来由地放声大笑，就像小孩儿们在一起时玩到高兴处那样。他们笑得那么开心，到最后甚至变得吵吵闹闹，仿佛他们已经成为两个正常、健康、自然的十岁的小朋友——而不是一个冷淡、瘦小、无爱心的小女孩和一个生了病自认为会死掉的小男孩。

他们都沉浸其中，忘记了图画书，忘记了时间。玛丽说到季元本和他的知更鸟的时候，两个孩子大笑起来，柯林突然想起什么，竟然坐了起来，仿佛忘记了他后背不舒服的事。

"你发现没有？有件事我们从来没有想起过，"他说，"我们是表兄妹。"

真奇怪，他们聊了很多，却从没人想起这件简单的事，他们不由自主地笑得更大声了，他们被快乐包围着，因为他们现在心情好，任何一件小事都可以让他们大笑。就在他们正欢快地笑闹着的时候，门突然开了，莫德劳克太太和克兰文医生进来了。

克兰文医生被眼前的情景吓到了，他猛地站住，撞得莫德劳克太太差点儿朝后摔倒。

"我的天啊！"可怜的莫德劳克太太惊呼着，吓得眼珠快要掉出来了，"老天爷！"

"这是怎么回事？"克兰文医生说着，走了过来，"这是什么情况？"

柯林神色镇定，仿佛医生的问话、莫德劳克太太惊恐的模样对他没有任何影响，仿佛进来的是一只老猫、一只老狗，他不觉得有什么可害怕的。柯林镇定自若的神色，让玛丽又想起了印度小王储。

"这是我的表妹，玛丽·伦诺克斯。"他说，"我让她过来陪我聊天。我喜欢她，当我派人叫她来的时候，她必须随时都得过来。"

克兰文医生用责备的目光看着莫德劳克太太。

"噢，先生，"她气喘吁吁，"我不知道怎么会发生这样的事情。这里没有哪个仆人敢说柯林少爷在这里，我早就交代过了。"

"不关任何人的事，"柯林说，"是她听到了我的哭声，然后找到了我。她让我很高兴。别犯傻，莫德劳克，没有谁把这件事说了出去。"

玛丽看出克兰文医生有些不高兴，但他显然也不敢说什么。他坐到柯林旁边给他问诊。

"我担心你太激动了。过度激动对你不好，我的孩子。"他说。

"要是她不来，我会更激动。"柯林回答，眼睛露出一丝狡黠的光芒，"我现在感觉好多了，是她让我好多了。当我需要的时候，护士必须带她来我这里，我们要一起喝茶。"

莫德劳克太太和克兰文医生感到为难，他们对视了一眼，但是显然无计可施。

"他确实明显好了很多，先生，"莫德劳克太太试着说，"不过，"她仔细斟酌着这件事，"今天早晨玛丽进房间以前，他就显得好多了。"

"她昨天晚上已经来过。我们在一起待了很久。她还给我唱了一首印度歌谣，我听着听着就睡着了。"柯林说，"醒来后我觉得好了很多，开始想吃早餐了，现在我想喝茶。去告诉护士，莫德劳克。"

克兰文医生没逗留太久。护士进入房间后，他和护士说了一会儿，也提醒了柯林几句，不让他说太多话，让他不要忘记自己有病在身，还有一定不能忘记自己很容易累，等等。玛丽想着，看来有很多不愉快的事他都不能忘记。

柯林变得很烦躁，长着浓睫毛的眼睛盯着克兰文医生的脸。

"我想忘记这些事，"终于，他说，"她能让我忘记这些事。这就是我想要跟她在一起的原因。"

克兰文医生离开房间时不太高兴。他对坐在大凳子上的小女孩困惑地瞥了一眼。从他一进来，她就变成了一个冷淡、沉默的孩子。他看不出她有什么吸引力。男孩确实显得开朗了许多，可是他不知道玛丽的出现是好是坏，于是重重地叹了口气，沿着走廊出去了。

"他们总是在我不想吃东西的时候让我吃东西。"柯林说，这时护士正好把茶端进来，放在了沙发旁的桌子上，"现在，如果你吃我就吃。那些小松糕热乎乎的，看起来非常好吃。再给我多讲一点儿有关印度王储的事。"

Chapter 15
筑巢

　　雨连续下了一个礼拜后，终于晴天了，蔚蓝的天空又一次出现在荒泽上，太阳洒下万道金光。虽然没有见到秘密花园和迪肯，但玛丽仍然过得很快乐。这一周过得很快，她每天都和柯林一起在他房间里聊天、读书。他们聊印度王储、花园、迪肯、荒泽上的农舍等有趣的事情。他们一起读那些有着精彩图画的故事书，有时玛丽读给柯林听，有时柯林读一点儿给她听。每当柯林对谈论的事情听得津津有味、兴致勃勃的时候，玛丽就不禁想：柯林除了脸色苍白和总是躺在沙发上之外，哪像是一个有病的人？"你这个狡猾的小家伙，单靠在晚上听到一点点声音，就偷偷地去打听你不应该知道的事情。"有一次，莫德劳克太太对玛丽说，"不过，对我们所有人来说，这也算得上是一件好事。自从你和他成为朋友之后，他就不再乱发脾气，不再大哭大闹，也没有再生病。护士本来已经受不了他的坏脾气，打算辞职了。不过，现在好了，她决定留下来了，愿意和你一起照料柯林，她打算继续在这儿工作下去。"说到这里，莫德劳克太太轻声笑了一下。

　　玛丽和柯林聊天时，总是小心翼翼地避免提到秘密花园的事。她想先从柯林身上找到一些线索，但是她知道一定不能直接问他。当她渐渐开始喜欢和柯林待在一起时，她最先要弄清楚的是柯林是不是那种可以分享秘密的男生。他和迪肯完全不同，不过每当提到那个无人知晓的秘密花园时，他总是表现出一副兴趣盎然的样子，这让玛丽觉得他也许值得信任。可是她跟柯林认识的时间太短，还不能判断是不是可以对他说实话。

玛丽想弄清楚的第二件事是：如果柯林值得信任——要是他真的值得信任——那么她是不是有希望在不让任何人发现的情况下，把他带到秘密花园里呢？那个伦敦来的医生说过，柯林必须多呼吸新鲜空气，而柯林也说他愿意去呼吸一下秘密花园里的新鲜空气。如果他呼吸很多新鲜空气，和迪肯以及知更鸟成为朋友，看到植物生长的情况，也许他就不会总是想着"死"这件事了。最近，玛丽偶尔会在镜中看看自己，她发现自己现在和刚从印度来时有了很大不同。她现在看起来是那么健康，而且也漂亮了很多，甚至连玛莎也看得出她的改变。

"是荒泽上的空气让你变得这么健康的，"玛莎说，"你的气色看起来好多了，连你的头发都有了生气，全都蓬起来了，不再稀疏地贴在脑袋上。"

"是啊，"玛丽说，"现在我不但长胖了，还变得健壮了。我相信我的头发肯定也比以前多了不少。"

"看上去是多了些，"玛莎说着，用手将玛丽的头发往两边拢了一下，"这样你也显得漂亮了，而且你的脸色比以前红润多了。"

秘密花园和新鲜的空气让玛丽健康起来了，它们对柯林的健康应该也有帮助。不过，如果柯林讨厌别人看到他的话，那么他或许不会想见迪肯。

"为什么人家看你的时候，你会生气呢？"有一天，玛丽问他。

"我一直讨厌那样，讨厌别人盯着我看，"他回答，"我从小就已经是这样了。以前他们带我去过海边，我一直躺在马车里，所有人都盯着我看，女士们有时候会停下来和我的护士说话，然后她们便开始窃窃私语，我知道她们一定在说我活不长、长不大之类的。有些女士会拍着我的脸，说'可怜的孩子'！有一次，一位女士拍我的脸，我突然高声尖叫起来，还咬了她的手，结果把她吓跑了。"

"她一定以为你是一条疯狗。"玛丽觉得这种行为没什么意思。

"我一点儿都不在乎她怎么想！"柯林皱着眉说道。

"那我进你房间时，你并没有尖叫，也没有咬我啊。"玛丽微笑着说。

"我以为你是鬼或是我梦中的人！"他说，"我怎么会去咬一个鬼或梦中的人呢？我想，即使我大喊大叫，鬼或者梦中的人估计也不会在乎吧！"

"要是……要是有一个男孩来看你，你会不舒服吗？"玛丽试探性地问。

柯林背靠着垫子，考虑了一下。

"有一个男孩，"他一字一句地说着，仿佛在慎重地考虑每一个字眼似的，"有一个男孩，我肯定不会讨厌的，就是那个知道狐狸住处的男孩——迪肯。"

"我也觉得你不会讨厌他的。"玛丽说。

"鸟儿们和其他动物都喜欢他，"柯林仍然在仔细地考虑这件事，他说，"也许这就是我不会介意的原因。他就像一位能够驯服动物的驯兽师，而我，就像一只藏在洞里的小动物。"

说完，他哈哈哈地笑了起来，玛丽也跟着笑了。他们觉得柯林是只藏在洞里的小动物的说法实在很好笑，让人忍俊不禁，而他们的这次谈话也在笑声中结束了。

从这以后，玛丽觉得她不需要担心迪肯了。

雨过天晴，又是一个万里无云的早晨，玛丽很早就醒了。玛丽看到阳光透过窗帘的缝隙照射进来，十分感性、欢快地从床上跳下来，跑到窗前，拉开窗帘，打开窗户，一股清新的空气扑面而来。荒泽上空是一片湛蓝的天空，整个世界像被施了魔法一般，一阵笛音般轻柔和谐的鸟鸣声传入她的耳朵，这处，那处，到处，许许多多小鸟，它们仿佛正在举办一场音乐演奏会。玛丽把手伸出窗外，让它沐浴在阳光中。

"真暖和……真暖和啊！"她说，"阳光这么温暖，那些嫩绿的小芽在阳光的照耀下正茁壮成长，还有地下的球根和植物的根也在使劲儿地从地底下往上生长。"

玛丽跪下来，尽量将身子探出窗外，大口大口地呼吸着新鲜的空气，闻着沁人的清香。她忽然想起了迪肯的母亲曾说过迪肯的鼻子像兔鼻子一样一开一合地翕动着，不禁笑了起来。

"现在时间还很早，"她说，"那些小云朵都是粉红色的，我从没见过这么美的天空！现在其他人都没起床，甚至连小马也没醒呢！"

一个念头突然在玛丽的脑海中闪过，她急忙站了起来。

"我不要等了！我现在就要去花园里看看！"

现在，她已学会了自己穿衣服，只用五分钟，就穿戴整齐了，然后套上袜子飞快地溜下楼，在大厅里穿上了鞋。她知道大厅边上有一道侧门，她自己可以打开门闩。玛丽来到侧门旁，拉开链子，打开门闩与锁头，门开了，她纵身跳到门外，然后快速跃过台阶，一下子就站到了草地上。哇！这块草地好像已经变绿了，阳光照在身上暖烘烘的，轻柔而甜蜜的风围绕着她，笛声、歌声从每丛灌木、每棵树传来。

玛丽真是太高兴了，她双手紧握，抬头望着蔚蓝蔚蓝的天空。它是那么清丽，像珍珠一样晶莹剔透，像美玉一样洁白。花园里到处闪耀着春日的光彩，玛丽高兴得想吹吹口哨、大声唱歌，她知道画眉鸟、知更鸟和云雀一定会纵情地欢唱。她绕过树丛和小径，直接向秘密花园跑去。

"这儿跟以前比，有了很大不同。"她说，"小草变绿了，小嫩芽从土里冒了出来，植物都在舒展枝叶，绿色的叶芽都冒出来了！迪肯今天下午肯定会来。"

在这珍贵的春雨的滋润下，矮墙走道旁的小花圃的植物变得翠绿了许多，每一簇植物的根部都有许多嫩芽迫不及待地冒出来，紫红色、黄色的花苞也在番红花茎上舒展着。六个月以前，玛丽哪曾见过世界苏醒是什么样子，但现在，一切都展现在她的眼前了，真好，她什么都没错过。

玛丽来到那扇隐藏在常春藤下的门时，突然被一阵响亮的奇怪的叫声吓了一跳。她抬头一看，看到一只羽毛光滑的蓝黑色大乌鸦正好落在墙头上，正嘎嘎地叫着。它站在墙头上机灵地看着玛丽。玛丽以前从没这么近地看过乌鸦，稍微有点儿紧张。不过没一会儿它就展开翅膀，穿过花园飞走了。她希望它最好不要落在花园里，她推开花园门，四处察看它是否在里面。等她走进花园，才发现那只乌鸦竟然已经站在一棵矮苹果树上。苹果树下还躺着一只红色的小动物，它有条毛茸茸的尾巴。乌鸦和这只小动物正注视着迪肯弓着腰的身子和长满红褐色头发的脑袋，此刻的迪肯正跪在草地上卖力地干活儿呢。

玛丽穿过草丛向他飞奔而去。

"迪肯！迪肯！"她大声喊道，"噢，你到得也太早了吧？太阳才刚刚升起，你真早呀！"

他也直起身来，微笑着，脸上熠熠生辉。他搔了搔乱蓬蓬的头发，眼睛像天空一样湛蓝。

"嗯！"他说，"我起得比太阳早多了。在床上我怎么待得住呢？你瞧，今天早晨，万物都开始苏醒了，世界变得多么美丽啊！大地上到处生机勃勃，一派繁忙的景象。蜜蜂嗡嗡地飞来飞去。小动物都出动了，有的在挖洞，有的在叫唤，有的在筑巢……你闻闻，连空气都是清香的。这一切都等着我们去探索，我怎么还忍心躺在床上不起来呢？当太阳露出头来的时候，荒泽上已经呈现出一片其乐融融的景象。我在石楠丛中发疯般地跑着、喊着、唱着。今天早晨我一起床就直接来这儿了，哪儿也没去，因为我知道这个花园正在呼唤我呢！"

玛丽把手放到胸口上，喘着气，一看就是一路跑来的。

"噢，迪肯！迪肯！"她说，"我真是太高兴了，我快喘不过气来了！"

这时，那只尾巴毛茸茸的小动物看到迪肯在跟一个陌生人说话，于是从树下爬起来走到他身边，那只白嘴乌鸦叫了一声后从停落的树枝上飞下来，轻轻地落在迪肯的肩膀上。"这就是那只狐狸宝宝，"迪肯一边说，一边抚摸着那只红色小狐狸的头，"我给它起名叫队长。这只乌鸦叫煤灰。煤灰跟着我飞过荒泽，而队长在路上跟着我跑来跑去，就像有猎狗在追它一样。它们俩和我一样兴奋。"

这两只小动物似乎一点儿也不怕玛丽。不过，它们与迪肯的关系更为亲密，当迪肯开始四处走动时，煤灰停在他肩上，而队长则一路跑着跟在他身边。

"看这儿！"迪肯说，"看，这些已经长起来了，还有这些——还有这些！啊！是！看那儿的那些！"

迪肯说着就蹲了下来，玛丽也在他身旁蹲了下来。原来是番红花开花了，一簇簇紫色、橘黄色和金色的小花，它们争相怒放，谁也不让谁。玛丽凑近这些花儿，亲吻了它们一次又一次。

"我从来都没有这么亲吻过一个人。"她抬头时说，"但是花真的很不一样。"

迪肯脸上挂满疑惑，不过他还是笑了起来。

"嗯！"他说，"当我在荒泽上游荡了一天，回到家，看到妈妈正站在门口晒太阳时，我就这样亲吻妈妈。她看起来非常愉快，而且很享受。"

他们俩在花园里四处察看，发现了许多奇妙的东西，他们太高兴了，要时不时地相互提醒对方不能得意忘形，说话时一定要放低音量。迪肯把原来以为似乎已死去的玫瑰枝上隆起的叶芽指给玛丽看，还让她看那些数

不清的刚刚破土而出的小绿芽。他们把鼻子凑近地面，怎么也闻不够似的嗅着土地上那温暖的春日气息。他们在花园中挖土、拔草，欢快地低声笑着，直到玛丽的头发变得和迪肯的头发一样乱蓬蓬的，她的脸蛋儿也跟迪肯的一样红扑扑的，像朵盛开的罂粟花。

那天早上，秘密花园被欢乐包围着，世上的每种欢欣，在秘密花园都能找到，而且还有一件更奇妙、更令人高兴的事情发生。原来，当玛丽和迪肯沉浸在欢乐中时，有个东西忽然轻盈地掠过墙头，穿过树丛，落在一个隐蔽的角落，那是一只胸前有着红色羽毛的鸟儿，嘴中正叼着一根小树枝。迪肯发现了它，他把手搭在玛丽的肩上，静静地站在那儿看着它。

"我们不要乱动，"他用浓重的约克郡口音低声对玛丽说，"千万别出声，屏住呼吸！是季元本的知更鸟，上次我看见它时就知道它正在找同伴呢！它正在筑巢。只要我们不惊吓它，它可能就会在这里筑巢。"他们在草地上一动不动地安静地坐着。

"不能让它发现我们正在观察它，"迪肯说，"要是它发现我们打扰了它，它会变得非常古怪，甚至飞离这个地方，那么这一切就都完了。它正在筑巢呢！在这种情况下它最害羞，对不顺心的事也特别敏感。我们一定要保持安静，尽量把自己当成是一株植物，等它习惯我们之后，我们再像它那样鸣叫几声，它就知道我们不会妨碍它了。"

玛丽小姐完全不确定，自己是不是能像迪肯那样，努力做到自己像花草树木。因为她根本就不知道怎么做才能像迪肯说的那样。他讲的事情多古怪呀，但是在他眼里，这仿佛是世界上最简单、最自然的事，对他来说一定很容易。玛丽仔细地观察着他，看他怎么做，她想看看迪肯是不是真的像植物一样能够慢慢地变绿，然后长出枝叶。然而他只是不露声色地静静坐着，轻柔地说话。难以想象她居然还能听见他说话。

"春天是筑巢的好季节，"他说，"我保证自从有了这世界，每年都是这样。鸟儿有它们思考、做事的方式，我们人类最好不要多管闲事。如果你太好奇了而多管闲事，在春天你比任何其他季节更容易失去朋友。"

"要是我们继续谈论它，我会控制不住想去看它。"玛丽尽可能放低音量柔声地说，"现在，我们必须谈点其他事。有件事我要跟你说。"

"如果我们谈论其他事，它会很高兴的。"迪肯说，"你要说的是什么事？"

"嗯……你知道柯林吗？"她低声问。

他有些吃惊地转过头看着她。

"你知道关于他的哪些事？"他问。

"我见到他本人了。这一个礼拜我每天都去和他聊天。他说是我让他忘记了生病和死亡。"玛丽回答。

迪肯那张圆脸上的诧异的表情不见了，看起来像是如释重负地松了口气。

"太好了，"他大声说，"这下我就轻松多了。我知道，我必须保守有关他的秘密，任何关于他的事都不能说，可是我并不想这样鬼鬼祟祟地替人保密。"

"这样说的话，花园的秘密你也不能保守了吗？"玛丽问道。

"这个秘密我永远不会告诉任何人的，"他回答，"我对我妈妈说：

'妈妈，我有个秘密要保守，不过这并不是个坏秘密，这个秘密跟我替鸟儿保守鸟巢的秘密一样。你不介意，是不是？'"

玛丽总是迫切希望听到他妈妈的事。

"她怎么说？"她问道。

迪肯咧开嘴甜甜地笑了起来。

"就像平常那样，妈妈摸着我的头，"他说，"笑着说：'傻孩子，任何你想保守的秘密你都可以保守。我知道你已经十二岁了。'"

"你是怎么知道有关柯林的事的？"玛丽问。

"克兰文先生有个可能会变成驼背的儿子，所有认识克兰文先生的人几乎都知道这件事。克兰文先生很不喜欢人们谈论他的儿子。大家都为克兰文先生难过，因为克兰文太太年轻又漂亮，他们又是那么相爱。克兰文先生每次去斯韦特村时，都会在我们家农舍歇会儿，他和妈妈聊天时，一点儿都不介意我们在场，因为他知道我们是有教养、值得信任的好孩子。你是怎么见到他的？上次玛莎回来，她说你听到柯林发脾气哭闹的声音，一直问她问题，她说她当时真不知道该怎么回答你。她为此很烦恼。"

玛丽把那天半夜发生的事告诉了迪肯：当时她被狂风的呼啸声惊醒，突然间，她听见远处传来一阵似有若无的哭泣声，于是她起床点燃蜡烛，借着蜡烛的光，顺着哭声传来的方向，走进一条黑暗的走廊……玛丽就这样一直讲到自己打开了柯林的房门，房间里光线很暗，墙角有一张四柱雕花的床，柯林就躺在那张床上。当玛丽描述他那张瘦小而苍白的脸，以及那双奇特的、长着一圈黑色睫毛的眼睛时，迪肯不自觉地摇了摇头。

"他的眼睛长得跟他妈妈的眼睛一模一样，只不过他妈妈的眼中总是带着笑意，"他说，"而他的眼睛里总是含着那么一点点悲伤。"

"你认为克兰文先生和其他人一样希望柯林死吗？"玛丽悄悄地问。

"不，他不希望柯林死，但是他希望柯林从来没有来到这个世界上。妈妈说，对一个孩子而言，这是最不幸的事了，没人要的孩子怎么能长大呢？克兰文先生会给他买任何钱能买来的东西，可是只要柯林活一天，他就希望自己忘掉这个孩子的存在。主要是因为他害怕将来有一天，柯林真的变成一个驼背。"

"柯林自己怕自己哪一天变成驼背，所以不愿意从床上坐起来。"玛丽说，"他说他总在想，要是哪天他的背上有个肿瘤冒出来，他会发疯的，会活活尖叫而死。"

"唉！他不应该就这么躺在那里想着这种事。"迪肯说，"要是一直有这样的念头，他的身体是不可能好起来的！"

那只狐狸紧挨着迪肯躺在草地上，时而抬头望一下他，似乎要求他轻拍一下它。迪肯弯腰一边轻轻抚着它的脖子，一边静静地思考着。过了一会儿，他抬头环顾花园。

"我们第一次到这个花园的时候，"他说，"这儿的一切都是光秃秃、灰蒙蒙的。现在，你看看四周，跟以前是不是有很大不同？别告诉我你没看出区别来。"

"哇！"玛丽看了看四周，惊叹道，"灰墙都变绿了，像是披着一件绿色的薄纱。"

"是呀，"迪肯说，"过段时间，还会变得更绿，最后灰色就全部消失了。你猜我现在在想什么？"

"我知道肯定是在想好事，"玛丽热切地说，"我相信和柯林有关。"

"我在想，柯林要是能到这里来，能看着玫瑰丛里的花苞，等它们开花，而不是忧虑自己会变成驼背，也许会变得健康一点儿。"迪肯说，"我在想，我们怎样才能让他有心情到这里来，他可以坐在他的轮椅上，在树底下欣赏花园的景色。"

"我也一直在考虑这件事，只要一和他聊天我就会想这些。"玛丽说，"我在想不知道他能不能保守这个秘密，在想我们能不能把他带到花园里来而不被其他人发现。我想你也许能帮他推轮椅。医生说呼吸新鲜空气对他有好处，如果他要我们带他出去，肯定没有人敢反对。主要的问题是他不愿意和别人出来，不过，或许他很喜欢和我们待在户外。他可以命令园丁们离得远远的，那么那些人就不会发现我们的秘密了。"

迪肯一边思考着，一边搔着队长的背。

"我保证，这里对他是有好处的，"他说，"我不认同他没生出来会比较好的说法。现在能看到这花园中万物生长的人，只有我们两个，而柯林将是第三个，我们可以一起欣赏秘密花园这迷人的景色。我敢保证，对柯林来说，这比吃药更有效。"

"他在房间里躺太久了，又一直为自己的病感到忧虑，所以他的脾气早就变得十分古怪了。"玛丽说，"他从书里学到了很多东西，可是除了书上写的东西，就什么都不懂了。他说他的病让他没有心思去注意其他事情，他讨厌待在户外，讨厌花园和园丁。可是他很喜欢听有关这个花园的事，因为这是一个秘密花园。我不敢告诉他太多，可是他说他很想到这个花园里来看看。"

"当然可以啦，不过我们要找个时间把他带出来，"迪肯说，"我肯定推得动他的轮椅。你注意到了吗？我们坐在这里的时候，知更鸟和它的同伴一直在卖力地筑巢呢！瞧，它停在树枝上，正在考虑该把嘴里衔着的小树枝放到哪里哩！"

迪肯高兴地吹了一声口哨，知更鸟立刻回头看着他，嘴里的小树枝还没来得及放下。迪肯像季元本一样对它讲话，不过迪肯的语气中带着友好的建议。

"不管你把它放在哪里都很不错。"他说，"筑巢是你天生就会的事。继续努力吧，伙计！千万不要浪费时间啊！"

"噢，我真喜欢听你对它讲话！"玛丽快乐地笑着说，"每当季元本责备它、取笑它时，它总是围着他蹦来蹦去，好像每句话都能听懂似的，我知道它喜欢你。季元本说它很自傲，哪怕对它扔石头都比忽略它好。"

迪肯也笑着说："它知道我们不会打扰它。"他对知更鸟说："我们跟你们差不多，我们也要筑巢。你可要小心替我们保密啊，祝你好运！"

知更鸟没有回答，因为它嘴里叼着小树枝呢，但它那双如露珠般发亮的黑眼睛仿佛在告诉玛丽，它绝对不会把他们的秘密泄露出去。

Chapter 16

"我偏不来！"玛丽说

那天早上，玛丽与迪肯一直忙碌着，他们俩做了很多事，所以玛丽回到房间的时间比平时晚了许多，吃完午饭后又要急着赶回花园去干活儿。她完全忘记了柯林，直到快吃完午饭时才突然想起他。

"告诉柯林我暂时不能去看他，"她对玛莎说，"花园里有很多事需要我做，我很忙。"

玛莎听了玛丽的话之后，感到很惊恐。

"哦！玛丽小姐，"她说，"如果我按你说的告诉他的话，他肯定会生气的。"

但是玛丽一点儿都不怕他，而且她也不是一个会为别人牺牲自我的人。

"我得去花园了，"她答道，"迪肯在等我呢。"说完，她便跑出去了。

那天下午，他们比早上更加忙碌，但他们的心情似乎更好。所有杂草差不多都被清理干净了，大多数玫瑰和树都修剪了，松了土。迪肯把他自己的那把铁铲带来了，还教玛丽怎样使用她的工具。有一点是毋庸置疑的，这个可爱的地方虽然不会成为一个"园丁的花园"，但到了春天，它一定会变成一个百花齐放、春意盎然的好地方。

"到了春天，这里会开苹果花和樱桃花，"迪肯一边说一边卖力地工作着，"挨着墙的是桃树和李树，到时候，花都开了，草地会变成铺满鲜花的地毯。"

小狐狸、小乌鸦也在快乐地忙碌着，知更鸟和它的同伴来来回回地飞，像极了一道道小闪电。乌鸦有时将黑色的翅膀一拍，飞上树梢去，每次飞回来，都会落在迪肯的身旁嘎嘎叫几声，那样子仿佛是在讲述它的历险。这时迪肯就会像对知更鸟说话那样对它讲话。有一次迪肯忙得没时间搭理它，它就落在他的肩膀上，用大嘴轻轻啄他的耳朵。他们累了，就一起坐在树下休息，迪肯从衣服口袋里拿出笛子吹起来，柔和奇妙的笛声引来了两只小松鼠，它们在墙头上静静地听着，注视着迪肯。

"你比以前健康多了，"迪肯对正在挖土的玛丽说，"看起来和以前不一样了。"

由于运动，玛丽红光满面。她一边工作，一边和迪肯说话。

"我自己都能感觉到我一天比一天胖了，"她兴高采烈地说，"莫德劳克太太必须给我买大号的衣服了。玛莎还说我的头发也长密了，不像以前那样扁塌塌的了。"

当他们离开花园各自回家时，太阳已经要落山了，天边出现一道道金色的霞光，斜映着林间大地。

"明天应该是好天气，"迪肯说，"太阳升起之前我就会来这儿工作。"

"我也是。"玛丽说。

玛丽和迪肯分开后，便飞快地跑回屋里。她要告诉柯林，有关迪肯的狐狸宝宝和乌鸦的事，以及春天给花园带来的变化。她觉得柯林一定会喜欢听这些事，但当她推开房门，看到玛莎愁眉苦脸地站在那儿时，玛丽原本欢欣的情绪一下子便消失得无影无踪了。

"发生什么事了？"她问，"柯林知道我不能去看他后，他说了什么？"

"唉！"玛莎说，"我真希望你去了。他一听说你不来了，便暴跳如雷。为了让他安静下来，护士整个下午忙得不可开交。他一边大吵大闹，一边不停地看时钟。"

玛丽的嘴唇紧紧地抿在一起。她和柯林一样，不会设身处地地为别人着想，她不知道一个坏脾气的男生有什么理由干涉她做自己最想做的事情。她更不懂得去同情那些因为长期生病而导致情绪紧张、脾气暴躁的人。在印度时，她一头痛，就想方设法地让别人也头痛。她也曾因为自己不舒服而对身边的人发脾气，那时她觉得自己没有做错什么，可是现在她却认为柯林胡乱发脾气的行为，实在是太过分了。

玛丽来到柯林的房间，看到他并不是坐在沙发上，而是直挺挺地躺在床上。她进来后，他连瞧也没瞧她一眼。这不是个好兆头，玛丽倔强地向他走去。

"你怎么还不起床？"她说。

"今天早上我本来起床了，我以为你会来。"他回答，并不去看她。"下午我又吩咐他们让我躺回床上。我觉得我的背痛，头也痛，浑身都不舒服。你为什么不来看我？"

"我和迪肯一起忙着整理花园。"玛丽说。

柯林皱起眉头，态度有些缓和，看着她道：

"如果你总是跟那个男孩在一起，而不来和我聊天的话，我会叫人把他赶走，不准他再到这里来！"他说。

听柯林这么说，玛丽气得火冒三丈。她咬牙切齿地说："你如果敢把迪肯赶走，那我就永远不再踏入你的房间一步！"她怒吼着，完全不管后果怎样。

"我想你来，你必须得来！"柯林说。

"我偏不来！"玛丽怒吼着说。

"我有办法让你来，"柯林说，"我会让他们把你拖来。"

"他们会吗，王储先生？"玛丽气急败坏地说，"就算他们能把我拖进来，但是他们把我拖进来以后我也不会开口说话。我会坐在这儿，但是我一句话都不会跟你说，甚至连看你一眼都觉得多余。我宁愿看地板！"

他们俩互相怒目而视，简直是势均力敌。如果他们俩是街头的小混混，一定早就出手，扭打成一团了。接下来发生的一幕果然在意料之中，他们像街头小混混般地对骂起来。

"你就是个自私鬼！"柯林高声叫着。

"你呢？"玛丽说，"你算什么？说别人自私的人才是最自私的！自私的人才会把任何没有顺自己心意的人都叫自私鬼。你比我更自私，你是我见过的最自私的男生！"

"我不是！"柯林反驳道，"明明是你的迪肯自私！他留你和他一起玩泥土，他知道我孤零零的一个人他还这样做。他才自私，他就是全天下最自私的男生！"

玛丽气得火冒三丈，双眼快要喷出火来。

"迪肯一点儿都不自私，他是世界上最好的男生，比任何人都好！"她说，"他是……他是个天使！"这话听起来也许比较蠢，但是她才不在乎呢。

"哼！天使！"柯林不屑地冷笑道，"他不过是个只知道在荒泽上乱跑、非常粗俗的乡巴佬儿！"

"那他也比一个粗俗的王储好很多！"玛丽反驳，"至少要好上一千倍！"

因为玛丽比柯林更强势，所以这场口水战中她渐渐占了上风。其实，柯林从来没和年纪相仿的人吵过架，不过，从某种程度上说，这么一吵对他是很有益处的，尽管他和玛丽没有发觉这点。由于吵不过玛丽，柯林把头转向枕头，闭上眼睛，一颗豆大的泪珠流了出来，顺着脸颊一直往下流。一种悲哀不幸的感觉涌上心头，他觉得自己很不幸，很可怜。

"我才不像你那么自私，我这样做，只不过是因为我一直在生病，我知道有个包正从我背上长出来。"他说，"我很快就死了！"

"你才不会死呢！"玛丽毫不客气地反驳道。

柯林怒目圆睁，他从没听过有人对他说他不会死的话。此刻柯林在愤怒的同时，还有一种喜悦的情绪涌了上来，玛丽说他不会死，这话让他感到万分愤怒，仔细一想，又让他产生了一种淡淡的喜悦。

"谁说我不会？"他叫，"我会！你知道我会！所有人都这么说。"

"我不相信！"玛丽尖刻地说，"你之所以那么说，只不过是为了博得别人的同情罢了。我相信你甚至为此而骄傲。我根本就不相信你会死！如果你是个好孩子，那倒有可能是真的……可是你的行为那么令人讨厌！"

柯林气得七窍生烟，他猛地从床上坐了起来，像正常人那样，完全忘了他那生病的后背。

"滚出去！"他大声叫喊着，随手抓起枕头砸向玛丽，但他的力气太小了，枕头没打到玛丽，只落到了玛丽的脚边，可是玛丽被气得五官都变了形。

"我马上就走，"她说，"而且我永远也不会再进你的房间了！"

她向门外走去，走到门口的时候，又转身对柯林说：

"我本来打算告诉你许许多多有趣的事情，"她说，"迪肯带来了他的狐狸和乌鸦，我本来打算把这些全都讲给你听，但现在别指望我跟你说一个字！"

她头也不回地走了出去，甩手关上了门。她出门时惊讶地发现护士正站在门口，好像一直在偷听他们的谈话，还有更让人吃惊的，她竟然在笑。她是个年轻漂亮的女孩，而且身材高大，根本不适合做专职护士。因为她总是无法忍受柯林，所以经常找借口把柯林留给玛莎或者随便哪个能代替她的人。玛丽一点儿都不喜欢她，当她站着用手帕捂着嘴咯咯傻笑时，玛丽便站在那里盯着她。

"有什么好笑的？"她余怒未消。

"笑你们这两个小家伙，"护士说，"对那个被宠坏的男孩子来说，最有效的办法就是有个和他一样被惯坏的人站出来和他对抗。"她又用手帕捂着嘴笑，"要是有个小姑娘做他的妹妹，偶尔和他吵吵架，说不定他就没事了。"

"他会死吗？"

"不知道，反正我也不关心。"护士说，"他的病有一半是歇斯底里和爱发脾气造成的。"

"什么是歇斯底里？"玛丽问。

"如果你再惹他生气的话，你就会看到了……不过，不管怎么样，你已经惹得他歇斯底里了，你这样做，我挺高兴的。"

玛丽回到她的房间，刚从花园里回来时的好心情一扫而光，取而代之的是不开心、失望、沮丧，但她一点儿都不同情柯林。她本来打算告诉他很多事，而且她还下定决心，不管他是不是值得信赖，她都要把秘密花园告诉他。但是现在一切都变了，她不想告诉他了，永远都不会告诉他了。他愿意待在房间里就待在房间里好了，最好永远呼吸不到新鲜空气！如果他想死就去死吧！随便他，他死了也是活该！自作自受！她觉得他蛮不讲理、冷酷暴躁。有那么一会儿，她几乎忘记了迪肯，忘记了铺满花园的绿色薄纱，忘记了从荒泽上吹来的柔风。

玛莎一直在房间里等她。玛丽刚踏进门，脸上的怒气就被好奇心取代了。桌上放着一个木头盒子，盖子已被打开，里面整齐地放满了包裹。

"这些都是克兰文先生寄给你的，"玛莎说，"好像是图画书。"

玛丽不禁想起她和克兰文先生见面的那天，他曾问过她："你想要什么东西吗？布娃娃？玩具？书？"她满心欢喜地打开包裹，猜想着克兰文先生或许寄了个布娃娃给她，还猜想着要是他真的寄了，她如何对待那个布娃娃。然而她没有看到布娃娃。她打开后看到的是几本精美的书，和柯林的类似，其中有两本是关于花园的，里面画满了关于花的精美的图画。另外还有两三套玩具，还有一个漂亮的文具盒、一支金笔和一个墨水台。

这些东西都很精美，玛丽看着它们差点儿高兴得跳起来，刚才的怒气也被抛到九霄云外去了。她根本没有指望克兰文先生会记得她，可是现在他却给她带来了这么大的一个惊喜，温暖了玛丽那颗冰冷倔强的心。

"用这支笔我会写出比印刷体更漂亮的字，"她说，"用这支笔写的第一封信我要写给他，告诉他我非常喜欢他送的礼物。"

假如她刚才没有和柯林吵架的话，她一定会立刻跑去找他，让他看看这些礼物，然后他们会一起看图画书，也许还会一起玩新玩具，这么一来，柯林肯定会很高兴的，然后忘了自己要死的事，也不会经常摸着他的脊背查看有没有鼓起的包。每次他摸自己的后背时，玛丽都觉得难以忍受，因为他对此是那么恐惧，让她也有一种极不舒服的恐惧感。他说，如果有一天他发觉后背长出哪怕是一个很小的包，他就知道他的背要开始变驼了。莫德劳克太太说他爸爸很小的时候，背就开始驼了。而这件事柯林只告诉了玛丽，从没告诉过其他任何人。人们说他的坏脾气多半和他隐藏于内心的恐惧有关系。当他告诉玛丽自己早晚会变成驼背的时候，玛丽觉得他很可怜。

"当他不开心或者累了的时候，就会想这件事，"玛丽自言自语地说，"他今天这么生气不开心，也许……也许他整个下午都在想自己会变成驼背的事。"

她静静地坐着，低头看着地毯，琢磨着。

"我说我永远不会再去……"她犹豫着，眉头紧皱，"可是也许，只是也许，我应该去看看……也许他明天早上就会想要见我……也许他还会用枕头砸我，可是……我想……我还是应该去一趟。"

Chapter 17
发脾气

第二天清晨，玛丽起得很早，一整天她都在花园里卖力地工作，到了晚上她又累又困。所以玛莎把晚饭拿来给她吃完后，玛丽很快就躺到床上休息了。玛丽把头靠在枕头上，喃喃自语："明天吃早餐之前，我要去花园和迪肯一起干活儿，然后……我应该……我应该去看他。"

大概是半夜时分，她突然被一阵可怕的声音惊醒，她吓得从床上跳了下来。什么声音这么刺耳？她听了几分钟后终于明白了。她听见房门一会儿打开、一会儿又关上的声音，还有走廊上匆忙的脚步声，最令人毛骨悚然的是那个夹杂着哭泣的尖叫声，既刺耳又吓人。

"是柯林，"她说，"他在'歇斯底里'地闹脾气，听起来真吓人。"

当她听到这哭声和尖叫声的时候，她终于明白为什么大家都顺着他了，因为谁也不想听到这种刺耳的尖叫声。她用手捂住耳朵，那叫声让人觉得恶心而且浑身发抖。

"我该怎么办呢？我该怎么办呢？"她不停地说，"实在太让人难以忍受了！"

她脑子飞快地转着，要是壮着胆子去找他，能让他停止哭叫吗？然而，她转念又想起他把自己赶出房间的情景，如果现在再见到她的话，他会不会更生气？这会不会让他哭得更厉害？可是现在，即使玛丽用手紧紧地捂住耳朵，还是会听到那可怕的声音。那刺耳的声音太令人讨厌了，它让玛丽感到害怕。突然间，玛丽变得怒不可遏，觉得自己也要发一场脾气来吓吓他，就像他现在吓她一样。除了自己以外，她从不习惯任何人发脾气。她把手放下来，不再捂着耳朵，跳起来直跺脚。

"他必须停下来！得有人去制止他！最好有个人去打他一顿！"她叫喊着。

正在这时，走廊上传来一阵匆忙的跑步声，有人过来了，门开了，护士闯了进来。她的脸色十分苍白，昔日的笑容早就不见了。

"他歇斯底里的毛病又犯了，"她有些着急地说，"他会伤了自己的。我们所有人都拿他没办法了，你快去试试吧！也许会起到一些作用。他是喜欢你的。"

"昨天早上他把我赶出了房间。"玛丽激动地跺着脚说。

这一跺脚反倒让护士看到了希望。其实，她刚才还担心进来时会看到玛丽躲在被窝里哭泣呢！

"这就对了，"她说，"你的态度很好。你去骂骂他，让他想起点儿新的东西，他就会停止哭闹了。去吧，孩子，现在就去！"

这件事过后，玛丽才意识到这是多么可笑又可怕的一件事——所有大人都没办法，他们竟害怕得只能去找一个小女孩求救，而理由是他们觉得她和柯林有一样的坏脾气。

她沿着走廊走去，离尖叫声越近，她的火气就往上升得越高。等她走到柯林的房门口时，她简直快气炸了！她用力推开房门，跑过去直冲到了柯林的床前。

"你给我闭嘴！"她叫喊着，"别叫了！停下来！你这个讨厌鬼！我讨厌你！所有人都讨厌你！我真希望所有人都离开这个房间，让你自己尖叫吧，死了也没人管！你很快就会把自己叫死，我希望你去死！"

一个有同情心的孩子怎么会这么想，这么说呢？然而，对这个没人敢约束、反对、阻拦和冒犯的歇斯底里的男孩来说，玛丽的话给他带来了巨大的震撼，这样反而起到了最好的效果。

这时的柯林本来趴在床上，用手扑打着枕头，当他听到那阵愤怒如小狮子一样的吼叫声时，竟然从床上一跃而起，然后飞快地转过身来。他的脸红一阵、白一阵，还有些肿，看起来很吓人。他气呼呼地喘着粗气，但狂怒的玛丽丝毫不在意这些。

"你再叫一声试试，"她说，"你再叫，我也会跟着你一起尖叫——我会叫得比你更大声。我要吓死你，我要吓死你！"

玛丽的一番话把柯林震慑住了，吓得他不再尖叫了。他本来想接着尖叫的，但喉咙似乎哽住了，再也叫不出声来。不过，他的眼泪如泉涌般流了下来，他浑身都在颤抖。

"我没办法停下来！"他喘着气，抽噎着说，"我没办法……我没有办法！"

"你可以的！"玛丽大吼道，"你的病有一半是歇斯底里和坏脾气造成的——就是歇斯底里——歇斯底里——歇斯底里！"她一边说一边跺脚，说一次跺一下。

"我的背上长了一个肿瘤——我已经感觉到了，"柯林哽咽着说，"我知道我很快就会死的。我的背上真的长了一个肿瘤，然后我就会死掉。"说完他扭身仰脸躺在床上，又开始呜咽抽泣，但是停止了尖叫。

"你后背根本没有什么肿瘤！你怎么会感觉到？"玛丽狂怒地反驳道，"就算你感觉到了，那也只不过是歇斯底里的肿瘤。是你的歇斯底里使你长了肿瘤。你那讨人厌的背上根本什么都没有——你只是长了个歇斯底里的肿瘤！翻身趴着，让我看看！"

她喜欢"歇斯底里"这个词，觉得这个词用在他身上最合适不过了。柯林可能和她一样，也是头一次听说这个词吧！

"护士，"她大声命令道，"马上过来，把他的背露出来给我看看！"

护士、莫德劳克太太和玛莎三人挤在门口，惊讶不已地瞪着她。三个人一次又一次地被玛丽的言行吓得魂飞魄散。护士胆战心惊地走上前来，而柯林躺在床上还在不停地抽泣着。

"也许他……他不愿意让我碰他。"护士犹豫着低声说。

然而，柯林听见了她的话，抽泣了两声，上气不接下气地说：

"给……给她看，她看了就知道了！"

柯林的后背露了出来，他真的是太瘦了，每根肋骨、脊柱上的每个关节，都清晰可见，甚至有几根肋骨都可以数得出来。但玛丽在弯腰检查的时候没有心思去数它们，她野蛮霸道的小脸带着庄重严肃的表情，一副老练的架势。护士看了她那副模样，转过头去偷偷地笑了。玛丽专注地检查着柯林的后背，那神情仿佛她是从伦敦来的有名的医生一般。她一遍又一遍地检查时，就连柯林也尽力屏住呼吸，静静地趴在床上。

"一个肿瘤也没有！"最后她说，"连针尖大的肿瘤都没有——有的只是脊背骨上凸起的小疙瘩，那是因为你太瘦了才能摸到它们。我自己的脊背骨上也有跟你一样的小疙瘩，以前它们也和你的一样凸，后来我长胖了，它们就变小了。你背上连针尖大的肿瘤都没有，要是你再说有，别怪我嘲笑你！"

除了柯林以外，没有人知道这些执拗的、孩子气的话对他是否有效。假如他有可以诉说内心秘密和恐惧的伙伴，假如他能够勇于向别人提出问题，假如他有年纪相仿的小伙伴，而不是现在这样整天躺在床上，不出房门半步，呼吸着充满了恐惧的沉重空气——恐惧几乎来自仆人们的无知——他就会发现，他的恐惧和疾病多半是自己臆

想出来的。他长年累月地躺着，在百无聊赖的情况下，成小时、成天、成月、成年不断地想着自己的疼痛和厌倦，陷在自己即将生病、死亡的情绪里不能自拔。而现在，一个气势汹汹且没有半点同情心的小女孩竟顽固地坚持说他根本就没有病，这一刻，他突然明白她所说的一切也许才是实情。

"我不知道，"护士小心翼翼地说，"他总是以为自己的背上长了个肿瘤。因为他总是不愿意坐起来，所以他的背越来越瘦弱。我其实早想告诉他，他的背上真的没有什么肿瘤。"

柯林的喉咙哽住了，他微微转过头来看着她。

"是……是真的吗？"他可怜兮兮地问。

"是的，少爷。"护士回答。

"我就说嘛！"玛丽说。不知为什么，她的喉咙也跟着哽住了。

柯林不再说话，再次埋头趴在床上，深吸了一口气，刚才那阵暴风骤雨般的抽泣已经渐渐平息了。他静静地躺了一会儿，尽管泪水此刻还在顺着脸颊无声地流，打湿了枕头，但这泪水对他而言，更像是一种解脱。过了一会儿，他再次转头看着护士。令人惊讶的是，他对她说话的态度来了个180度的大转弯，那样子已经完全不像是一位印度王储了。

"你觉得……我能……活到长大吗？"他问。

这位护士一点儿也不机灵，而且也没有慈悲心，不过她还是把那位从伦敦来的名医所说的话生硬地复述出来了。

"你很可能会。要是你按医生说的办，不再不知控制而一味地屈从于自己的脾气，出去多呼吸新鲜的空气，那么你就能活到长大。"

柯林的怒气已经完全平息了，刚才的哭喊使他筋疲力尽，不过这也使他变得温和了不少。他向玛丽伸出手，此刻玛丽的怒气也消散了，她也变得柔和起来，于是也向柯林伸出手，两人的手紧紧地握在一起，终于重归于好了。

　　"我想……我想和你一起去外面看看，玛丽，"他说，"我想我不会再讨厌新鲜空气，如果我们能找到……"突然，他好像想起了什么似的，马上改口说，"如果迪肯能来推我的轮椅，我很愿意和你一起出去。我特别想见迪肯，还有他的狐狸和乌鸦。"

　　护士重新整理好被弄得一团乱的床，并帮他铺平枕头，然后端来两杯牛肉汁给柯林和玛丽喝。看到气氛缓和下来，莫德劳克太太和玛莎就离开了。等到一切恢复原状后，护士也准备离开了。她是个健康的年轻姑娘，讨厌睡眠被剥夺。当她看见玛丽把大脚凳拉到四柱床跟前，并且拉起了柯林的手时，她打了个大大的哈欠。

　　"你先回去睡吧，"护士对玛丽说，"如果他不再生气的话，过一会儿他就会睡着了，然后我会到隔壁房间去睡的。"

　　"你要不要听我从保姆那儿学来的那首印度歌谣？"玛丽低声对柯林说。

　　柯林轻轻地拉着玛丽的手，用他疲倦的眼睛充满渴望地望着玛丽。

　　"嗯，我想听！"他答道，"那首歌那么柔和！我想我马上就会睡着的。"

　　"我来哄他睡觉吧。"玛丽对哈欠连连的护士说，"你先回去吧！"

　　"那好吧，"护士故作犹豫地说，"不过，如果过了半个小时他还睡不着，你就来叫我。"

"好的。"玛丽回答。

护士快步离开了房间。她一离开，柯林就又拉住了玛丽的手。

"刚才，我差点儿就说漏嘴了，"他说，"还好我及时意识到了。我好累，不想说话了，现在只想睡觉，可是你说过你有各种各样有趣的事要告诉我。你是不是……你是不是已经找到去秘密花园的路了？"

他那张疲倦的小脸和那双红肿的眼睛显得那么可怜，玛丽看着他，她的心变得柔软起来。

"是的……"她答道，"我确定我已经找到了。不过，你现在先睡觉，我明天把花园的事全都告诉你。"

"噢，玛丽！"他说，"噢，玛丽！要是我能到那个花园里去，我想我一定能活到长大！你能不能先不要唱那首歌谣……你能先把你想象中的花园的样子告诉我吗？就像你第一次来这儿时那样轻声地和我说话。我保证我一会儿就睡着。"

"好吧，"玛丽说，"现在闭上眼睛。"

柯林听话地闭上了眼睛，静静地躺在床上，一动不动。玛丽拉着他的手，轻声地说了起来。

"这花园被遗弃了十年了，它孤零零地没人打理。我想……里面的花草树木肆意杂乱地生长着，那里都快变成一个可爱的丛林了。玫瑰都爬啊爬啊，爬到树上，墙上，直到它们的枝蔓从树枝和墙头上垂挂下来，然后再顺着地面爬……整个花园的地面几乎都被覆盖了，就像笼罩了一层奇特的灰雾。有些玫瑰已经枯死了，可是有很多……还活着，等夏天来了，会有一道道的玫瑰窗帘，还有玫瑰喷泉。花园的地上长满了黄水仙、雪绒花、番红花和蝴蝶花，到了夏天它们就都盛开了，现在春天已经来了……也许……也许……"

玛丽缓慢地讲着花园里的景象，柯林认真地听着，慢慢地越来越安静了。玛丽看在眼里，仍旧继续说着。

"也许它们会从草里长出来……也许会有一簇簇的紫色的、金黄色的番红花……或许现在就已经开花了。也许树枝开始冒出嫩芽来，开始舒展枝叶……也许……原先的灰色已经变成了绿色，而且还在不断延伸……延伸……最后覆盖上了每一样东西。鸟儿都飞到秘密花园来了……因为这里对它们来说安全又宁静。也许……也许……也许……"她轻声细语着，"知更鸟找到了伴侣……正忙着为自己建造小家呢！"

柯林听着，听着，慢慢地进入了甜甜的梦乡。

Chapter 18

"你决不能浪费时间"

　　第二天早上玛丽起得比较晚，因为她太累了，睡得太晚了。玛莎伺候她吃早饭时告诉她，虽然柯林比较安静，但是他生病发烧了，这是他大哭大叫把自己弄得筋疲力尽之后的一贯情形。玛丽一边慢慢吃着早饭，一边听玛莎说着。

　　"他说他希望你能尽快去看他，"玛莎说，"真奇怪，他竟然这么迷恋你。昨晚你确实好好地教训了他一番……是不是？从没人敢那么做啊。唉！可怜的孩子！他已经被宠得无法无天了。妈妈说，发生在一个小孩儿身上最坏的情况不过这两种：永远不如意，以及永远如意。她不知道哪一种更糟糕。你自己脾气也挺大。不过我到他房间的时候，他对我说：'请去问问玛丽小姐，她能否来和我说话？'他竟然用'请'！你愿意去吗，小姐？"

　　"我先跑去见迪肯，"玛丽说，"不，我还是先去见柯林，告诉他……我有重要的事要告诉他。"她突然有了灵感。

　　她戴着一顶帽子出现在柯林的房间，有一刹那他显得有些失望。他躺在床上，脸色很苍白，眼睛周围有黑眼圈，一副可怜的样子。

"我很高兴你愿意过来，"他说，"我头疼，全身都疼，因为太累了。你是要出去吗？"

玛丽走过去靠在他的床上。

"我是要出去，"她说，"我去找迪肯，但是我很快就会回来的。柯林，是……是关于秘密花园的事。"

听到玛丽这么说，他整张脸都亮了，瞬间有了光彩。

"噢，是吗？"他喊出声来，"我昨天梦里全是它，我听到你说什么灰色变成绿色，在梦里我站在一个地方，那里到处都是颤抖的绿色的叶子——好多小鸟在筑巢，它们特别温柔、安静。我现在躺下想着那个花园，等着你回来。"

五分钟以后，玛丽在花园里见到了迪肯。狐狸和乌鸦仍然和他在一起，这次还多了两只松鼠跟着他。

"今天早上我骑小马来的，"他说，"那匹小马的名字叫跳跳！你看这两只小松鼠，我把它们装在口袋里带来了。这只叫坚果，那只叫果核。"

他一说"坚果"，一只松鼠跃上他右肩；他一说"果核"，另一只跃上他左肩。

他们坐到草地上，队长蜷缩在他们脚边，煤灰肃穆地在树上聆听，坚果和果核在他们旁边的空地上闻来嗅去，如果要现在离开这里，玛丽肯定会难以接受。她开始给迪肯讲柯林的故事，听着听着，迪肯脸上的表情发生了变化。她看得出他比她更为柯林感到难受。他抬头看了看天，环顾了一下四周。

"听听鸟儿的叫声……整个世界都……都在吹哨、吹笛，"他说，"看它们像箭似的四处飞，听它们唱歌，相互呼唤。春天来了，好像全世界都在呼唤。叶子在舒展，你能看到它们了……还有，我的天，这味道真好闻！"他的翘鼻子快活地吸着气。"但是，那个可怜的孩子整天都不出门，能看到的东西太少，才会一直想那些让他尖叫的东西。天啊！我们必须想办法让他出来……我们必须让他来秘密花园看一看、听一听、闻一闻，让他呼吸一下这里的空气，让他晒晒温暖的阳光。我们决不能浪费时间了。"

他说得很投入的时候，经常说约克郡话，尽管他为了让玛丽能听懂他在说什么，努力地说普通话。但是她喜欢他说约克郡话，实际上她还努力模仿他所说的，所以她现在能说一点儿了。

"嗳是，我们坚角不（意思是说：是的，我们坚决不），"她说，"我告诉尼我们首先做什么。"她继续说，迪肯咧嘴笑了，玛丽费力拧着舌头说约克郡话的样子简直太好笑了，"他对尼着迷。他很想见尼，他还想见煤灰和队长。尼能不能明天早上去看看他——把尼的动物朋友带来……然后……稍微等一下，等长出更多叶子，等有花苞了，我们想办法把他带出来，尼帮他推轮椅，我们把他带到秘密花园来，给他看所有的东西。"

她停下来，为自己能讲约克郡话感到自豪。她以前从未用约克郡话说过什么，她感觉不错。

"尼必须和柯林少爷说点儿约克郡话，就像刚才那样，"迪肯傻笑，"尼肯定会把他逗得开怀大笑，对病人来说，多笑笑是最好不过的事了。

妈妈说，每天早上起床后大笑半个小时，能医好一个得斑疹伤寒的人。"

"好，今天我就对他说约克郡话。"玛丽说，然后傻笑起来。

花园里，每一天每一夜，仿佛都有魔法师在施展魔法，从土地和树干里引出可爱的东西来。离开这一切是让人难以接受的，特别是坚果竟然爬上了她的裙子，果核从他们头上的苹果树树干上蹿下来，用探究的眼神看着她。

最后她回到了柯林的房间，在柯林的床边坐了下来。他被她身上春天的味道吸引着，开始像迪肯一样闻着嗅着，虽然不如迪肯那么有经验。

"你身上的味道闻起来像鲜花和……新鲜的东西。"他非常开心地呼喊，"你身上究竟是什么味道？这味道真好闻，又凉爽又温暖又甜蜜，全混在一起了。"

"是荒泽上吹来的风，"玛丽说，"我和迪肯、队长、煤灰、坚果，还有果核一起坐在树下时染上的。春天来了，户外的阳光的味道多嘛好闻！"

她模仿着迪肯说话的腔调，尽力把音发得重些，柯林看到她的样子忍不住笑了起来。

"你在做什么？"他说，"你为什么这样说话，听起来太滑稽了。"

"我在给尼讲约克郡话，"玛丽得意地回答，"虽然我不能讲得像迪肯和玛莎那样地道，不过尼看，我跟他们学会了一点儿。尼一点儿都不懂约克郡话吗？尼可是个土生土长的约克郡孩子！啊！我倒想知道尼脸红罢红？"

然后她自己也忍不住大笑起来，他们俩笑得停不下来，连房间都回荡着他们的笑声。莫德劳克太太开门进来，又退回到了走廊里，站在那里惊奇地听着。

"哦，我瘩老天！"莫德劳克太太自言自语，她也震惊地说了句约克郡话，"谁听过这个！世上哪个人想到过呢！"

有那么多好玩的事情可以聊。柯林似乎永远听不够迪肯、队长、煤灰、坚果和果核的事，还有那匹叫跳跳的马。玛丽和迪肯一起一路跑着绕到林子里去看过跳跳。它是匹野马，个头儿很小，毛发糙乱，缕缕鬃毛垂到眼睛上，它的脸很漂亮，丝绒般的鼻子总是拱着嗅着。它吃荒泽上的草长大，非常瘦，但是非常精悍，那瘦腿里的肌肉仿佛是由铁质弹簧制成的。它一见到迪肯，就抬头柔和地嘶叫，然后快步跑过来，把头搭在他的肩膀上，迪肯便对着它的耳朵和它说话，跳跳则用嘶叫、吹气、喷鼻息来回应迪肯。迪肯还让它把小小的前蹄伸给玛丽，用它那丝绒般的口鼻吻她的脸蛋儿。

"它真的能听懂迪肯说的所有话吗？"柯林问。

"我觉得它是听懂了，"玛丽回答，"迪肯说任何动物都能明白你的意思，只要你和它们是朋友，这个前提是不能忽略的，你们一定得是朋友。"

柯林静静地躺了一会儿，他的灰眼睛仿佛盯着墙，可是玛丽看得出他在思索什么。

"我希望我也能够成为动物的朋友，"最后他说，"但是我好像做不到。我身边也没有动物可以交朋友，还有我不能忍受其他东西。"

"你能忍受我吗？"玛丽问。

"哦，我能。"他回答，"这很奇怪，但是这是真的，我甚至喜欢你。"

"季元本说我和他很像，"玛丽说，"他说他很确定我们两个脾气都很古怪。我觉得你也很像他。你看，我们三个是一样的——你、我、季元本。他还说我和他长得都不好看，我们内心和外表一样乖戾。但是，我觉得自己的脾气比认识知更鸟和迪肯以前好多了，没那么古怪了。"

"你有没有觉得经常讨厌别人？"

"有，"玛丽毫无感情地回答，"假如我是在遇到知更鸟和迪肯以前看到你，我一定会讨厌你的。"

柯林伸出瘦骨嶙峋的手，摸了摸她。

"玛丽，"他说，"我很后悔说过把迪肯赶走的话。你说他是个天使的时候，我讨厌过你，嘲笑过你，但是……但是我觉得也许他真的就是。"

"嗯，那么说真是有些蠢，"她坦白地承认，"因为他的鼻子确实是翘起来的，他的嘴又大又弯，他的衣服上全是补丁，他说话带约克郡口音，可是……可是如果天使真的来约克郡，住在荒泽上……如果约克郡有天使的话……我相信天使应该懂得绿色的东西，知道怎么播种，怎么打理，他应该懂得怎么和野生动物说话，像迪肯那样，野生动物肯定会知道是它们的朋友。"

"我应该不讨厌迪肯看着我，"柯林说，"我想见到他。"

"你这样说真是太好了，"玛丽回答，"因为……因为……"

一个念头突然冒出来，她知道是时候告诉他了。柯林知道玛丽有重要的事情要告诉他。

"因为什么？"他急切地问道。

玛丽紧张得站起来，走向柯林，抓住他的双手。

"我可以信任你吗？我信任迪肯，因为鸟儿信任他。我能信任你吗……能吗……能吗？"她恳求。

他一脸庄严，他的回答几乎像耳语。

"当然能……是的！"

"那好，迪肯明天早上会来看你，会把他的小动物也带来。"

"哦！哦！真的吗？"柯林快乐地大叫起来。

"不只这样，"玛丽接着说，过度的兴奋让她的脸有些苍白，"还有更棒的。我找到了那道进入秘密花园的门，它在被常春藤遮住了的墙上。"

假如柯林是个身体健康强壮的男孩，他肯定已经大声说"好啊！好啊"了，然而他身体虚弱，面容憔悴，他的眼睛睁得大大的，有些喘不过气来。

"噢！玛丽！"他半是啜泣地喊出来，"我能看看它吗？我可以进去吗？我能活到进去的那天吗？"他紧紧地抓着她的手，把她拽了过去。

"你肯定会看到！"玛丽愤愤地、坚定地说，"你当然能活到进去的那天！别傻了！"

她自然、孩子气的话语让他恢复了理智，他不再歇斯底里了，开始笑自己傻。几分钟以后，她又坐回她的凳子上，给他讲秘密花园真实的样子，而不像之前一直给他讲她想象的中花园的样子。柯林忘了疼痛和疲倦，听得满心欢喜。

"这不和你原来想的一样吗？"最后他说，"像你早就看到了似的。你知道你第一次告诉我的时候，我曾这么说过。"

玛丽犹豫了大约两分钟，然后把真相告诉了柯林。

"其实，那时我已经看到它了……我已经进去过了，"她说，"我找到了钥匙，几周前就已经进去过了。可是我不敢告诉你……我不敢，因为我实在担心你不能保守秘密……"

Chapter 19

它来了！

　　柯林发威后的第二天早上，当然有人把克兰文医生请来了。每到这种时候，总是立刻有人去请他，当他抵达时，他总是会看到一个脸色苍白、颤抖的男孩躺在床上，仍然一副愤怒、歇斯底里的样子，随时会因为只言片语再次爆发抽泣。其实，克兰文医生也害怕、讨厌处理这样棘手的问题。这一次，他离米瑟斯韦特庄园很远，直到下午才过来。

　　"他怎么了？"他到达后，十分恼怒地问莫德劳克太太，"他的坏脾气早晚有一天会害了他，把他气得血管爆裂！这个孩子根本是接近疯狂了，他太歇斯底里了，一点儿都不知道控制自己的脾气。"

　　"那么，先生，"莫德劳克太太回答，"等会儿你看到他，你会出乎意料的，你不会相信自己的眼睛的。那个苦瓜脸的女孩，和他的脾气一样坏，但是奇怪得很，她居然很轻易地就把他震慑住了。她到底是怎么做到的，我也说不清楚，大概只有天知道吧！她长得一点儿都不好看，说话的声音跟蚊子哼哼似的那么小，但是她居然敢做我们谁都不敢做的事。昨天晚上，她就像头发怒的小狮子似的对他吼叫，跺着脚命令他停止尖叫，但不知为什么她就把他制服了，他竟然真的停止尖叫。今天下午……嗯，过来看看，先生。实在让人难以相信。"

克兰文医生进入房间后见到的一幕，着实令他很震惊。当莫德劳克太太打开房门时，他居然听到了笑声和聊天声。柯林披着休息长袍，直直地坐在沙发上，看着一本关于花园的图画书，正在和那个冷漠的女孩聊天。而那个女孩的表情一点儿都不冷漠，她的脸上满是快乐，散发着不一样的光彩。

"那些长长的、螺旋生长的蓝色……我们会有很多，"柯林说，"它们叫……"

"飞燕草，迪肯说它们的花更大、更鲜艳，"玛丽小姐大声说，"而且，我们已经有好多丛了。"

然后他们看到了克兰文医生，便停了下来。玛丽变得非常安静，柯林显得有些烦躁。

"我很抱歉，听说你昨晚病了，我的孩子。"克兰文医生略带一丝紧张地说。他是个特别容易紧张的人。

"我现在好些了——好多了。"柯林回答，神情像王储一样。"过一两天，如果天气晴朗，我要坐轮椅出去转转。我想呼吸呼吸新鲜空气。"

克兰文医生坐到他旁边，为他问诊，好奇地注视着他。

"今天一定是个好天气，"他说，"但你要注意别累着自己。"

"新鲜空气怎么会累着我？"年轻的王储说。

过去有许多次，就是这个男孩愤怒地大声尖叫，固执地说新鲜空气会让他着凉，会杀了他，所以他的医生听了他刚才说的话后，简直是太吃惊了。

"我原以为你讨厌新鲜空气。"他说。

"如果就只有我一个人出去，我当然不喜欢，"王储回答，"但是我的表妹会和我一起出去。"

"还有护士最好也一起去。"克兰文医生建议。

"不，我不要护士。"柯林的态度高傲而强硬，让玛丽不由得想起那个年轻的土著王储浑身镶满钻石、翡翠、珍珠的样子。他深色的小手上有一大块红宝石，他常常挥手指挥仆人们过来行礼，接受他的命令。

"我的表妹会照顾我的。每当她和我在一起时，我都会觉得好很多。昨晚她让我变好了许多。还有一个很强壮的男孩会来帮我推轮椅。"

克兰文医生有些担心。假如这个疲倦的、歇斯底里的孩子以后好起来，他自己就没有任何希望继承米瑟斯韦特庄园了；但是他还不是个没有道德底线的人，虽然他有私心，但他并不想让柯林陷入真正的危险。

"他必须是个强壮、镇定的男孩，"他说，"我一定得认识认识他。他是谁？叫什么名字？"

"是迪肯。"玛丽突然开口。她莫名其妙地觉得每个知道荒泽的人都肯定知道迪肯。她猜对了，她看到克兰文医生的脸瞬间放松了，露出了一个放心的微笑。

"哦，迪肯，"他说，"要是迪肯的话，你绝对安全。他很强壮，像一匹荒泽上的野马，是迪肯啊！"

"而且他很可靠，"玛丽说，"他是约克郡缀（最）可靠的小伙子。"她一直对柯林说约克郡话，这会儿忘记了要改回来。

"是迪肯教你的约克郡话吗？"克兰文医生笑着问。

"我把它当法语来学，"玛丽十分冷淡地说，"这和印度的一种土著方言一样，非常聪明的人才去学。我喜欢它，柯林也喜欢。"

"好吧，好吧，"他说，"如果它让你开心，反正它对你没有害处。昨天晚上你吃安眠药了吗？"

"没有，"柯林回答，"刚开始我不想睡，后来玛丽让我安静下来，听她说着话我就睡着了……她用很低的声音说……说的是关于春天溜进花园的故事。"

"听起来有助于睡眠，"克兰文医生说，他更加困惑，瞟了一眼坐在凳子上、一言不发地盯着地毯的玛丽，"你确实好了许多，但是你一定要记住……"

"我不想记住，"柯林打断了医生的话，又摆出了王储的架势，"当我一个人躺着时，我总是想我生病的事，我就会觉得浑身疼痛，我想的事情让我不得不尖叫，因为我非常讨厌它们。要是哪里有个医生能让我忘记自己的病，而不是记住它，我会派人把他找来。"他挥挥瘦弱的手，那手上真的应该戴满标有皇室徽记的红宝石戒指，"我表妹能做到，能让我变好，因为她能让我忘记那些病痛。"

柯林"发威"之后，克兰文医生匆忙地走了，以往他都不得不留下很长时间，做许多事情。这个下午他没有给柯林开任何药，也没留下任何嘱咐。他避免遭遇任何冲突的场景。他下楼时表情凝重，显得很深沉。当他在书房里和莫德劳克太太说话时，她觉得他似乎很困惑。

"那么，先生，"她试着问，"你能相信吗？"

"这肯定是个新情况。"医生说，"不得不承认，现在的情况比原来好。"

"我相信索尔比是对的——我确信。"莫德劳克太太说，"昨天我去斯韦特村的时候在她的农舍歇了会儿，我们聊了聊。她对我说：'嗯，萨拉，她也许不是一个听话的好孩子，她也许算不上漂亮，但是她是个孩子，孩子需要孩子。'我和索尔比以前是同学，我相信她说的话是对的。"

"她是我所知道的最好的护士，"克兰文医生说，"只要我看到她出现在病人家的农舍，我就知道我有很大希望能够救活我的病人。"

莫德劳克太太微笑了一下。她喜欢索尔比。

"索尔比有自己的独到见解，"她滔滔不绝地继续说，"今天整个早上我都在想她昨天讲到的一件事。她说：'有一次孩子们打架以后，我想给他们一点儿教训，我对他们说，我上学的时候，我的地理老师说地球就像个橙子。我十岁以前发现，这个橙子其实是不属于任何人的。谁都不能拥有自己本分之外的东西。所以你们不要——谁都不要——以为整个橙子是自己的，不然你将来会明白自己想错了，而且将来必定会吃亏。孩子能从彼此身上学到：没有人能连皮带肉地拿走整个橙子。要是你非要自己独占一整个，那么很可能你连果核都得不到，而且果核那么苦，根本不能吃。'"

"她确实是个聪慧的女人。"克兰文医生一边说，一边穿上外套。

"是啊，她说起话来总是一语中的，"莫德劳克太太十分开心地说，"我对她说过，'啊，索尔比，你是个特别的女人，能说这么一口流利的约克郡话，很多时候我都觉得，你称得上是聪明。'"

柯林安睡了一整夜，早晨睁开眼后，他静静地躺着，不自觉地微笑起来，因为他觉得很舒服，精神满满。醒来后，世界竟然这般美好，他转身，尽情地伸展四肢，觉得困住他的枷锁仿佛自己打开了，任由他做出任何动作。克兰文医生说他的神经放松了，得到了适当的休息。他不再躺着瞪着墙祈盼自己不要醒来，现在他的脑子被他和玛丽昨天制订的计划占满了，他想着花园里的美景，想着迪肯和他的野生动物。有事情可想真好。他刚刚醒来不到十分钟，就听到了走廊上一路跑来的脚步声，转眼间，玛丽就站在了门口，紧接着她就到房间里了，然后跑到他的床边，带进来一股充满清晨气息的、微凉的新鲜空气。

　　"你出去过了！你出去过了！你身上有好闻的树叶的味道！"他激动地大声说。

　　她一直在跑，头发被风吹得飘散开来，新鲜空气让她气色红润，她的脸蛋儿粉扑扑的，虽然他没关注这一点。

　　"真是美极了！"她迫不及待地、快速地说着，有点儿喘不上气，"你肯定从来都没见过那么美丽的东西！它来了！它真来了！那天早晨我本以为它已经来了，但是其实它现在才来。它已经到这儿了！它来了，春天来了！迪肯就是这么说的。"

　　"来了吗？"柯林大声问，虽然他对春天一无所知，但他听着心就已经怦怦地跳了。他竟然一下子从床上坐了起来。

　　"快点儿打开窗户！"他说着，然后笑出声来，一半是因为兴奋激动，一半是因为他自己早已浮想联翩了。"也许我们能听到号角的声音！"

他话音还没落，玛丽一眨眼就到了窗边，快速地打开了窗户。一瞬间，清新的空气、香甜的味道、清脆的鸟鸣一起涌入房中。

"这是新鲜空气，"她说，"躺下去，深深地呼吸它。迪肯在荒泽上躺着的时候，就是这么大口呼吸的。他说他能感觉到它在血管里流动，是新鲜空气让他变得强壮，他觉得他好像可以活到永远永远。呼吸它，呼吸它。"

她只是把迪肯告诉她的话重复了一遍，但是这些话引起了柯林的遐想。

"'永远永远'！新鲜空气让他有那种感觉吗？"他说，他照她说的，一遍一遍深深地吸气，然后，他真的感受到了某种新的、快乐的东西正在他身上产生。

玛丽又来到他床边。

"好多东西正从地下争先恐后地长出来，"她急急忙忙地说，"花朵正在准备盛开，所有植物上都有嫩芽，绿色薄纱差不多已经覆盖整个花园，小鸟也忙碌着给自己筑巢安家。如果迟了，就没有好位置了，有些小鸟甚至打起了架，在争秘密花园里的地盘。玫瑰丛看起来已经完全醒来了，小道上、林子里有樱草花，我们之前种下的种子冒出了芽。迪肯带来了狐狸、乌鸦、松鼠和一只刚出生不久的小羊。"

她得歇一歇喘口气。新生的小羊是迪肯三天前在荒泽的石楠丛里发现的，迪肯发现它的时候，它的妈妈已经死了，它当时就躺在妈妈的旁边。这不是迪肯发现的第一只失去母亲的小羊，他知道该怎么做。他用外套把它裹起来带回农舍，让它躺在火边，给它喝热牛奶。这小羊非常柔软，有一张可爱的、傻乎乎的娃娃脸，相对于它的身体来说它的腿显得很长。迪肯怀抱着它，穿过荒泽来到这里，口袋里还放着它的奶瓶和一只松鼠。玛丽坐在树下，让那只小羊柔软、温暖的身体蜷在自己的大腿上，她觉得自己浑身上下被一种奇妙的、难言的愉悦感包围着。一只小羊——一只小羊！一只刚出生没几天的小羊像婴儿一样躺在她的大腿上！

她兴奋地讲着、比画着。柯林聚精会神地听着，深深地吸着气。这时护士进来了，她注意到打开的窗户，感到吃惊。过去有许多暖和的日子，她只能郁闷地坐在这个房间里，窗户从来不曾打开，因为她的病人认为打开窗户会让他感冒。

"你确定你不冷，柯林少爷？"她询问。

"不冷，"他回答，"我在用力地呼吸着新鲜空气。它会让我变强壮。我要起来到沙发上用早餐。我表妹要和我一起用早餐。"

护士走了，带着微笑去叫了两份早餐。她发现仆人的大厅比病人的卧室更有趣，而此时，仆人们都想听楼上的新闻。不受欢迎的"小隐士"的笑话有很多，厨师说他"终于找到了伙伴，这对他有好处"。所有人早就已经厌倦了他一次又一次地发脾气。已婚的司膳长，不止一次表达过他的观点，说那个病人还不如"好好藏起来"。

柯林坐在了沙发上。两份早餐摆上桌后，他用王储式的态度对护士发表宣言。

"一个男孩，一只狐狸，两只松鼠，还有一只新生的小羊，今天早上会来看我。我要他们一来就尽快被带到我的房间里来。"他说，"你不准在仆人大厅里和动物玩耍，不要把他们留在那里。我要他们到这里来。"护士轻轻地喘了口气，差点儿笑出声来，赶紧假装咳嗽了一下。

"是的，少爷。"她回答。

"我会告诉你接下来你该怎样做，"柯林说着，挥挥手，"你可以叫玛莎带他们上来。那个男孩是玛莎的弟弟。他叫迪肯，是个驯兽师。"

"我希望那些动物千万别咬人，柯林少爷。"护士说。

"我跟你说过他是个驯兽师，"柯林严肃地说，"驯兽师的动物怎么会咬人呢？"

"印度有驯蛇师，"玛丽说，"他们敢把蛇头放到嘴里。"

"我的天！"护士瑟瑟发抖。

他们吃着早餐，沐浴在新鲜空气里。柯林把自己的那份早餐都吃干净了，玛丽颇有兴味地注视着他。

"你会渐渐长胖的，就像我一样。"她说，"我在印度的时候几乎从来不吃早餐，也不想吃，而现在每天早晨，我都很饿，总想吃早餐。"

"今天早上我想吃，"柯林说，"也许是新鲜空气让我有了胃口。你觉得迪肯什么时候能到？"

"要不了多长时间他就会来。估计十分钟之后。"玛丽伸出手。

"听！"她说，"你听到'嘎'的一声没有？"

柯林听到了，那是在室内听起来最奇怪的声音，沙哑的"嘎——嘎"。

"听到了。"他回答。

"是煤灰的叫声。"玛丽说，"再听。还有'咩'的一声，很小，你听到了吗？"

"噢，是的！听到了。"柯林大声说，脸因为兴奋红了起来。

"是那只刚出生的小羊，"玛丽说，"它来了。"

迪肯的靴子很厚很笨重，虽然他尽力放轻脚步，但当他走在长长的走廊里时，仍然发出砰砰的声音。玛丽和柯林听着他一步一步靠近，直到他穿过有挂毯的门，踏上直通柯林房间那条铺着柔软地毯的走廊。

"如果您允许，少爷，"玛莎一边打开门一边说，"如果您允许，少爷，迪肯和他的小动物进来了。"

迪肯进来了，带着他最帅气的微笑。新生的小羊在他怀里，红色的小狐狸跟在他身旁轻快地跑着。坚果坐在他左肩上，煤灰在他右肩上。果核在他外套的口袋里，此时，正伸出头和爪子好奇地看着。

柯林慢慢坐起来，看啊，看啊——他用惊奇的目光凝视着眼前的这一切。开心快乐在心底升腾着。虽然他曾经听玛丽说过很多关于这个男孩的事，但他还是无法想象这个男孩到底长什么样，他的狐狸、乌鸦、松鼠、小羊和他是如此亲近，它们看起来几乎成了他的一部分。柯林从出生到现在从来没和男孩说过话，他沉浸在快乐和好奇里，忘了开口说话。

但是迪肯倒显得轻松自在，一点儿都不觉得害羞别扭。他和乌鸦第一次见面时，乌鸦不知道他在说什么，只是看着他不说话，他也没有因此而困窘。小动物在了解你之前总是那样。他走到柯林身边，静静地把新生的小羊放到他大腿上，小家伙立即转向温暖的丝绒长袍，开始用鼻子不停地往长袍里拱，用厚实的脑袋来回蹭着科林的身体。当然，这时候没有孩子忍得住不说话。

"它在干什么？"柯林大声说，"它是想要什么吗？"

"它想要妈妈，"迪肯乐开了花，"我等它饿了才带来看你，因为我知道你想看它如何吃饭。"

他在沙发旁跪下，从口袋里掏出了一个小奶瓶。

"过来，小东西，"他说，棕色的手轻轻地扭过小小的卷毛脑袋，"你想要这个吧，好好享受。对啦——"他把瓶子的奶嘴塞入拱动的嘴，小羊狂喜，狼吞虎咽地吮吸起来。

看到这一幕之后，大家都安静下来，没人找话说了。等小羊睡着了，柯林的问题都涌了出来，迪肯耐心地一一回答。他告诉他们，三天前，早晨太阳刚刚升起的时候，他是如何发现这只小羊的。当时，他正站在荒泽上听一只百灵鸟唱歌，看它盘旋着升上天空，越飞越高，最后变成一个小点。

"如果不是它唱着歌，我肯定会跟丢它。我觉得很奇怪，它已经飞得那么远了，可是我怎么还能听到它的声音……就在这时，我听到另外一个声音从远处的石楠丛里传来。是一声微弱的'咩'，我知道是一只新生的小羊饿了。小羊通常情况下不会挨饿，除非它没有妈妈照顾了。于是我去石楠丛里寻找。啊！真是一段美好的搜寻经历！我在石楠丛里进进出出，一圈又一圈，好像总是转错弯，怎么也找不到。不过最后我看到荒泽顶上的岩石上有白点儿，我攀爬上去，发现了它。它又冷又饿地待在那里。"

在他们聊天的时候，煤灰肃穆地从敞开的窗户飞进飞出，嘎嘎地叫着，好像是在评论着景色。坚果和果核也跳到外面的大树上来个短途旅行，沿树干上下跑，探索树枝。迪肯喜欢坐在地毯上，队长则蜷缩在迪肯身旁。

　　他们一起看关于花园的图画书。迪肯能说出所有花的俗名，而且还知道哪些花已经在秘密花园里生长了。

　　"这几个字我不认识，念不出来，但是我认识这种花，"他指着一种花，下面写着"耧斗菜属植物"，"我们俗称它为耧斗菜。那边的那个是狮子花。这两种都在篱笆里生长。但图上的这些都是长在花园里的，要大些、漂亮些。秘密花园里有一些大丛的耧斗菜。它们开花的时候，会像满满一大片蓝白的蝴蝶在飞舞着翅膀。"

　　"我要去看它们！"柯林喊，"我一定要去看它们！"

　　"是啊，尼一定要去，"玛丽非常认真地说，"尼决不能浪费时间。"

Chapter 20
"我会永远活下去"

　　但是他们不得不再多等一个星期，先是刮了几天大风，然后柯林又有了感冒的迹象，这两件事接踵而来。如果是以前，他肯定早就大发脾气了。可是这次，有那么神秘的计划要执行，他顾不上。迪肯每天都会来，哪怕只是几分钟，也会告诉他们荒泽上、小径上、篱笆里、溪流边上发生了哪些有趣的事。他还会讲水獭、獾、水老鼠，还有小鸟的巢、田鼠的洞的事情，他所说的一切无不让你兴奋得跳起来。当你听到一个民间驯兽师那么深入地讲解细节时，你会心潮澎湃，会有热切和紧张的情绪，会意识到整个世界正在忙碌地工作。

　　"它们和我们一样，"迪肯说，"只不过它们每年都要造房子。这是它们的主要工作，非常繁重，所以它们总是手忙脚乱赶着做完。"

　　然而，最吸引人的，是如何把柯林带进秘密花园。轮椅、迪肯和玛丽会从灌木丛里某一个拐弯处转过去，然后进入那条覆着常春藤的墙外侧的走道。他们过这个弯儿进入走道时不能被任何人发现。随着时间的推移，柯林变得越来越坚信自己的感觉：笼罩着花园的神秘感是它最迷人的特点之一。他决不允许任何人破坏它，决不能让任何人发现他们的这个秘密。要让他们以为他和玛丽、迪肯出去，仅仅是因为他喜欢他们，不反对他们看着他。他们花费了很长时间来讨论他们的路线。他们会走上一条小径，拐进另一条，穿过第三条，然后在喷泉花圃里绕几圈，让别人以为他们在看总园艺师饶奇先生叫人安排好的"花圃植物"。那样会显得合情合理，没人会怀疑其中有什么秘密。他们会转入灌木丛围着的走道，渐渐隐藏踪迹，然后来到那条长长的走道。所有细节都被他们认真、缜密地考虑过，犹如战争年代伟大将军拟订的作战计划。

关于病人房间里发生的古怪事的谣言，自然从仆人大厅里传到了马房院里和园丁中间。尽管如此，饶奇先生接到来自柯林少爷房里的命令时，还是吓了一跳。他必须到那些外人从不得见的房间里报到，因为病人有话要亲自和他说。

"那么，那么，"他慌乱地换着外套，自言自语道，"现在是怎么回事？不准别人看他的王子殿下现在要召唤一个他从来都没见过的人。"

饶奇先生不是不好奇。他虽然从来没有见过那个男孩，但是早就听到过许多关于他神秘的样子的传闻和一次次狂发脾气的故事。他最常听到的就是他可能随时会死，还有很多描述他的驼背和无力的四肢的传言，而这些传言都来自从未见过柯林的人。

"这个房子里的情况变了，饶奇先生。"莫德劳克太太一边说，一边带领他从后面楼梯来到走廊。这条走廊通向那间神秘莫测的卧室。

"我们都希望往好的方向变，莫德劳克太太。"他回答。

"已经到了最坏的程度了，"她继续说，"就那么奇怪，他们在一起相处得很融洽。饶奇先生，要是你突然发现那里变成了一个动物园，你可别惊讶。玛莎家的迪肯待在那儿，比我们俩还像待在自己家里。"

正如玛丽私下里一贯相信的那样，迪肯确实有一种魔力。饶奇先生听到他的名字后，安心地笑了。

"他无论是在白金汉宫还是在煤矿底层都像在自己家里一样，"他说，"不过也不是冒失无礼。那个孩子，他就是自在。"

如果不是他已有心理准备，也许他会被吓一跳。卧室的门一开，饶奇先生就看到一只大乌鸦，停在雕花椅子的高靠背上。它像在自己家里一样，非常大声地"嘎嘎"叫着，像是在宣布有客人到来。尽管莫德劳克太太警告过，饶奇先生仍然差点儿因吃惊往后跳而大失尊严。

年轻的王储不在床上也不在沙发上，他坐在一把有扶手的椅子里。一只刚出生不久的小羊站在他旁边，摇着尾巴，这时迪肯正跪在旁边，用奶瓶给它喂奶。一只松鼠站在迪肯弯下的后背上，认真地、慢慢地啃着一颗坚果。那个印度来的小女孩坐在一个大脚凳上看着这一切。

"饶奇先生来了，柯林少爷。"莫德劳克太太说。

年轻的王储转头上下打量着他的男仆——至少饶奇是这么觉得的。

"哦，你是饶奇，对吗？"他说，"我派人叫你来是要吩咐你一些非常重要的事。"

"是的，先生。"饶奇回答，琢磨着他是否会指示自己砍去园子里所有的橡树，还有可能是让他把果园改建成池塘种花。

"今天下午我要坐轮椅出去，"柯林说，"如果新鲜空气适合我，我可能每天都会出去。我出去的时候，不允许任何园丁靠近花园墙边的走道。任何人都不准。我大约两点钟出去，所有人都必须离远些，直到我发话，他们才可以回去工作。"

"是的，先生。"饶奇先生回答。他非常欣慰，因为橡树可以保留下来了，果园也安全了。

"玛丽，"柯林说着转向她，"你说过在印度当你说完话想让人走的时候，要说一句什么来着？"

"你说：'你得到了我的允许，可以离开了。'"玛丽回答。

王储挥手。

"你得到了我的允许，可以离开了，饶奇，"他说，"但是，记住，这事特别重要。"

"嘎，嘎！"乌鸦沙哑地评论一番，但并非无礼。

"好的，少爷。谢谢你，少爷。"饶奇先生说。莫德劳克太太带领他走出了房间。

到了走廊上，作为一个相当好心肠的人，他微笑着，然后几乎大笑起来。

"老天爷！"他说，"他可真有一副老爷架子，是不是？不知道的还以为他是皇室的一员呢！"

"啊！"莫德劳克太太抗议，"自从他长了脚，我们每一个人都只能任由他践踏，他认为别人生来就是为了让他践踏的。"

"如果他活下来，有可能他会改正这个脾气。"饶奇先生提示。

"嗯，有一点是很确定的，"莫德劳克太太说，"如果他真的能活下来，那个印度女孩留在这里，我担保她会教给他苏珊·索尔比说的'不是整个橙子都是属于他的'那个道理——而且他很可能会发现自己那份儿

的大小。"

房间里，柯林靠在他的靠枕上。

"现在终于安全了，"他说，"今天下午我就能看到它了——今天下午我就能到秘密花园里面去了！"

迪肯和他的动物去花园了，玛丽留下来陪柯林。她没有觉出柯林有多累，但是午餐之前他一直很安静，他们吃饭的时候他也十分安静。她想知道这其中的原因，就问他。

"你的眼睛好大，柯林，"她说，"当你想事情的时候，它们就更大，像茶碟那么大。你现在在想什么呢？"

"我忍不住想它会是什么样子。"他回答。

"花园吗？"玛丽问。

"春天，"他说，"我在想我从来没有见过春天是什么样子。我基本没有出去过，出去的时候我也从不去看，甚至连想都不想。"

"在印度时，我从来没有见过春天是什么样子，因为那里没有。"玛丽说。

在幽闭多病的生活里，柯林的想象力比她丰富得多，至少他有好多时间都用来看精美的图书和图画。

"那天早晨你跑进来说：'它来了！它来了！'你的话让我有一种非常奇怪的感觉，听起来好像很多东西是排着长队、伴着一阵阵的音乐来的。这跟我书里的一幅画像很像——成群结队的大人和小孩儿，戴着花环和开着花朵的枝条，大家都在笑着、跳着，挤在一起，吹笛子。所以我说'也许我们能听到号角的声音'，才会叫你打开窗户。"

"很有意思！"玛丽说，"感觉真是你说的那样。假设所有的花朵、叶子、绿色东西、小鸟、野生动物都一齐跳着舞经过，会是怎样一幅景象啊！我敢肯定它们会跳舞、唱歌、吹笛子，奏出一阵阵音乐。"

他们俩不约而同地笑了起来。不仅仅是因为这个念头好笑，而是因为他们都很喜欢这样的画面。

过了一会儿，护士帮柯林打点好了。她注意到，穿衣服的时候，他不再像木头桩子似的躺着，而是坐起来，尽力试着自己穿，还一直和玛丽说说笑笑。

"他今天状况挺好的，先生，他心情很好，强壮了一些。"她对顺路来看他的克兰文医生说。

"下午等他回来以后，我会再来问你。"克兰文医生说，"我必须看外出对他是否合适。我希望，"他声音很低沉，"他能让你跟着去。"

"与其等到以后被辞退，我宁愿现在就放弃这份工作，先生。"护士坚决地回答。

"我没有强迫你的意思，"医生稍微有点儿紧张，"我们会先看看情况再做判断的。我连初生的婴儿都敢让肯迪这孩子照顾。"

房子里最强壮的脚夫把柯林抱下楼，然后把他放到了轮椅上。迪肯在外面等着。等男仆放好毯子和靠枕，王储对男仆和护士挥了挥手。

"你们得到了我的允许，可以离开了。"柯林说。他们两个一齐迅速地消失了，等他们到了房子里面后，必须坦白，他们咯咯地笑了起来。

迪肯开始缓慢而稳当地推动轮椅。玛丽走在旁边，柯林仰头看着蓝天。天空是那么高远，雪白的小云朵像白色的鸟儿，伸展着翅膀飘浮在水

233

晶般清澈的天空中。一大股一大股的柔风从荒泽上荡过来，带着野外的清新香气。柯林瘦小的胸膛不断地起伏着，在用力呼吸新鲜空气，他的眼睛睁得大大的，那样子看上去仿佛是在用眼睛倾听，而不是用耳朵倾听。

"好多声音啊，歌唱声、嗡嗡声、呼唤声。"他说，"风里的那股香气是什么？"

"是荒泽上的金雀花，它们正在努力绽放。"迪肯说，"啊！蜜蜂在那里，今天真是个好天。"

他们走的小路没有任何人影。实际上，所有园丁和园丁的儿子像是被施了魔法，全都不见了。他们在灌木丛里绕来绕去，围着喷泉花圃转了几圈，按照他们之前计划好的路线，享受着计划所带来的神秘感。他们最后来到了常春藤墙边的走道，正在靠近目标的刺激让他们激动起来，出于他们很难解释的神秘原因，他们忍不住开始低声说话。

"这就是，"玛丽吸了一口气，"这就是我过去经常走来走去、想了又想的地方。"

"是这里吗？"柯林说，他的眼睛开始急切地在常春藤里搜寻，"可是我没有看到门。"他低语，"没有门。"

"我最初也跟你现在一样。"玛丽说。

然后是一阵沉默，他们屏住了呼吸。轮椅继续前进。

"季元本就在那个花园工作。"玛丽说。

"是吗？"柯林说。

再走几步，玛丽又低语。

"这是知更鸟飞越过的那堵墙。"她说。

"是吗？"柯林喊，"噢！我希望它今天还会来！"

"那里，"玛丽高兴地说，指着一大丛丁香花下面，"它停在一个小土堆上，指引我找到埋钥匙的地方。"

这时柯林连忙坐了起来。

"哪儿？哪儿？哪儿？"他喊着，他的眼睛和《小红帽》里的大灰狼的眼睛一样大。迪肯站着不动，轮椅停了下来。

"这里，"玛丽说，踏上靠近常春藤的花床，"是我和知更鸟聊天的地方。知更鸟就在墙头对我鸣叫。这是被风吹开的常春藤。"她握住垂挂的绿色帘幕。

"噢！就是这里！就是这里！"柯林喘着气。

"这是把手，这是门。迪肯，把他推进去，赶快推进去！"

迪肯用力一推，稳稳当当地把轮椅推了进去。

柯林靠在靠枕上，快乐得不敢呼吸，他仍感到不可思议，不禁用手蒙住双眼，不去看外面的一切，直到他们都到了里面——轮椅停下来，门被关上。直到那一刻，他才把手拿开，环视了一圈，又一圈，又一圈，就像玛丽和迪肯最开始来到这儿时那样。墙上、地上、树上、卷须上、摇荡的枝条上，已经蒙上了无数小小嫩叶组成的绿色薄纱。草里、树下、凉亭里的灰色高脚花瓶，都开满了星星点点、一片一片的金色、紫色、白色的花。旁边的树上也开满了一朵朵白色或粉色的小花。隐约的甜美笛声轻轻作响，香气四处飘散。阳光洒在他脸上，如一只手轻柔地抚摸他的脸庞，让他感觉很温暖。玛丽和迪肯惊奇地、目不转睛地盯着他看。他突然就变了，因为粉红色的亮光正在他全身蔓延——在他象牙白的脸颊、脖子、手、全身上蔓延。

　　"我要好起来！我要好起来！"他喊出来，"玛丽！迪肯！我肯定会好起来！我会永远活下去，永远……永远……"

Chapter 21
季元本

　　人活在这个世界上，有一件很奇怪的事情，就是仅仅在一瞬间，你忽然有了这样一种信念——相信自己会永远、永远、永远地活下去。有时，当你在黎明时分醒来后独自外出，用力把头抬起，仰望无际的灰白天空，看着它慢慢地被朝霞染红，展现那奇迹般的景象时，你就会有这样的信念；初升的太阳的那种奇妙而永恒的神圣，会让你的内心安静下来——千百年来，太阳每天都从东方升起，但在那一瞬间，你就会体会到这种信念；有时，夕阳西下，你独自伫立于森林中，夕阳的余晖斜映着树枝，那种神秘、幽远的寂静似乎在一遍又一遍地低诉着什么，而不管你怎样用力去听也听不清楚时，你就会有这样一种信念；有时，当万籁俱寂，无边的黑暗笼罩了一切，夜空中满布的繁星向你眨眼时，你就会有这样的信念；有时，遥远天际的音符也会使你对此坚信不移；有时，甚至是他人匆匆的一瞥也会激起你对美好生活的向往。

　　当柯林置身于这四面围墙的秘密花园中，第一次亲身感受到春天的气息，第一次见到四堵高墙里掩藏的花园时，就是这样，他体会到了这个信念。那个下午，整个世界似乎都在一心一意地使自己变得完美无缺、光彩照人，要对一个男孩好。也许一切都是出自上帝的善意，他让这一切美景在春天到来的时候，全都尽可能地汇集到这个花园里来。迪肯不止一次地停下手中的工作，安静地站在那儿，眼中满是惊叹之情，然后轻轻地摇了摇头。

"啊！真是太美了！"迪肯说，"我过了十二岁，马上就十三岁了。十三年里有那么多个下午，可是今天好像是我见过最美的下午了。"

"嗯！这个下午确实很美，"玛丽说，她快乐得忍不住叹气，"我敢肯定这是全世界最美的下午。"

"你们有没有这样的感觉，"柯林如置身梦境般小心翼翼地说，"这一切也许是因为我才变得如此美妙。"

快乐统治着一切。

他们把柯林的轮椅推到李树下。李树开满了雪白的花朵，每一朵都开得正盛，真可以说是一树繁花，小蜜蜂嗡嗡嗡地飞来飞去，快乐地忙着采蜜，这棵树看上去就像是童话里国王的华盖。附近的樱桃树也正在开花。苹果树的花苞有的粉红，有的雪白，有一部分已经绽放开来。华盖上，繁花满坠，透过这些枝条的缝隙，他们能看见星星点点的蓝天，就像是一双双神奇的眼睛俯视着大地。

玛丽和迪肯一会儿跑到这儿干一点儿活儿，一会儿跑到那儿干一点儿活儿，一直忙个不停，柯林在一旁看着他们。他们拿来很多东西给他看——正在开花的花蕾、含苞待放的花骨朵、一小截刚刚吐绿的枝条、啄木鸟掉落在草地上的一根羽毛，还有一个已孵完了小鸟的空蛋壳。迪肯缓缓地推着柯林的轮椅在花园里绕了一圈又一圈，不时地停下来让柯林观察从土里冒出、从树上垂下的植物。柯林觉得自己像是被带进了一个魔法国度，而且还观赏了王国所有的珍宝。

"我想知道今天我们还能见到知更鸟吗？"柯林说。

"过段时间你就能经常看见它了，"迪肯回答，"等蛋孵出来，小知更鸟们会让它忙得不可开交。它会不停地飞来飞去给它的宝宝们觅食，当它一飞回巢里，小知更鸟们便会叫成一团，它忙乱得简直不知道该把虫子喂进哪张嘴巴。每一只小鸟都张着大嘴，叽叽喳喳地抗议。妈妈说她看到知更鸟为填满大张的嘴巴要干的活儿，就觉得自己很清闲。她说那些小家伙肯定会让知更鸟累得滴汗，只不过人看不见而已。"

迪肯的话把他们逗得咯咯笑，为了避免被别人听见，他们又必须用手捂着嘴笑。几天前柯林就被告知一定要放低音量。他喜欢这种神秘感，所以尽量不犯规，不过，听到这令人开心的事情，要控制自己不笑出声可没那么容易。

下午的每一分钟都有新鲜的事。金色的阳光变得更加灿烂。

迪肯把柯林推回到那棵李树下，坐到草地上，然后抽出了笛子。这时候柯林发现了一个他以前从未注意到的东西。

"那边那棵树很老了吧？"他说。

迪肯抬头望着草地那边的树。玛丽也抬眼望去。

"是的。"迪肯回答，声音低沉而又温柔。

玛丽盯着那棵树，沉思了起来。

"那棵树的树枝光秃秃的，一片叶子都没有，"柯林接着说，"它是不是已经死了？"

"嗯，是的，"迪肯承认，"不过，玫瑰会爬满那棵树，它们会长满叶子和花，把那些干枯的地方盖住。到那时它就不会像是一棵死树了，它会变成世界上最漂亮的树。"

玛丽仍然盯着那棵树沉思。

"那树上的一个大树枝好像被弄断过，"柯林说，"我想知道它是怎么断掉的。"

"很多年前就断了。"迪肯回答，"啊！"他突然惊叫了一声，然后用手轻轻拍了拍柯林，"看，知更鸟！它在那儿！它在给同伴儿找食物呢！"

柯林差一点儿就错过了，不过还是看见了。它的红胸脯一闪而过，嘴里衔着什么，就像箭一般掠过树梢，消失在一片浓密的绿叶中。柯林再次斜靠在靠枕上，脸上挂着微笑。

"它送茶点去了。差不多五点了。我也想喝点儿茶。"

就这样，他们在秘密花园里安心地观赏、玩耍。

"肯定是魔法把知更鸟送来的。"后来，玛丽悄悄地对迪肯说，"我知道是魔法。"因为她和迪肯都怕柯林问起那棵十年前折断了树枝的老树。他们曾经仔细地讨论过这件事，那时迪肯不知如何是好地站在那儿挠着脑袋。

"我们得假装它和其他树一样。"他曾经说，"我们永远不要告诉他那棵树是怎么断的，可怜的孩子。要是他提起它，那我们也要假装出很高兴的样子。"

"唉！只好这样了。"玛丽回答。

可是她不觉得自己盯着那棵树的时候有高兴的模样。有那么几个瞬间，她一直在想迪肯说的另一件事到底是不是真的。那时他疑惑地不停挠着他那红褐色的头发，但是他的蓝眼睛里流露出一种令人愉悦、宽慰的神情。

"克兰文太太是位特别可爱的年轻女士，"他犹豫不定地说，"妈妈说她可能在米瑟斯韦特庄园一带看着柯林少爷，和其他离开人世的母亲一样。她知道这人世间还有让她牵挂的人，所以她一定会回来。你瞧，她在花园里，是她让我们来这里的，也是她让我们把柯林带到这儿来的。"

玛丽原以为他说的是某种魔法，她是魔法的忠实信徒。她觉得迪肯一定给他周围的东西都施了魔法，而且是那种好的魔法，这就是人们都那么喜欢他，小动物也喜欢他的原因。她在想，在柯林问那个他们不好回答的问题的时候，有没有可能是迪肯的魔法让知更鸟飞来了，让它吸引了柯林的注意力。她觉得他的魔法整个下午都在发挥作用，使柯林和以前判若两人，不再像是一头尖叫着撕咬枕头的疯狂动物。魔法让柯林的肤色也由象牙白色变成绯红色了。实际上，当他第一次进入这个花园的时候，他的脸上、脖子上、手上就泛起了一丝丝红晕，而且一直都没消退，他看上去变得有血有肉，而不再像象牙或蜡那样惨白了。

他们看到知更鸟给它的同伴来来回回送了好几次食物，这让柯林想起他们也该喝点儿下午茶。

"去，让男仆用篮子送一些食物到杜鹃花小道上，"他说，"然后你和迪肯把食物拿到这儿来。"

这是个大家都喜欢的点子，而且容易办到。当白布在草地铺开，有热乎乎的茶，有涂了奶油的面包和松脆的烤饼之后，三人在草地上津津有味地饱餐了一顿。几只忙着筑巢的鸟儿也停下来，落在他们身边不断地张望，探头探脑，然后欢快地跳着啄他们撒落在地上的面包屑。坚果和果核带着一块蛋糕迅速蹿到了树上，乌鸦煤灰将半块抹了奶油的烤饼叼到角落里不断地啄着，然后发出几声沙哑的鸣叫，最后才将它快乐地一口吞下。

夕阳西下，彩霞满天，西边的云彩都变成了透着亮的金黄色。蜜蜂飞回蜂房，鸟儿也要归巢了。迪肯和玛丽静静地坐在草地上，身旁放着已经收拾好准备带回房间的那个装茶点的篮子，柯林靠在靠枕上，浓密的鬈发从额头往后推到两旁，脸色很自然。

"这个下午要是不结束该有多好，"他说，"我明天还要再来，还有后天，大后天，大大后天。"

"你呼吸到许多新鲜空气了，对吧？"玛丽说。

"其他的我什么都不要，"他回答，"现在我见过春天了，接下来我想要看见夏天。我要看着花园里的一切生长起来。我自己也要在这里长大。"

"你会的，"迪肯说，"用不了多长时间，我们会让你在这里四处走，你可以和其他人一样散步、挖土。"

"散步！"他说，"挖土！我能吗？"柯林满脸通红。

迪肯小心翼翼地瞥了他一眼。他和玛丽都从不知道他的腿是不是真有毛病。

"你一定可以啦！"迪肯信心十足地说，"你——你有自己的腿，跟其他人一样！"

玛丽很害怕柯林听到这话后，会做出什么超乎寻常的回答。

"其实我的腿根本没有毛病，"他说，"但是我觉得它们很瘦小、虚弱，经常不断地发抖，所以我吓得不敢站起来。"

听到这话，玛丽和迪肯都松了一口气。

"等你不害怕了再站起来，"迪肯恢复了好兴致，"你很快就不会再害怕了。"

"我会吗？"柯林说，他静静地躺着，似乎在思考着什么。

他们都静静地沉默了一会儿。太阳落得更低了，此时此刻，万籁俱寂，花园里的小动物也在忙碌兴奋中度过了一个下午。柯林好像是在休息，小动物也停止了奔跑，聚集在他们周围休息。煤灰落到一根矮树枝上，缩起一只脚，昏昏沉沉地耷拉着眼皮。玛丽觉得它好像下一分钟就会打起呼噜来。

在这片寂静之中，柯林突然抬起头，警觉地低声惊叫道：

"那个人是谁？"

迪肯和玛丽赶忙从草地上站起来。

"有人！"他们异口同声地低声叫道。

柯林指着高墙。

"看！"他激动地低声说，"快看！"

玛丽和迪肯推着柯林的轮椅四处察看，出现在墙头上的那个人不正是季元本吗？他一脸怒气，正站在一架梯子的顶端对他们吹胡子瞪眼！他竟然对玛丽挥舞拳头。

"如果我不是个单身汉，如果你是我的女儿，"他喊道，"我肯定

243

会给你一顿鞭子！"

他又威胁似的向上踏了一级台阶，好像准备跳下来收拾玛丽似的，但是等玛丽走向他时，他只是站在梯子顶端对着下面的玛丽挥舞着拳头。

"我从没想到是你！"他慷慨激昂，"我第一次瞧见你就受不了你这个面黄肌瘦、整天问个不停的小东西。每一件事你都刨根问底。你还总是到没人的地方闻来闻去。我一直没弄清楚你是怎么和我熟悉起来的。要不是那只知更鸟……可恶的家伙……"

"季元本！"玛丽缓过气来喊。她站在梯子底下，抬着头有点儿气喘地喊着他，"就是知更鸟为我引路的！"

季元本听到这话，气不打一处来，气得好像真的要从墙那边跳下来揍她。

"你这个小恶棍！"他对她大吼道，"把自己干的坏事儿推到一只鸟身上……虽然它脸皮厚得什么都做得出。但……它给你指的路！它！啊！你这个小……"玛丽能猜到他将要说出什么话来。好奇心驱使季元本问："你到底是如何进来的？"

"是知更鸟带我进来的，"她固执地说，"它不是故意的，但是它确实那么做了。我不想跟你在这儿说话，因为你很生气地向我挥舞着拳头。"

就在那一瞬间，季元本挥舞着的拳头立刻耷拉下去了，他吃惊地张大嘴巴，因为他看见有一个人正穿过草地，从玛丽的身后向他靠近过来。

柯林起初听到季元本站在那里不停地痛骂时，吃惊得只是坐直身子，像被施了咒般呆呆地听着。但是没一会儿他便回过神来，用帝王般的派头命令迪肯。

"推我过去！"他命令道，"把我推到他那边，停在他面前！"

这就是让季元本感到吃惊的事。一个置满豪华靠枕和毯子的轮椅正向他驶来，那轮椅在季元本眼里就像一辆神圣的马车，因为轮椅上斜靠着一位小王储，那双长着黑睫毛的大眼睛流露出一种不可侵犯的神情，清瘦苍白的手傲慢地向他伸出。轮椅在季元本脚下停了下来。这情景让季元本呆若木鸡。

"你知道我是谁吗？"柯林小王储似的发问。

季元本眼睛瞪得跟铜铃似的，他那双布满了血丝的眼睛直勾勾地盯着眼前的这个人，像见了鬼似的。他看了好大一会儿，只觉喉咙像被堵住了似的，什么也说不出来。

"你知道我是谁吗？"柯林继续严厉地质问，"回答我！"

季元本举起瘦骨嶙峋的手，揉揉眼睛，又揉揉额头，然后用他那古怪的声音颤抖着回答：

"你是谁？哦，我知道了……当你用和你妈妈一模一样的眼睛瞪着我的时候，我就知道你是谁了。天啊！你怎么会到这儿来！你根本不是那个可怜的小驼背。"

柯林忘记了驼背的事，一听这话，他的脸顿时变得通红，猛地坐起来，坐得笔直。

"我不是驼背！"他开始发狂了，大声吼道，"我不是！"

"他没有驼背，他也不是残废！"玛丽气昏了头，她对着墙头野蛮地大吼起来，"他身上丁点儿大的肿瘤都没有！我仔细检查过了，他的背上一个肿瘤也没有——一个也没有！"

季元本再次用手在前额上揉了一下，然后又盯着柯林看个没完，看不够似的。他的双手开始发抖，嘴唇微颤，连声音都在颤抖。他是个一字不识、性格耿直的老人，只记得他听说过的事。

"你……你没驼背？"他沙哑地说。

"没有！"柯林叫。

"你……你没有跛脚？"季元本的声音抖得更加厉害了。

太过分了。柯林平常发威时的力量，现在正以另外一种新的方式在体内积聚。从来没有人敢说他是个跛脚——连窃窃私语也未曾有过。但季元本的话让他理所当然地相信别人肯定在背后议论着他的腿。这个想法令这位小王储忍无可忍。他的愤怒和自尊心让他忘记了一切，他浑身充满了一种从未有过的力量，一种几乎是超自然的力量。

"过来！"他对迪肯喊道，这时他已把盖在腿上的毛毯丢到一边，挣扎着要站起来，"过来！快点过来！"

迪肯立马过来了。玛丽也屏住了呼吸，觉得自己的脸色都苍白起来了。

"他能站起来！他能站起来！他能站起来！他能站起来！"她喘着粗气不停地重复着一句话。

在一阵短暂的忙乱之后，毛毯被扔到了地上。迪肯扶着柯林的胳膊，柯林伸出他那瘦弱的双腿来，然后用脚踩在了草地上。柯林站得笔直——直得就像一支箭，而且出奇高——他把头向后仰，眼中熠熠发光。

"看着我！"他对着墙头上的季元本挥舞着手臂，"你看着我……

你给我仔细看、看清楚！"

"他的背跟我的一样直！"迪肯大喊，"他的背和约克郡其他男孩的背一样直！"

季元本的反应显得很古怪。这让玛丽摸不着头脑。他哽咽起来，气都喘不上来了，两只手紧紧地握在一起，突然，他的泪水喷涌而出，泪珠从饱经风霜的脸颊上滚下。

"啊！"他突然说，"大家都乱说！他们说你骨瘦如柴，白得像个鬼，可是你的背真的没有驼。你一定会长成一位男子汉的，上帝保佑你！"

迪肯十分有力地抓着柯林的胳膊，然而柯林的身体并没有摇晃，他站得笔直，双眼直视着季元本。

"我是你的主人，"柯林说，"我父亲不在的时候，你必须服从我。这是我的花园，不许你再说话！你立刻从那个梯子上下来，到外面的走道上去，玛丽小姐会在那儿等你，带你到我跟前。我有话和你说。我们虽然不需要你，但是现在你必须参与我们的秘密。快点儿！"

季元本那饱经风霜的脸上仍然残留着泪痕，沾着那奇怪的眼泪。他紧紧地盯着柯林，他的目光似乎被柯林那高昂着头、笔直地站着的瘦弱样子给吸引住了。

"啊！老天！"他几乎是在跟自己说话，"啊！我的老天！"然后，他猛然间回过神来，以园丁的身份扶了扶帽子，说，"是，少爷！是，少爷！"然后快速地爬下梯子，走了过来。

Chapter 22
太阳下山时

季元本的头从墙头上消失后，柯林转向玛丽。

"去接他。"他说。于是玛丽穿过草地，走到常春藤遮盖着的门口处。

迪肯一直用严肃的目光看着柯林。柯林的脸颊通红，看上去有点儿吓人，不过并没有半点要跌倒的迹象。

"我能站起来。"他说，头仍然高高昂着，神情十分庄严。

"我跟你说过，一旦你不再害怕，你就能站起来的，"迪肯回答，"你不害怕了。"

"是的，我不怕了。"柯林说。

这时他突然记起玛丽曾经说过的话。

"是你施了魔法吗？"他突兀地问。

迪肯弯弯的嘴巴漾开一个爽朗的笑容。

"是你自己施的魔法。"他说，"这种魔法和让这些植物从土里长出来的魔法一样。"迪肯边说边用他那厚靴子轻轻地碰了碰草地上的番红花。柯林低头看着它们。

250

"是啊，"他缓缓地说，"世界上没有比这个更厉害的魔法了……不可能有。"

他把上身撑起来，站得更笔直了。

"我要走到那棵树跟前，"他指着几英尺外的一棵树说，"等一下季元本进来，我要站在那里见他。我想休息的话，就可以靠在树上休息。等我想坐下时，还可以坐下，但不是现在。从轮椅上给我拿条毯子来。"

柯林走向那棵树，虽然迪肯搀扶着他，但是他自己也走得十分稳当。他靠着树干站着时，身体还是很直，这使他显得很高。

季元本从那道门走进来，看到他站在那棵树下，而且还听到玛丽在小声地嘀咕着什么。

"你在嘀咕什么？"他不耐烦地问，因为他不想把自己的注意力从柯林身上移开。

但是玛丽没搭理他。她在说：

"你能走的！你能走的！我告诉过你你能走！你能做到！你能走的！你能的！"她对柯林重复着这些话，因为她想施展魔法，让他能一直保持站立。如果他在季元本面前放弃了，她是无法忍受的。她突然精神一振，觉得柯林虽然很瘦，但看上去却很英俊。柯林用眼睛盯着季元本，脸上带着一种傲气十足的表情。

"看着我！"他命令，"仔细看清楚了！我有驼背吗？我有跛脚吗？"

季元本激动的心情还没有完全平复，不过平静了一些，几乎态度如常地回答。

"你不是，"他说，"你不是驼背。你对自己做了些什么？整天躲起来不见外人，让人以为你是个跛脚和傻子？"

"傻子！"柯林愤怒地叫起来，"谁这么认为？"

"很多人都这样认为，"季元本说，"这个世界上愚蠢的人太多了，愚蠢的人除了谎话外什么都不会说。你为什么要把自己关起来？"

"所有人都以为我会死，"柯林略微停顿了一下后说，"但是我不会！"

他说得如此坚决，季元本上上下下打量了他好几次。

"你不会死！"他带着干巴巴的欢欣说，"你不会死的！你精神这么好。当我看到你灵活地踩在草地上的时候，我就知道你没事的。到毯子上坐着吧！我随时听候你的吩咐。"

季元本的态度里流露出一种不可言说的体贴和关怀，这些情感交织在一起让人觉得十分古怪。刚刚玛丽和季元本从走道过来的时候，匆匆地向他交代了许多事。她告诉季元本，一定要记住柯林的身体已经好转了。正是这座花园起了作用，他的身体才好转起来。现在，谁都不许让他再回想起驼背和死亡的事。

小王储坐回树下。

"你在花园里具体做什么工作，季元本？"他询问。

"随便叫我做什么我就做什么，"老季元本回答，"我是凭人情留下的……因为以前她喜欢我。"

"她？"柯林说。

"你妈妈。"季元本回答。

"我妈妈？"柯林说，静静地环顾四周，"这以前是她的花园，对吗？"

"是啊，是她的花园！"季元本也环顾四周，"她很喜欢这个花园。"

"现在这是我的花园了。我非常喜欢它，每天我都要到这儿来。"柯林宣布，"但是一定要保密。谁都不能知道我们来这儿了，这就是我的命令。迪肯和玛丽一直在这儿干活，才让这个花园活了过来。我可能随时会派人叫你来帮忙的——但是你来的时候千万不要让任何人看见。"

季元本干瘪苍老的脸挤出一个微笑。

"以前我来这儿时，就没有任何人看见。"他说。

"什么！"柯林惊呼，"你以前来过这儿？"

"我最后一次来这儿，"他摸了摸自己的下巴看看四周，"大约是在两年前吧！"

"可是这里不是没有门吗？"柯林喊道，"你怎么进来的？"

"我不是从门进来的，"老季元本声音粗哑地说，"我是翻墙进来的。但这两年风湿病导致我翻不了墙。"

"是你修剪的枝叶！"迪肯叫道，"我一直在想这是怎么回事，一直也没想通。"

"她是那么喜爱这个花园……"季元本缓缓地说道，"她是那么年轻漂亮。有一次她笑着对我说：'季元本，如果我病了，或者出了远门，你一定要帮我照顾好我的玫瑰。'等她真的离开了，老爷却下令不准任何人进来。不过我还是偷偷地进来了。"他说话时带着一种不开心的语气，

"我每次都翻墙进来，直到病痛拦住了我——我每年都要进来打理一下。这是她生前吩咐我的。"

"如果不是你的话，这花园看上去不会这样生机盎然。"迪肯说，"我确实好奇过。"

"我很高兴你所做的一切，季元本，"柯林说，"而且你知道怎样保守秘密。"

"嗯！少爷，我知道，"季元本回答，"而且，对一个患有风湿病的人来说，从花园门进来会方便很多。"

玛丽把铲子放在树下的草地上。柯林伸出手把它拿起来。他的脸上露出一种奇特的表情，然后开始挖土。他的手太瘦弱了，可是现在他们都在看着他——玛丽屏住呼吸，专注地看着——他把铲子插进土里，然后一用力，就翻出了一些泥土。

"你可以的！你可以的！"玛丽说，"我就知道，你可以的！"

迪肯热切地看着眼前的一幕，但是他一言不发，季元本则饶有兴趣地看着他。

柯林继续挖着。挖了几下泥土之后，他对迪肯用地道的约克郡话兴奋地说："尼说过要让我在这里到处走，和其他人一样……尼还说尼要让我挖地。我原以为尼只是想让我高兴。这才第一天，我就已经可以站起来走路了……现在我还在挖地哩！"

季元本听到他的约克郡话，再次惊讶地张开嘴，然后开心地笑了起来。

"嗯！"季元本说，"你的神志十分清醒。当然，你是一位约克郡的小伙子。你也可以挖土。你想种点儿什么？我可以去拿枝玫瑰，给你栽在这里。"

"好的，快去拿！"柯林兴奋地一边挖土一边说，"快！快！"

这件事真的很快就办了。季元本忘了自己的腿上的毛病，飞快地去拿东西了。迪肯拿起铲子，把坑挖得更深更宽。因为柯林第一次挖土，而且手上的劲儿不够大，所以他挖得不够深。玛丽拿来了一个水壶。等迪肯把坑挖得足够深时，柯林接着把柔软的泥土翻了一遍又一遍。他抬头看了看天空，这种新奇的锻炼让他容光焕发，尽管这次锻炼很轻巧。

"在太阳落下去之前，我想一直干活。"他说。

玛丽觉得太阳迟迟不肯下山，仿佛特意为柯林多停留了几分钟。季元本从温室里拿来了一盆玫瑰。他一瘸一拐地穿过草地。他现在也跟着兴奋起来，跪在坑旁，把花盆里的玫瑰移出来。

"这里，孩子，"他说着，把玫瑰递给柯林，"你亲手把它栽进到土里，就像国王每到一个新地方时所做的那样。"

柯林瘦弱苍白的手有些发抖，把玫瑰栽进松软的土中，季元本帮着他把那些土压实。柯林脸上的红晕越来越深。玛丽跪在那儿，双手撑地，身子向前倾。乌鸦煤灰飞下来凑热闹，走向前去看他们在干什么，小松鼠在旁边的樱桃树上不停地交头接耳，吱吱叫着。

"终于种好了！"柯林说，"太阳才刚开始下山。快扶我站起来，迪肯。我想站着看太阳落下去，这是魔法的一部分。"

于是迪肯扶他站了起来。魔法——不管它是什么——让他充满了力量。当太阳落下，这个为他们而设的奇妙的下午也结束了。柯林真真正正地站起来了，他的脸上洋溢着笑容。

Chapter 23
魔法

他们回到房间的时候，克兰文医生已经等了一阵子了。他已经开始想，要不要派人去花园里看一下。

"你不应该在外面待那么长时间，"他说，"你千万不能过度劳累。"

"我一点儿都不累，"柯林说，"我感觉很好。明天我要早上出去，下午也出去。"

"我没法肯定能不能让你出去，"克兰文医生回道，"这么做是不明智的。"

"不要试图阻止我，这才是不明智的，"柯林相当严肃地说，"我一定要去。"

连玛丽都发现，柯林性格中最古怪的一点就是，他丝毫不知道，他随便支使人的时候，多么像一头粗鲁的小蛮牛。他这辈子一直生活在这个类似孤岛的庄园里，一直是这里的国王，他定了自己的规矩，根本无人可作比较。玛丽以前真的很像他，自从来了米瑟斯韦特庄园，她逐渐发现自己的那些规矩既不正常也不受欢迎。她有了这个发现以后，和柯林相处时就会特别有感触。于是，等克兰文医生走后，她就一直那样坐着，好奇地看了他几分钟。她在等待他问自己为什么这样看着他，柯林果然开口了。

"你为什么这样看着我？"他说。

"我在想，克兰文医生很可怜。"

"我觉得也是，"柯林平静地说，但是不带一丝同情，"他再也得不到米瑟斯韦特庄园了，现在我会活下去。"

"那确实值得可怜。"玛丽说，"但是，刚才我在想，在十年的时间里不得不对一个粗鲁的男孩保持礼貌，也是挺可怕的一件事。"

"我很粗鲁吗？"柯林镇静地问。

"假如你是他的孩子，他肯定是个爱打人的父亲，"玛丽说，"他可能早就赏你耳光了。"

"不过他不敢。"柯林说。

"对，他是不敢。"玛丽回答，不带偏见地补充道，"没有人敢做你不喜欢的事情——因为他们都以为你是会死的。你不过是个可怜虫。"

"但是，"柯林顽固地说，"我不会成为可怜虫，不会像他们以为的那样。今天下午我不是用自己的脚站起来了吗？"

"你总是为所欲为，这才是你古怪的地方。"玛丽接着说。

柯林眉头紧锁，把头转到一边。

"我古怪吗？"他问。

"是，"玛丽回答，"非常古怪。不过你不用觉得难过。"她不带偏见地说，"因为我脾气也很暴躁——还有季元本。但是我现在没那么暴躁了。在我开始喜欢别人、找到花园以前，我的脾气确实是很暴躁的。"

"我不想古怪，"柯林说，"我不想。"他的眉头依然皱在一起。

他是那么骄傲的一个男孩。他躺着想了一会儿，然后玛丽看到他眉头渐渐舒展开了，微笑爬上他的脸庞。

"我再不会古怪了，"他说，"要是我每天去花园。那里有魔法——好的魔法，你知道，玛丽。我肯定那里有。"

"我也觉得那里有魔法。"玛丽说。

"即使不是真正的魔法，"柯林说，"我们也可以假装是。那里有某种东西——某种奇妙的东西！"

"是魔法，"玛丽说，"但那不是黑色的魔法，是像雪一样白的魔法。"

他们总是说有魔法。接下来的几个月发生的事确实像被施了魔法一样。那真是奇妙又美好的几个月，简直令人惊叹。哦！那个花园里发生的变化啊！如果你从来没拥有过一个花园，你是不会明白的。如果你有一个花园，你就会知道，你得用上所有美妙的词语才能描述出春天降临那里的情形。起初，绿色的小嫩芽好像永远不会停止生长一样从土里冒出来。草里、花床里，甚至墙缝里，到处都有它们的踪迹。然后它们开始舒展开，现出颜色，有蓝色的，有紫色的，有深红的。在欢乐的日子里，每寸地、每个洞、每个角落都盛开着花朵。季元本学着别人，也去刮墙上砖缝间的泥灰，培上一袋袋泥土，用来种好看的攀缘植物。鸢尾和白色番红花从草丛里一束一束地冒出来，绿色凉亭里长满了蓝白两色的花箭、高高的翠雀、耧斗菜、风铃草。

"太太很喜爱它们。"季元本说，"过去她常说，她喜欢它们总是朝着天空生长。她不是个整天低头看大地的人——她不是。她喜欢看蓝天，她说蓝天看起来总是那么快乐。"

玛丽和迪肯种下的种子，长得那么好，像有仙女在照顾它们一样。像绸缎一样柔软的、五颜六色的罂粟花，在轻风里翩翩起舞，与那些已经在花园里生长了许多年的花儿争奇斗艳。它们似乎很奇怪这些人怎么会来这儿。而玫瑰——玫瑰！它们从草里冒出来，围着树干缠绕，给树干戴上花环，又爬上树枝，然后垂下来，再爬上墙头，在墙上面铺满长长的花冠，小瀑布般垂下来——它们每时每刻都在生长。颜色鲜亮的花苞开始时很小，接着鼓胀起来，直到像被施了魔法一样绽开，舒展成一个个花盘，香气溢出花盘弥漫在整个花园中。

柯林看到了这一切，认真观察着每一个变化。每天早晨他都会被推出来。只要是不下雨的日子，一整天他都会在花园里度过，连阴天都能让他愉快。他会躺在草地上"看东西生长"，他说，要是你观察得够久，你就能看见花苞一点儿一点儿长出来的过程。你还能和忙碌的怪虫子熟悉起来。它们为自己的生活四处奔忙，有时搬着微小的干草、羽毛或食物的碎屑，有时登上一根草叶，仿佛登上了树木一般，从草顶上瞭望着这片草地。一只鼹鼠在挖土，它把挖出的土堆在一旁，最后用长长的爪子挖出洞来。这足以让他观察整整一个下午。蚂蚁的生活、甲虫的生活、蜜蜂的生活、青蛙的生活、小鸟的生活、植物的生活，都是可以让他去探索的全新的世界。迪肯把它们全部讲解了一番后，又讲解了狐狸的生活、水獭的生活、白鼬的生活、松鼠的生活、鳟鱼的生活、老鼠和獾的生活。他们可以聊可以想的事真是数不胜数。

所有这些还只是魔法带来的一部分奇迹。柯林真的靠自己站了起来，这真令人思绪万千。当玛丽告诉他她曾经念过咒语，他激动起来，更加坚信魔法改变了一切。

　　"世界上肯定有很多魔法。"一天，他认真地说，"但是人们不知道魔法是什么样子，或者不知道该怎么施展魔法。也许人们一开始就只是说'好事会发生'，直到它真的发生了。我想试试看。"

　　第二天早晨，他们一到秘密花园，柯林就派人去叫季元本。季元本以最快的速度赶来了。他看到王储用自己的脚站在树下，一副很庄严的样子，于是微笑了起来。

　　"早啊，季元本。"王储说，"我要你、迪肯和玛丽小姐站成一排，听我说话，因为我有很重要的事要和你们说。"

　　"是，是，少爷！"季元本回答，用手碰了碰前额。（季元本长期隐藏的魅力之一，就是他童年时曾经离家出走，到海上航行了好几次，所以他有许多水手的小动作。）

　　"我要进行一个科学实验，"王储解释，"等我长大了，我要有重大的科学发现，我现在要从这个实验开始。"

　　"是，是，少爷！"季元本立刻应答，尽管这是他第一次听说"重大的科学发现"一词。

　　玛丽也是第一次听说，这时她开始意识到，柯林虽然脾气暴躁，但是他读过很多关于独特的东西的书籍，是个令人佩服的孩子。当他抬头、眼睛盯在你身上时，你会不由自主地相信他，哪怕他只有十岁——快十一岁。此刻他突然兴致大增，要像一个成年人那样发表演说，那模样尤其让人佩服。

"我要做出的重大科学发现，"他继续说，"是关于魔法的。魔法真是个好东西，但几乎所有人都不了解，除了古书里的几个人物——还有玛丽知道一点儿，因为她出生在印度，那里有魔法师。我觉得迪肯知道一些魔法，但是也许他不知道自己知道。他能迷住动物和人。如果他不是个驯兽师的话，我不会让他来看我——也许他也算是驯男孩师吧，因为男孩也是一种动物。我确定每样东西都有魔法，只不过我们还没有足够的能力去掌握它，让它为我们所用——就像电、马和蒸汽一样。"

这些话听起来是那么深奥。季元本有些激动，开始坐立不安。"是，是，少爷。"他说，然后笔直地坐起来。

"玛丽发现这个花园的时候，它看上去死气沉沉，"演说家继续说道，"然后什么东西开始把植物从土壤里推出来，又凭空造出一些植物来。前一天还什么都没有，第二天那儿就有植物了。我以前从没观察过任何东西，这让我感到十分好奇。科学人员总是很好奇，我就要讲科学。我不断问自己：'那是什么？那是什么？有什么东西？'不可能什么都没有！可是我不知道它的名字，于是管它叫魔法。我从没见过日出，但是玛丽和迪肯见过。从他们告诉我的情况看，我肯定那也是魔法。一定有什么东西在推动太阳，拉着它。自从我进了这个花园，我时常透过树的缝隙观察蓝天，我有种奇怪的感觉，我很快乐，好像什么东西在我胸腔里推着拉着，正在制造什么东西。我觉得一切都是魔法造出来的，包括叶子和树、花和鸟、獾和狐狸、松鼠和人，所以魔法一定就在我们周围，在这个花园里——在所有地方。这个花园里的魔法已经让我站起来了，让我知道我能活下去，长成一个男子汉。我要做一个科学实验，想办法弄到一些魔法，放到我身上，让它推我、拉我，使我强壮起来。我不知道该怎么做，但是我想如果你不停地想着它、叫它，也许它就会出现。也许这是了解魔法的第一步。我第一次要站起来的时候，玛丽不停地说：'你可以的！你可以站起来的！'结果我就真的站起来了。当然了，我也得同时对自己施法，但是她的魔法帮助了我——还有迪肯的。每天早晨和晚上，还有白天的每一个小时，只要我想起来，我都要对自己说'魔法在我身上！魔法会让我好起来！我会和迪肯一样强壮，和迪肯一样强壮！'你也要这么做。这是我的实验。你能帮忙吗，季元本？"

"能，能，少爷！"季元本说，"是的，可以！"

"你每天都坚持，像士兵操练一样连续做，我们看会发生什么，看实验能否成功。你要一遍又一遍地念着、想着，直到把它们永远留在脑子里。我们向来都是用这种方法学东西，我想学习魔法应该也是一样的。如果你不断地呼唤它来帮助你，它会成为你的一部分，它会留下来帮你做事情。"

"在印度时，我有一次听到一个军官告诉我妈妈，有些僧人把一句话念了成千上万遍。"玛丽说。

"我听到过吉姆的老婆把一句话说了成千上万遍——说吉姆是醉畜生，"季元本粗哑地说，"后来，他打了她好一顿鞭子，然后跑到蓝狮酒吧喝得烂醉。"

柯林眉头皱到了一起，思考了几分钟，然后又高兴起来。

"嗯，"他说，"是魔法起了作用。吉姆的老婆用错了魔法，所以被他打了一顿。要是她用对了魔法，说点儿好听的话，也许他就不会喝得烂醉，也许……说不定他还会给她买顶新帽子。"

季元本呵呵地笑起来，小小的一双眼里有狡猾的赞赏。

"你是个聪明的小伙子，柯林少爷。"他说，"再看到贝丝，我会给她点儿暗示，告诉她魔法都能为她做什么。她估计要难得高兴一下，如果科学实验能成功的话——吉姆就能戒酒了。"

迪肯一直站着听他演说，圆眼睛闪烁着好奇而快乐的光芒。坚果和果核站在他的肩膀上。他的臂弯里有一只长耳朵白兔，他轻柔地抚摸着它。而它把耳朵贴在背上，一副悠闲快乐的样子。

"你觉得这个实验能成功吗？"柯林问迪肯，想知道他在想什么。每当他看到迪肯咧嘴快乐地笑着、注视着他，或者那些动物的时候，他都想知道迪肯在想什么。

他现在微笑着，笑容比平常灿烂得多。

"可以，"他回答，"我相信可以。这会和太阳照到种子上一样可行。肯定可以。我们是不是现在就开始？"

柯林很快乐，玛丽也是。柯林想起僧人和图书插图里的信徒，他热情洋溢地建议大家一起盘腿坐到那棵像华盖的树下。

"这就像是坐在某个庙里，"柯林说，"我累了，我想坐下来。"

"啊！"迪肯说，"你一定不要刚开始就说累。这可能会破坏魔法。"

柯林转身看着他——专注地看着他无邪的圆眼睛。

"也对。"他慢慢地说，"我必须只想着魔法。"他们坐下围成了一个圆圈，一切都显得极其庄严而神秘。季元本觉得自己仿佛被领进了类似祈祷会的地方。一般情况下在被他称为"代理人祈祷会"的场合，他都会感觉非常不自然，但是参加王储的这个祈祷会，他一点儿也不反感，甚至感激自己能被召来从旁协助。玛丽表情严肃但满怀喜悦。迪肯抱着兔子，也许他发出了某种无人能听见的驯兽师暗号，因为当他和其他人一样盘腿坐下时，乌鸦、狐狸、松鼠、小羊都围拢过来，加入了他们，仿佛出于自愿般各自找地方坐了下来。

"这些动物都来了。"柯林庄重地说，"它们肯定想帮助我们。"

柯林看起来非常美，玛丽想。他高高地仰着头，仿佛觉得自己是位布道师。他眼睛里有一种奇妙的神采。太阳的光透过华盖照耀在他身上。

"现在我们开始，"他说，"我们要不要像僧人一样前后摇摆，玛丽？"

"我不能前后摇摆，"季元本说，"我有风湿。"

"魔法会帮你去除风湿，"柯林用大师的腔调说，"不过等魔法帮你去除了病痛之后，我们再摇摆。我们现在只吟诵。"

"我不会吟诵，"季元本略带一丝暴躁地说，"我只唱过一次，他们就把我赶出了教会唱诗班。"

没有人笑，因为他们都非常严肃、专注。柯林心情平静，脸上没有一丝怒色，他一心只想着魔法。

"那好，我来吟诵。"说完，他开始唱道，"太阳照耀，太阳照耀。那是魔法。花朵盛开，根儿活动。那是魔法。活着是魔法，强壮是魔法。魔法在我身上，魔法在我身上，魔法在我身上，魔法在我身上。魔法在我们每个人身上。魔法在季元本的背上。魔法！魔法！快来帮忙！"

他念了很多很多遍——就算没有一千次，次数也非常可观。玛丽专注地听着。她觉得奇妙又美丽，希望他一直一直唱下去。季元本开始觉得被安抚着遁入一个和谐舒服的梦境。蜜蜂在花间的嗡嗡声与吟诵的人声混合起来，让他有了浓浓的睡意。迪肯盘腿坐着，兔子在他臂弯里睡熟了，他一只手放在小羊的背上。煤灰推开一只松鼠，紧紧依偎在他肩上，垂下眼皮。终于，柯林停了下来。

"现在我要绕花园走一圈。"他宣布。

季元本打着瞌睡、低垂着的头，又猛地抬了起来。

"你睡着了。"柯林说。

"还没有。"季元本低声嘟囔，"布道很棒——不过我是必定在募捐以前就要出去的。"

他似乎还在半梦半醒间。

"你没在教堂里。"柯林说。

"我知道。"季元本说着，坐直了，"我没有睡着，每个字我都听到了。你说魔法在我背上。医生说那是风湿。"

"那是错误的魔法，"他说，"你一定会好起来的。我允许你去做你的工作，不过明天还要再来。"

"我想看你绕着花园走。"季元本嘟囔。

实际上，作为一个又倔又老的参与者，季元本并不十分相信魔法。但他已经决定，如果被遣送走，他就爬上他的梯子从墙头上看着里面。这样一来，假如柯林有什么闪失，他可以随时跑回来。

王储不反对他留下，于是一支队伍形成了。这看起来真像支队伍。柯林在前面领队，迪肯在他旁边，玛丽在他的另一边，季元本走在后面。动物跟在他们后面，小羊和小狐狸紧跟着迪肯，小白兔一路蹦跳着，途中还会停下来啃东西，煤灰像个负责人一般威风凛凛地走在最后。

队伍移动得很缓慢，但队员都很严肃。每走一小段他们就停下来歇息。柯林靠在迪肯的手臂上，季元本暗自用眼睛关注着柯林。不过柯林时而会把手从迪肯身上拿开，自己走上几步。他的头一直高高地抬着，神情显得非常庄重。

"魔法在我身上！"他不停地说，"魔法让我强壮！我能感觉到！我能感觉到！"

柯林非常肯定有某种东西在支撑着他、帮助着他。他在凉亭里的座位上休息过，也坐在草地上休息过一两次，在小径上停下来靠着迪肯休息了几次，然而他没有放弃，绕着花园走完了整整一圈。当他回到华盖般的树下时，他脸蛋通红，像凯旋的战士一样。

"我做到了！魔法真灵！"他喊，"这是我的第一个科学发现。"

"克兰文医生知道了会怎么说？"玛丽突然插话。

"他不会说什么。"柯林回答，"因为我不会告诉他。这是所有秘密里最大的秘密。其他任何人都不会知道这事，直到我强壮得能像其他男生一样走路跑步。我要每天坐轮椅来这儿，再坐轮椅回去。我不会让仆人们窃窃私语，提问题，我不会让我爸爸听到消息，直到实验最后成功。然后等他回到米瑟斯韦特庄园的时候，我要直接走进他的书房，跟他说：'我来了，我和其他男生是一样的。我身体很健康，我会活着长成一个男子汉。这是一个科学实验的结果。'"

"他一定以为自己在做梦，"玛丽惊呼，"他肯定不相信自己的眼睛。"

柯林胜利般地红了脸。他已经让自己相信他会好起来，但这其实只是他成功的原因之一。比其他念头更鼓舞他的，是他想知道当他父亲看到他的儿子和其他男孩子一样健康、强壮，没有驼背时，他会是什么样子。在过去柯林生病的日子里，他最大的痛苦，就是憎恨自己是个挺不起脊背的孩子，让父亲不愿意看到他。

"他必须相信自己的眼睛。"他说。

"魔法灵验以后，我还有一件事情要做，就是我要成为一名运动员。然后再进行科学发现。"

"再过一个星期左右，我们就带你去参加拳击比赛，"季元本说，"你最后会夺得锦标，成为全英格兰的职业拳击冠军。"

柯林用严厉的眼神盯着他。

"季元本，"他说，"你这是不尊重人。你绝对不能因为知道秘密，就随意乱开玩笑。不论魔法有多灵，我不会做职业拳击手，我要当科学发现者。"

"是，是，少爷，"季元本回答，手碰着前额行了个礼，"我应该知道这不是开玩笑的时候。"然而他眨了眨眼睛，偷偷地笑了。他一点儿都不介意遭到斥责，因为这意味着柯林在长力气，变得有活力。

Chapter 24
"让他们笑吧"

　　除了秘密花园的工作，迪肯还有很多事要做。他要围绕荒泽上的农舍，用粗糙的石块垒出矮墙，圈出一块地来。在清晨和傍晚时分，还有柯林和玛丽见不到迪肯的所有日子里，迪肯都在那儿忙碌，为妈妈栽种或照顾这些西红柿、卷心菜、小萝卜、胡萝卜和各种香草。在他的"动物朋友"的陪伴下，他造出种种奇景，仿佛从来都不知道累。当他挖地、除草的时候，他会吹口哨，或者唱约克郡牧歌，要不然就跟煤灰、队长或弟弟妹妹说话，他还教会弟弟妹妹如何帮忙。

　　"要是没有迪肯的园子，我们肯定不会有现在这么舒服的日子，"索尔比太太说，"什么东西都肯为他生长。他种的山药、卷心菜的个头儿是别人的两倍大，还有一种别人家的菜没有的味道。"

　　在索尔比太太稍微有点儿空闲的时候，她喜欢出去和迪肯聊天。晚饭以后，她还有长长一段明亮的傍晚时光可以做事。这是她一天中最宁静的时光。她可以坐在粗糙的矮墙上一直听着当天发生的故事。她非常喜欢这温馨的时刻。园子里不只有蔬菜，迪肯还陆陆续续买来几分钱一包的花种子，把一些鲜艳、好闻的花种在醋栗丛甚至卷心菜中间，他在边沿种了一排排的木樨、石竹、三色堇等。这些花的种子可以一年年保存起来。它们会在每年春天发芽生长，然后绽开一簇簇好看的花朵。矮墙是约克郡最漂亮的一景，因为迪肯在矮墙的所有缝隙里都塞了荒泽上的毛地黄、蕨草、水芹和其他在篱笆上生长的花草，直到只能偶尔看到几块石头。

"想让它们长得茂盛，我们要做的，"他会说，"不过就是和它们做朋友。它们其实就像'动物'。如果它们渴了，给它们水喝；如果它们饿了，给它们点儿吃的。它们和我们一样想要活着。要是它们死了，我会觉得自己是对它们没尽到职责的坏人。"

就是在这些快乐的时光里，索尔比太太听迪肯说米瑟斯韦特庄园中发生的一切。起初，她只听说"柯林少爷"喜欢上了和玛丽小姐出门到花园里去，这对他好。然而没过多长时间，两个孩子就达成一致，认为迪肯的妈妈可以知道他们的"秘密"。不知为什么，孩子们认为，她是百分之百值得信任的，是"肯定安全"的。

于是，在一个美丽宁静的傍晚，迪肯把整个故事和盘托出，包括所有动人心弦的细节：埋起来的钥匙，知更鸟，看起来死气沉沉的灰色雾霭，玛丽小姐原本打算永不说出的秘密，迪肯与玛丽的相识，柯林少爷的怀疑，柯林被带领进入秘密领地——这是最后一幕高潮戏，季元本从墙头露出愤怒的面孔，柯林少爷愤慨之下力量爆发。这一切让索尔比太太漂亮的脸变了好几次颜色。

"我的天！"她说，"那个小女孩来庄园是件好事。她不仅自己改变了，也拯救了柯林。他用自己的脚站起来了！我们都还以为他活不长久，浑身没一根骨头是直的。"

她问了很多问题，转动着蓝眼睛，思索起来。

"庄园里的人会怎么想——他那么健康、快乐而且又不闹脾气？"她询问。

"他们不知道是怎么回事。"迪肯回答，"每一天，他的脸看起来都有变化。他的脸变得圆润起来，下巴显得没那么尖了，皮肤也不再惨白。可是他必须偶尔假装发一下脾气。"迪肯想到这些被逗得大笑。

"为什么？"索尔比太太问。

迪肯继续笑着。

"他这么做是要防止他们猜测发生了什么。医生如果知道柯林能自己站起来了，很可能会写信告诉克兰文先生。柯林少爷想要保住这个秘密，等他完全健康后自己告诉爸爸。他每天在自己的腿上练习魔法，直到他爸爸回来。那时候他要大步踏进爸爸的房间，让爸爸亲眼看看，他和其他小伙子一样挺拔。不过他和玛丽小姐觉得最好的计划是时不时来点儿呻吟和发点儿脾气，放出些烟雾弹。"

他讲完了，过了好一会儿，索尔比太太还在轻声地笑着。

"啊！"她说，"那一对表兄妹正自得其乐。我敢保证，他们会有好多戏要演，孩子们最喜欢演戏了。让我听听他们都做了些什么，迪肯。"

迪肯停止锄草，蹲坐下来把那些事说给她听，眼里闪烁着快乐的光芒。

"每次柯林少爷去花园都有人先把他抬下楼，"他解释，"他对那个脚夫约翰大发脾气，说他不够小心，抬得不稳。他尽力装得无精打采的，从不抬起头，直到离开那些仆人的视线。被放到轮椅上的时候，他会嘟囔，假装生气。他和玛丽小姐都喜欢这么做。他假装呻吟、抱怨的时候，玛丽就会说："可怜的柯林！是不是疼得厉害？你那么虚弱，可怜的柯林！"但麻烦的是他们有时候真的忍不住要大笑起来。等我们安全到达花园后，他们会一直笑，直到笑得没有了力气。而且他们还不得不把脸埋进柯林少爷的靠枕里，以免被附近的园丁听到。"

"笑得越多，对他们越好！"索尔比太太说，她自己还在笑，"不管什么时候，孩子的笑比所有药的疗效都要好。他们肯定会健康强壮起来。"

"他们正在健康强壮起来，"迪肯说，"他们很饿，不知道怎么才能不用说谎就得到足够的吃的。柯林少爷说要是他总是吃东西，他们肯定会对他产生怀疑，不相信他是个生病的人。玛丽小姐说可以把她的那一份让给柯林少爷吃。但是他说，如果她挨饿就会变瘦。他们想两个人都胖起来。"

他们千方百计地不让秘密泄露的事惹得索尔比太太大笑，她笑得前仰后合，连她穿的蓝色罩衣也跟着摇晃。迪肯也和她一起大笑起来。

"我知道怎么办，小伙子，"等索尔比太太笑完了，她说道，"我想出个法子帮他们。你早晨去的时候，带上一桶新鲜的牛奶。我会给他们烤一块脆皮面包或一些带葡萄干的小圆面包，就像你们几个孩子喜欢的那些。没有什么食物比得上新鲜牛奶和面包。这样他们在花园里的时候，就不至于饿肚子了，这些面包再加上他们在房子里得到的精细食物就很容易吃饱了。"

"啊！妈妈！"迪肯赞叹地说，"你真是全世界最棒的人！无论遇到什么状况，你都能想出办法来。他们昨天很是心神不定。如果没有更多吃的，他们就快撑不下去了——他们总觉得肚子里空荡荡的。"

"他们两个正是长身体的时候，又都在健壮起来。那样的孩子就像小狼，吃不饱怎么行。"索尔比太太说，然后她也像迪肯一样嘴巴弯弯地微笑起来，"啊！不过他们肯定乐在其中呢！"

她的想法完全没错，这个好心、聪明的妈妈——当她说"演戏"是他们最喜欢的那一刻，她比任何时候都更像一个母亲，她太了解孩子们了。柯林和玛丽发现这是他们最刺激、最有趣的娱乐之一。最初是困惑的护士提醒了他们，后来克兰文医生在无意之中也提醒了他们，他们才想出了这个防止别人怀疑的主意。

"你的胃口最近很好啊，柯林少爷。"一天，护士对柯林说，"你以前什么都不爱吃，很多东西你吃了都会不舒服。"

"现在没有什么让我不舒服。"柯林回答，然后看到护士正好奇地盯着他，他突然想起来，也许他还不应该显得太健康，"至少不是那么经常让我不舒服。我想这也许是新鲜空气的作用。"

"也许是，"护士说，仍然满是困惑地看着他，"不过我必须和克兰文医生说一下。"

"她就那么盯着你！"等她走了，玛丽说，"好像她觉得一定有什么情况要查出来。"

"我不会让她查到什么。"柯林说，"不能让任何人调查这件事。"

克兰文医生来的那天早上，也显得迷惑不解。他问了一些问题，让柯林非常恼火。

"你待在外面花园里的时间太长了。"他暗示，"你去了哪里？"

柯林摆出一副他以前最喜欢摆出的态度——严肃而冷漠地对待别人。

"我不会告诉任何人我去了哪里。"他回答，"我去我愿意去的地方。每个人都得到了命令，不要挡道。我不想被看着、被盯着。这点你是知道的！"

"看来你整天都在外面，不过我不觉得这对你有什么不好——我不得不这么想。护士说你现在比以前吃得多了许多。"

"也许吧，"柯林说着，灵光乍现，"没准是一种不正常的胃口。"

"我感觉不是，因为你看起来似乎能继续有这样的食量。"克兰文医生说，"你正在快速长胖，你的气色也好些了。"

"也许……也许我是浮肿、发烧。"柯林说，极力装出一副沮丧、郁闷的样子，"活不长的人常常是……与众不同的。"

克兰文医生摇摇头。他轻轻握着柯林的手腕，把袖子推上去，摸住他的脉搏。

"你没有发烧，"他若有所思地说，"你在长肉，而且是健康的。要是你能继续这样，我的孩子，我们就不需要谈死了。你父亲听到这个消息，一定会非常高兴的。"

"你不准告诉他！"柯林火冒三丈地说，"要是我又恶化的话，会让他更失望——我今天晚上就有可能恶化。我可能会突然发烧。我觉得好像现在就要发烧了。我不准你给我父亲写信，我不准！我不准！你让我生气，你明知道这对我不好。我开始觉得有些烫了。我恨被人谈论，被人说来说去，就像我恨被人盯着看一样！"

"嘘——孩子，"克兰文医生安抚他，"没有你的准许，我不会写信。你对这些太敏感了。你千万不要让已经发生的好事又变没了。"

他没有再说给克兰文先生写信的事，等他见到护士，他私下警告她，千万不要对病人提起这事。

"这孩子的情况出人意料地好了许多。"他说，"他的康复速度太反常了。不过，现在他肯定是出于自愿地在做我们以前没法让他做的事情。尽管如此，他仍很容易激动，不能说任何话惹他生气。"

这给玛丽和柯林拉响了警报，他们一起紧张地商量着对策，制订出"演戏"的计划。

"我可能必须得发脾气，"柯林遗憾地说，"可是我并不想真的生气，我没有那种糟糕得想让自己大发脾气的感觉，可能我根本就没法发脾气。我也不想大喊大叫，我心里一直想着好事情，而不是可怕的事情。但是如果他们说要给我爸爸写信，我是真的会生气的。"

他决定少吃一些，可是，很不幸，这个点子实现起来太困难。每天早晨，当他醒来后，胃口总是特别好。沙发旁的桌子上已经摆好早点，有刚做好的面包、新鲜的牛奶，还有煮鸡蛋、草莓酱和奶油。玛丽总是和他一起吃早饭，当他们不自觉来到桌前——尤其当那一片片冒油的火腿从滚烫的银罩子下散发出诱人的香气时——他们会无可奈何而又绝望地看着对方的眼睛。

"我想我们今天早上又要吃干净了，玛丽，"柯林最后总这么说，"我们可以在吃午餐和晚餐的时候，剩下一些。"

可是他们发现，他们从不能剩下任何东西，送回餐具室的盘子总是干干净净的，不得不惹得仆人们议论。

　　"我真的希望，"柯林还会说，"要是那些火腿片厚些就好了，一人一个小松糕根本不够吃。"

　　"那些只够一个将死的人吃，"玛丽刚刚听到这话时这样回答，"但是不够一个要活下去的人吃。有时候我觉得可以吃三个，尤其在新鲜的石楠花和荆豆花那好闻的味道从打开的窗户飘进来的时候。"

　　那天早上，等他们在花园里玩耍了两个钟头以后，迪肯走到一大丛玫瑰后面，拿出两个白铁桶，一个桶装满了香浓的新鲜牛奶，上面还有奶油；另一个桶装着索尔比太太做的葡萄干小圆面包。小圆面包被包在一张干净的蓝白色手帕里，被包得特别仔细，还是热的。两人又惊又喜，高兴得欢呼起来。索尔比太太的这个主意实在太妙了！她是多么好心、聪明的女人！小圆面包真好吃啊！新鲜牛奶特别可口！

　　"她身上肯定也有魔法，像迪肯一样，"柯林说，"魔法让她总能想出办法。她是个魔法师。告诉她我们对她感激不尽，迪肯，我们非常感谢。"

　　柯林喜欢用一些严肃的词句。

　　"告诉她，她太慷慨了，我们真是太感激了。"

　　然后，他忘记了自己要严肃这件事，开始闷头吃早餐，嘴里塞满了小面包，从桶里一口又一口地喝着牛奶，就像进行了不同寻常的锻炼，呼吸了荒泽上的空气后的饿了很久的男孩一样。早餐已经是两个多小时以前的事了。

后来，他们想起索尔比太太要给十四个人做饭，她也许没有足够的食物每天满足他们两个的肚子。于是他们请她允许，让他们送一些钱给迪肯拿回去，好让她去买东西。

迪肯有一个重大的发现，在花园外的公共林地里，也就是在玛丽第一次见到他吹笛子的地方，有一个小小的深坑。他们可以用石头在这里搭一个小窑，在里面烤马铃薯和鸡蛋。烤鸡蛋是他们以前从未发现的珍馐，烤熟的马铃薯里面加盐和新鲜奶油正适合招待森林大王——不但好吃，还能填饱肚子。马铃薯和鸡蛋，他们想买多少就买多少，不用觉得自己好像在从十四个人口中夺食。

每个美丽的早晨，他们都在李树下神秘地围成一圈，做着魔法实验。李树花期比较短暂，很快就过去了，这时李树长出浓密的叶片，形成一顶华盖。那个仪式之后，柯林一直坚持走路锻炼身体，整个白天每隔一段时间他就锻炼自己，努力获得新的力量。一天天过去，他长得更强壮，脚步更稳当，走得也更远。一天天过去，他对魔法的信念更强烈。他做了一个又一个实验，因为他觉得自己的力气在不断变大。魔法是迪肯展示给他的所有事情里最有趣的。

"昨天，"迪肯缺席一天后的早晨说，"我按妈妈的吩咐去了斯韦特村，在蓝牛旅馆附近我见到了鲍勃。他是荒泽上最强壮的人。他是摔跤冠军，跳得比任何人都高，铁锤扔得比任何人都远。他有好几年，远赴苏格兰比赛。我小时候就认识他，他是个和善的人，我向他请教了一些问题。绅士们都叫他运动员，我想起了你，柯林少爷，我说：'你是怎么让肌肉变得鼓起来的，鲍勃？你是不是额外做了什么锻炼，使它们变得那么强壮？'他就说：'嗯，对，孩子，是的。一个来斯韦特村参加表演的壮汉曾经教过我怎么锻炼胳膊、腿和全身的每一处肌肉。'我又说：'你这套锻炼方法能让一个虚弱的孩子强壮起来吗，鲍勃？'他笑起来，问："你是那个虚弱的孩子吗？'我说：'不是，不过我认识一个年轻的绅士，他病了很长时间，现在正在好起来，我希望自己知道一些变强壮的诀窍可以告诉他。'我没有说你的名字，他也没有问。就像我说的，他很和善，他好心地站起来示范给我看，我模仿他的动作，直到我把这些动作都牢记在心里。"

柯林一直在兴奋地听着。

"你快示范给我看，"他大声说，"好吗？"

"当然好。"迪肯一边回答一边站起来，"不过鲍勃说，起初动作一定要轻柔，一定不要太累。中间要休息，呼吸要深，不能过度地锻炼。"

"我会小心的，"柯林说，"快示范给我看！迪肯，你是世界上最好的魔法师！"

迪肯从草地上站起来，缓慢地做了一遍那精心设计、实用又简单的肌肉训练动作。柯林瞪大眼睛看着，没有错过任何一个动作。他坐着时，只能做几个动作，等他站稳后，又做了几个动作。玛丽也开始跟着他们一起做。煤灰看着他们，满是困惑，它飞离树枝，不安地四处蹦跳，因为它做不了那些动作。

从此以后，锻炼和做魔法实验一样，成了每天的任务。柯林和玛丽每次都能够做出更多的动作，然后他们胃口就会更好。每天早晨迪肯把篮子放到玫瑰丛后，他们总是快速地就把食物吃完了。烤鸡蛋、烤马铃薯和索尔比太太慷慨奉献的食物填饱了他们的肚子，也让莫德劳克太太、护士和克兰文医生越来越困惑。无论是早餐还是晚餐他们都吃得很少，因为他们的肚子里装满了烤鸡蛋、烤马铃薯、浓得带泡沫的新鲜牛奶、燕麦饼和凝固的奶油。

"他们几乎什么都没吃。"护士说，"要是不能说服他们吃点儿有营养的食物，他们会饿死。可是瞧他们的样子又不像。"

"瞧！"莫德劳克太太困惑地喊，"啊！这两孩子实在太让人困惑了。他们是一对小恶魔，今天撑得像要把外套涨破了似的，但明天却对厨师做的最诱人的饭菜翘起鼻子。那么可口的腌鸡、面包蘸酱，他们昨天居然一口都没吃。可怜的厨娘特意为他们制作的布丁他们也没吃，还将布丁送了回来。她几乎要哭了。她害怕如果他们把自己饿进了棺材，会怪罪到厨娘头上。"

克兰文医生来看柯林，看了很长时间，看得很仔细。当护士跟他说明情况，把几乎原封未动的一盘早餐拿给他看时，他显得极度忧虑。但是等他坐在沙发旁为柯林做检查时，他更加忧虑了。他先前去伦敦出差了，几乎有两个星期没有见到这孩子。小孩儿的身体一旦开始康复，速度就会快得惊人。柯林脸上那层浅浅的蜡黄色消失了，他的皮肤透出温暖的玫瑰色。他漂亮的眼睛显得很清澈，眼睛下面、脸颊上、太阳穴上原本瘦得凹陷的地方也已经长满了肉。他那黝黑、浓密的头发搭在前额，柔软，温暖，有生气。他的嘴唇饱满，颜色正常。实际上，对模仿一个有疾病的男孩这项工作来说，柯林做得实在不怎么样。克兰文医生摸着下巴，反复思考。

"听说你什么都不吃，我很遗憾，"他说，"那肯定不行。你会失去你已经长出的肉，尽管你肌肉增长的速度很惊人。前段时间你吃得还很好。"

"我跟你说过那是不正常的胃口。"柯林回答。

玛丽坐在旁边的脚凳上，不小心发出一个怪声音，她费力地想要把声音压下去，结果差点儿呛着。

"怎么了？"克兰文医生说着，转身看着她。

玛丽态度忽然就变得严肃起来。

"我又想打喷嚏，又想咳嗽，"她回答，带着责备的口吻，"然后那口气跑到了我喉咙里。"

"可是，"后来她对柯林说，"我忍不住了。我差点儿就要笑出声，因为我突然想起你吃掉最后一个大马铃薯时的样子，你的嘴巴张开，咬着厚厚的硬皮，上面还沾着果酱和凝固的奶油。"

"孩子们有没有什么办法偷偷弄到食物？"克兰文医生向莫德劳克太太询问。

"没有办法的，除非他们从地里挖，从树上摘。"莫德劳克太太回答，"他们整天都待在花园里，除了对方谁也不见。如果送去的东西和他们想要的不一样，他们只要跟仆人说一声就行。"

"嗯，"克兰文医生说，"如果不吃东西让他们觉得舒服，我们也不必自寻烦恼。这个男孩跟以前完全不一样了。"

"女孩也跟以前不一样了。"莫德劳克太太说，"她开始变漂亮

283

了，也胖了起来。她不再摆一张难看的小苦瓜脸。她的头发浓密了。有了生气，气色也鲜活起来。她过去是那么阴沉、怪脾气的小东西，现在她和柯林少爷一起大笑，真是一对玩疯了的孩子。也许就是这个让他们长胖的。"

"也许是吧。"克兰文医生说，"那就让他们多笑笑吧！"

Chapter 25
帘幕

　　秘密花园每个早晨都在上演新的奇迹。知更鸟的巢里有蛋，知更鸟的伴侣坐在上面，用长着红羽毛的胸脯和小小的翅膀为蛋保暖。刚开始它们十分紧张，总是时时刻刻警戒着。在那些天里，迪肯也没有靠近那个枝叶浓密的角落，而是一直等着，直到他似乎已经向那一对小不点儿的灵魂传达出了这样的讯息：在这个花园里，没有什么是和它们不同的，没有谁不理解正在它们身上发生的事有多么奇妙——这种美丽与安宁是那么深不可测、温柔，而这一切全都来自它们的蛋。假如这个花园里有哪一个人不是发自内心地理解这一点，假如有一个蛋被拿走或被损坏，那整个世界将天崩地裂，末日将会降临——如果他们中有一个人没有感受到这一点，而做了不该做的事，就不会有幸福。他们都懂得、了解这一切的重要性，他们希望知更鸟和它的伴侣知道这一点。

　　一开始知更鸟敏锐、紧张地监视着玛丽和柯林。出于某种特殊的原因，它知道没必要监视迪肯。它第一次遇见迪肯时，它那亮如露珠的黑眼睛就洞悉了一切，知道他不是陌生人，而是一只没有喙和羽毛的知更鸟。他会说知更鸟话（一种非常分明的语言，不会与其他语言混淆），和知更鸟说知更鸟话就像和法国人说法语一样自然。知更鸟想，人类说那种叽里咕噜的语言是因为他们不够聪明，不懂羽毛族的话。迪肯的一举一动也像知更鸟。它们从不突然间行动，以免吓到别人。所有知更鸟都能明白迪肯，所以他的存在对它们不会产生威胁。

但是，它们似乎有必要对其他两个人提高警惕。首先，那个男孩不是自己迈着双腿走进花园的。他是坐在一个有两个轮子的东西上被推进来的，他身上盖着野生动物的皮毛。这件事本身就值得怀疑。然后他站起来开始四处走动，他的步伐很奇怪、与众不同，好像还需要其他人的帮助。知更鸟过去经常藏在灌木丛里紧张地监视，它的头先往这边一偏，又往那边一偏。它认为男孩那缓慢的动作可能意味着他准备像猫一样扑过来。猫准备扑过来的时候，会先非常缓慢地伏到地上。知更鸟和它的伴侣就这件事仔细讨论了好几天，可是后来它决定不谈这个话题了，因为这令它很害怕，它担心会伤害到蛋。

后来男孩开始自己走，而且越走越快。这对它们而言是一种解脱。在很长一段时间里——对知更鸟来说显得很长，他一直是知更鸟紧张忧虑的源头。他和其他人不同，他看起来很喜欢走路，可是，他有一个习惯，坐下、躺下一阵子后，再慌乱地站起来重新开始走路。

有一天，知更鸟想起，它的父母曾经教它如何飞的情形。原来这个男孩和它当年做的是相同的事。那时，它飞出几码后，就不得不休息一下。于是它觉得这个男孩可能在学飞——更像是在学走。它向它的伴侣提起这事，告诉它等它们的孩子被照料到羽毛丰满以后，它们很可能要做同样的事。知更鸟的伴侣感到非常安慰，甚至变得很感兴趣。它开始趴在巢沿上观察男孩，这让它获得了很大的乐趣——尽管它一直认为小鸟比人类机灵得多，学得也快。不过接着它又极为体贴地说，人类总是比鸟儿笨拙些、慢些，他们中的大多数从来没有真正学会飞。因为它从来没有在空中、树梢遇到过他们。

过了一段时间后，男孩开始和其他人一样到处走动，可是这时三个孩子都开始做些怪异的动作。他们会站在树下，活动他们的胳膊、腿、头，既不是走，也不是跑，也不是坐。他们每天都在重复地做这些动作。知更鸟完全看不懂，自然也就无法向它的伴侣解释他们在干什么，或者想干什么。它可以肯定的是它们的蛋不会像他们这样滴溜溜地转。不过，既然那个能讲知更鸟话的男孩也在做，它们便可以确定这个行为对它们构不成威胁。当然，知更鸟和它的伴侣肯定没有听说过摔跤冠军鲍勃，还有他那套能练出肌肉来的动作。知更鸟不像人类，它们的肌肉早在出生后就以自然的方式得到了锻炼。如果你必须飞着到处去找你的每顿饭，你的肌肉自然不会萎缩。

当男孩和其他人一样到处走着、跑着、挖土和除草时，角落里的鸟蛋也被安全地保护着、孵化着。知更鸟终于不必再为蛋的事情恐惧了。因为它知道，现在蛋犹如被锁进银行的保险库一样安全，而且可以看那么多有趣的事，孵蛋也成了一个极为好玩儿的游戏。遇到阴雨天，知更鸟的伴侣甚至会觉得有点儿闷，因为孩子们没有来花园。

但即使是在雨天，玛丽和柯林也不会无聊。一天早晨，大雨一直下个不停，柯林觉得有点儿不耐烦了。他不得不坐在沙发上，因为起来到处走并不安全。

"现在我是个健康的男生了，"柯林曾经说，"我的腿、胳膊和全身都充满了魔法，我静不下来。它们随时想活动。玛丽，你知不知道，早晨我醒来的时候，天色还早，鸟儿就在外面叽叽喳喳地叫着，一切仿佛都在欢乐地叫喊，甚至树和我们不能听见的那些东西也都在叫喊。我觉得自己必须跳下床，也跟着叫喊。如果我真的那么做了，你猜会发生什么事？"

玛丽放肆地咯咯笑。

"护士和莫德劳克太太会飞奔而来，她们肯定会觉得你疯了，会派人把医生请来。"她说。

柯林自己也咯咯笑。他能想象出她们害怕、震惊的样子——被他的发疯吓得毛骨悚然，被他笔直站立的样子震惊得说不出话。

"我希望我爸爸早点儿回来，"他说，"我想亲口对他说自己的变化。我总在想这件事——但是我们瞒不了多久了。我无法忍受静静地躺着装病，因为我跟以前比有了很大差别。我希望今天没有下雨。"

就在这时，玛丽突然冒出了一个想法。

"柯林，"她神秘地问，"你知道这栋房子里有多少个房间吗？"

"差不多一千个，我猜。"他回答。

"大约有一百个没有人进去过的房间，"玛丽说，"之前的一个雨天，我进去看了好多间。没有人发现我，不过，莫德劳克太太差点儿找到我。我回来的时候迷路了，在你的走廊那头停了下来。那是我第二次听到你哭。"

柯林霍地从沙发上坐起。

"一百个谁也没进去过的房间？"他说，"听起来像是另一个秘密花园。我们去看看，你可以推我的轮椅，不让他们知道我们去过。"

"我也是这么想的。"玛丽说，"没人敢跟踪我们。那你可以在画廊跑一跑。我们还可以做我们的训练。一个印度风格的小房间里有个壁橱，里面装满了象牙做的小象。什么样的房间都有。"

"按铃。"柯林说。

护士进来了，他吩咐道：

"我要轮椅。玛丽小姐和我要去看房子里没有被使用的那部分。因为有一些楼梯，所以约翰必须把我推到画廊那里。然后他就可以离开了，让我们单独待着，直到我再叫他。"

那天早上，雨天不再让人感到烦闷。约翰按照吩咐，把轮椅推到画廊就离开了，留下了他俩。柯林和玛丽快乐地看着对方。玛丽确认约翰真的走回自己的住处之后，柯林就从轮椅上下来了。

"我要从画廊这头开始跑，一直跑到那头。"他说，"然后我要跳高，接着我们做鲍勃教给我们的动作。"

他们做完了所有这些，又做了别的。他们看了一幅又一幅的画像，还发现了那个表情冷淡的小女孩的画像。画中的她穿着绿色带金银丝线的织锦服饰，手指上停着只鹦鹉。

"所有这些人，"柯林说，"肯定都是我的亲戚。他们生活在很久以前。那个手指上有鹦鹉的女孩，我觉得她是我的曾、曾、曾、曾祖母。她看起来和你很像，玛丽——不像你现在的样子，而是和你刚来这儿的时候很像。现在你胖多了，也好看多了。"

"你也是。"玛丽说，他们两个都笑了起来。

他们又去了那个印度风格的房间，玩了一会儿象牙小象。他们找到了那个玫瑰色的房间，找到了靠枕里老鼠打的洞。不过老鼠早就长大跑了，留下了一个空洞。比起玛丽的第一次探险，他们这次看到了更多房间，有了很多新的发现。他们发现了新的走廊、角落、楼梯和他们喜欢的古画，以及用途不明的古怪旧物。这个早上变得神秘而有趣。他们在一个大房子里游荡，和别人同处一楼同时又觉得和他们相隔了千万里。这真是一件奇妙的事。

"我很高兴我们来了。"柯林说，"我居然不知道我住在这么一个又古怪又古老又大的地方。我喜欢它。以后每逢下雨天我们都要逛一逛。我们肯定能找到其他怪角落、怪东西。"

那天早上他们除了找到那些怪东西，还找到了好胃口，等他们回到柯林的房间，肯定不可能把午餐原封不动地送回去了。

护士把托盘拿下楼，放到厨房餐具柜上，好让卢蜜丝太太——厨娘看到吃得干净的碗碟。

"瞧瞧！"她说，"这是个神秘的房间，而那两个孩子就是其中最大的秘密。"

"要是他们每天都吃这么多，"强壮的脚夫约翰说，"那柯林少爷的体重是一个月前的两倍，真的就不足为奇了。我早晚得放弃我的工作，我怕伤了我的肌肉。"

那天下午玛丽发现柯林的房间有了新的变化。她昨天就注意到了，但是她以为这变化是偶然的。她今天没说什么，就坐着出神地看着炉台上的画像。她看到帘子已经被拉到边上了。这就是她发现的变化。

"我知道你想让我告诉你什么。"等到她盯了几分钟以后，柯林说，"你想让我告诉你什么事的时候，我总是会知道。你在想，帘子为什么被拉开了。是我拉开的，因为我要让它一直那样。"

"为什么？"玛丽问。

"因为看着她笑，我不再生气了。两天前的晚上，月光特别明亮，半夜我醒过来，觉得魔法充满了房间，让一切都变得闪耀。我无法静静地躺着，就站起来往窗外看。月光把房间映得很亮，正好照在帘子上。不知怎的，我走过去，拉动绳子。她在那里微笑着看着我，好像是为我站在那里而高兴。我开始喜欢看着她。我想看见她一直那样笑。我想她曾经一定也是位魔法师吧！"

"你现在看起来特别像她，"玛丽说，"有时候我会想也许是她的灵魂投胎到了你的身上。"

这个想法好像打动了柯林。他反复想了想，然后慢慢地回道：

"如果她的灵魂投胎到了我的身上——我爸爸一定会爱我的。"

"你想要他爱你吗？"玛丽询问。

"我过去讨厌这个想法，因为他不爱我。假如他会变得爱我，我也许会告诉他关于魔法的事，让他也变得快乐起来。"

Chapter 26
"是妈妈！"

他们对魔法的信念坚定不移。早晨念完咒语之后，柯林有时会给他们进行一场关于魔法的演说。

"我喜欢演说，"他解释，"因为等我长大了，我会有许多重大的科学发现，那时候我必须做有关它们的演说，所以现在就算是练习。现在我只能进行简短的演说，因为我年纪还小，再者，如果我做长篇大论的演说，季元本一定会觉得他像是在听教堂的布道，他会睡着的。"

"演说最大的好处，"季元本说，"就是演说人可以站起来随心所欲地高谈阔论，他可以站起来爱说什么就说什么，别人不能回嘴。我也不反对自己什么时候来一场演说。"

不过，当柯林在那棵树下口若悬河地讲起来时，季元本却一直目不转睛地盯着他。他用挑剔却又慈祥的目光看着他。对他来说，演说没有多大意思，让他感兴趣的是他那双越来越笔直、越来越强壮的腿。柯林那高昂着的孩子气的脑袋，那曾经瘦削的脸颊和下巴，现在是那么圆润饱满。那双眼睛和他记忆中的另一双眼睛越来越像，充满了光彩。有时，当柯林感觉到季元本那热切的目光聚集到自己身上时，他以为季元本是被他的演说深深地打动了。他很想知道那时季元本正在想什么。有一次，季元本似乎正听得入神时，柯林突然开口了。

"你在想什么，季元本？"他问。

"我在想，"季元本回答，"我敢保证你这星期体重又增加了三四磅。我在瞧你的小腿和肩膀。我真想把你放到秤上去称一下。"

"是魔法和索尔比太太的小面包、牛奶和其他食物让我变成这样的。"柯林说，"你看，科学实验成功了。"

那天早晨，迪肯来晚了，没听到柯林的演说。他来的时候，脸色因跑步而变得特别红润，显得比平时更有光彩。雨后有很多杂草要清除，于是他们一头扎进了工作中。每逢一场温暖的雨水过后，他们总要大干一场，好好整理一番。雨水滋润了花儿的同时也滋润了杂草，那些杂草的细叶、嫩芽全都冒出来了。他们必须在它们还没有深深扎根之前连根拔起。这些天来，柯林除草的技术大有进步，已经做得和其他人一样好了，而且还能一边除草，一边演说。

"当你投入到工作里的时候，魔法最起作用了，"这天早晨他说，"你能感觉到魔法在你的骨头里、肌肉里正在发挥作用。我要去读一些关于骨骼和肌肉的书，还要写一本关于魔法的书。我现在正积极地构思。"

刚说完这番话没多久，柯林就放下了他的铲子，站了起来，沉默了几分钟。他们看出他正在考虑接下来要演说些什么，正像他平时做的那样。当他放下铲子，笔直地站起来时，玛丽和迪肯都觉得是突如其来的强烈念头使他这样做的。柯林挺了挺脊梁，笔直地站在那儿，欢欣不已地伸展着双臂。他的脸红扑扑的，那双灰眼睛因高兴而睁得大大的。突然，他像明白了什么似的。

"玛丽！迪肯！"他大喊起来，"快看看我！"

他们不再除草，看向他。

"你们记得你们带我来到这儿的第一个早晨吗？"他问道。

迪肯有些疑惑地看着他。作为一位驯兽师，在观察事物时，他比平常人有更敏锐的洞察力，现在，他在这个男孩身上看到了一些与众不同之处。

"哦！当然记得。"他回答。

玛丽也很吃惊地看着他，但是她什么都没说。

"就在刚才，"柯林说，"我看着我的手拿着铲子除草时……我突然间记起来……我必须站起来，来印证一下这一切是不是真的。是真的！我好了……我好了！"

"啊！你好了！"迪肯说。

"我好了！我好了！"柯林重复着，他整张脸变得通红。

从某种意义上说，他以前曾意识到这一点，他曾经期望过、感觉过、思考过，然而就在那一刻，突然有一种东西涌上心头——一种令人狂喜的信念和认识。它十分强烈，使柯林忍不住大喊起来。

"我会永远、永远、永远地活下去！"他庄严地大喊，"我要发现成千上万的东西。我要了解人、动物和所有能生长的东西——就像迪肯那样——我永远不会停止施展魔法。我好了！我好了！我觉得……我好想大声呼喊——通过呼喊来表达我的感谢和快乐！"

季元本刚才在一丛玫瑰旁边工作，听到柯林的叫喊，便转过来注视着他。

"你可以唱那首赞美诗。"他嘟囔了一声。其实，他对那首赞美诗一无所知，而且也并不是为了表达什么虔诚才提议的。

柯林对赞美诗同样一无所知，但是他喜欢刨根问底。

"那是什么歌？"他问道。

"我敢保证，迪肯一定会唱。"季元本回答。

迪肯的脸上挂着驯兽师般的洞察一切的微笑，他用微笑回答了柯林。

"人们在教堂的时候才唱赞美诗，"他说，"妈妈说她相信云雀清晨起床后，也会唱。"

"如果你妈妈都这样说，我想那肯定是首美妙的歌。"柯林答道，"我从未进过教堂，因为我一直卧病在床。这样吧，迪肯，你来唱吧，我想听听。"

迪肯十分单纯，对赞美诗的理解也十分直白。他认为柯林的感觉比他的行动能力要更强一些。他之所以这样认为，完全是出于一种自然而然的本能，他自己并不知道这就是一种理解力。他把帽子摘下来，脸上依然挂着微笑，向四周看了看。

"你也必须把帽子摘下来，"他对柯林说，"还有你，季元本。你们必须站起来，这规矩你们是知道的。"

柯林摘下帽子，聚精会神地看着迪肯，这时温暖的阳光正好照在他浓密的头发上。季元本手脚并用地爬起来，也摘下帽子光着头，他的脸上是一种疑惑不解的神情，仿佛完全不明白自己为什么要做出这么庄重的举动来。

迪肯站在树和玫瑰丛之间，以一种单纯的、一本正经的态度，用他那美妙的有力的男孩嗓音开始唱了起来：

"赞美上帝，降下一切赐福；
赞美他啊，伏在地下的万物；
赞美他啊，把日月星辰统领；
赞美圣父、圣子和圣灵，阿门！"

等迪肯唱完后，季元本抬着头扬着下巴，静静地站在那儿，但是他的双眼不安地凝视着柯林。柯林津津有味地听着，脸上是一种深思和惊叹的神情。

"这首歌很好听。"他说，"我很喜欢。也许它表达的意思和我想喊叫的是一样的，我很感谢魔法。"他停下来，疑惑地思考着，"也许它们两个根本是同一回事。我们又不能清楚地知道每样东西的名字。再唱一遍吧，迪肯！我们来跟着唱，玛丽。我也想学会这首歌，这是我的歌。怎么起头的？'赞美上帝，降下一切赐福'？"

于是他们又唱了一遍，玛丽和柯林提高了音量，尽可能地赋予这些歌词以音乐感，迪肯的声音非常响亮优美。在唱到第二句时，季元本粗声粗气地清了清嗓子，到第三句时，他也加入进来了。他的声音特别有气魄，但听上去却很粗野。当唱到结束句"阿门"时，玛丽又看见了让她吃惊的事情，就像她发现柯林不是跛脚的时候一样——她发现季元本的下巴在一动一动地抽搐，双眼一眨一眨地注视着什么，他那皮革般粗糙的双颊变得湿润了。

"我以前从来没觉得赞美诗有什么特别的意义，"他沙哑着说，"但这一次，我不再这么认为了。我应该说，这礼拜你长了五磅肉，柯林少爷——长了五磅！"

柯林向花园里望去，这时，他看见了什么，立刻惊慌起来。

"有人来了，"他说得很快，"那是谁？"

常春藤覆盖的墙上的门被轻轻地推开，一个女人走了进来。她是在他们唱到最后一句的时候来的，她站在那没有说话，听着他们的歌声，看着他们。她的身后是枝繁叶茂的常春藤，阳光透过树梢，在她长长的蓝色斗篷上洒下星星点点的光斑。她那美丽而富有朝气的脸在绿色的常春藤丛中一直带着微笑，看上去就像柯林的一本书中的一幅色彩柔和的图画。她有一双饱含深情的眼睛，好像能洞悉一切——所有的人，包括季元本、小动物和每朵开放的花。她不期而来，但他们不觉得她是个入侵者。迪肯的眼睛像灯一样亮起来。

"是妈妈……是我妈妈！"他大声呼喊，奔跑着穿过草地。

柯林也开始朝她走过去，玛丽紧跟在柯林后面。他们两个都觉得心跳在加速。

"是妈妈！"当迪肯和妈妈在半路上相遇时，他又说了一遍，"我知道你们想见她，于是我就把门掩藏在什么地方告诉了她。"

柯林伸出手，脸上满是羞涩，目不转睛地盯着她的脸。

"在我生病的时候，我就想见你，"他说，"想见你、迪肯，还有秘密花园。从前，我没想过要见任何人、任何东西。"

索尔比太太看见柯林一脸兴奋，心突然就被触动了。她脸颊绯红，嘴唇嚅动了一下，眼前便如雾般模糊不清了。

"啊！好孩子！"她颤抖着喊，"啊！好孩子！"仿佛根本不知道自己会说出这样的话来。她没有叫"柯林少爷"，而是突如其来地说了句"好孩子"。就像她看见迪肯的脸上有什么令她感动的东西时，她所说的话。柯林十分喜欢她这样称呼他。

"你肯定觉得很惊讶吧？因为我的身体现在是这么健康！"他问。

她把手放到他肩上，微笑着说："是，我觉得特别吃惊！不过你这么像你妈妈，让我的心怦怦直跳。"

"你觉得，"柯林有点儿扭捏地说，"我爸爸会因为这点而喜欢我吗？"

"噢！当然啦，好孩子，"她回答，轻柔地拍拍他的肩膀，"他一定会回来的——他快要回家了！"

"苏珊·索尔比，"季元本说着，走近她，"瞧瞧这孩子的两条腿，特棒吧？两个月前它们像一对装在袜子里的鼓槌。而且我听别人说，他的两条腿是弯曲的，走路的时候，双膝都碰在一起。现在，你快看看吧！"

苏珊·索尔比开心地笑起来。

"他的双腿会长成一个健康男孩的双腿的。"她说，"让他在花园里尽情地玩吧！让他在花园里干活，吃些有营养的食物，多喝些新鲜牛奶，那么他的双腿就会成为全约克郡最健壮的双腿了。感谢上帝！"

她又把双手放到了玛丽的肩膀上，用母亲特有的神情端详着她的小脸。

"还有你！"她说，"你长得几乎和我们家伊丽莎白一样健康了。我相信你也会像你妈妈。我们家玛莎听莫德劳克太太说，你妈妈是个美人儿。等你长大了会像玫瑰花一样美丽动人的，我的小姑娘，愿上帝保佑你。"

　　苏珊·索尔比没有提及玛莎曾在休假回家时描述过她是个相貌平平、面黄肌瘦的小女孩，而莫德劳克太太对玛丽的未来毫无信心。玛莎还说："根本没有道理，一个漂亮女人怎么会是这么个乏味小女孩的妈妈。"

　　但现在，玛丽变了，和以前完全不同了。

　　玛丽没有工夫去注意自己脸上发生的变化。她只知道她显得"不一样了"，头发看起来似乎也比以前浓密了很多，长了很多。不过她记起过去注视妈妈时的愉悦，她十分乐意听到有人说她有朝一日会长得像妈妈一样漂亮。

　　索尔比太太和他们一起围绕秘密花园走了一圈，听他们讲这里发生的故事，看他们指给她的每一处充满生机的灌木丛和树木。柯林走在她旁边，玛丽在另一边，他们两个都不断地抬头看她令人舒服的玫瑰色脸庞，暗自品味她带给他们的那种神奇而令人愉悦的感觉——一种温暖而又令人振奋的感觉，她明白他们，正如迪肯明白他的"动物朋友"一样。她对着花朵弯腰，谈论它们，仿佛把它们当成了自己的孩子。煤灰跟着她，向她嘎嘎叫了一两次，然后飞上她的肩膀，好像那就是迪肯的肩膀。当他们给她讲知更鸟第一次教小鸟飞翔的情形时，她慈爱地笑了起来，笑声悦耳动听。

　　"我觉得教它们飞，就像教小孩子走路一样，不过，要是我的孩子长的是翅膀而不是腿，那我肯定也会累坏的。"她说。

因为她看起来是如此让人喜爱，所以孩子们最后把有关魔法的事也告诉了她。

"你相信魔法吗？"柯林解释了印度魔法以后，说道，"我真的希望你相信。"

"我相信，孩子。"她回答，"我从来不知道它的正确名称，可是名称一点儿都不重要，我保证它在法国肯定有不同的名字，在德国又是另外一个名字。比如让种子发芽，让阳光照耀，让你成为一个健康的孩子，这些都是魔法，它是造福万代的好东西。它不像我们这些愚笨的可怜人，我们一旦被叫错了名字，就会成为一个笑话。千万不要对魔法这个巨大的好东西有任何怀疑，要知道它无所不在——你可以想怎么称呼它就怎么称呼它。我刚才走进花园时，你们不是正在为它歌唱吗？"

"我非常高兴，"柯林睁着他那双灰色的大眼睛，看着她说，"突然之间，我觉得自己很不一样，我的双臂双腿特别强壮，你知道的；我能挖土又能站稳；而且我想跳起来，对一切愿意听我大喊大叫的东西高声呼喊。"

"你们唱赞美诗的时候，魔法在听。不管你唱了什么，它都在听。关键是欢乐。啊！孩子，孩子，你们就是欢乐的源泉啊！"说着，她又一次轻柔地拍了一下柯林的肩膀。

这天早晨，她像往常一样为孩子们准备了一篮丰盛的食物。当大家的肚子饿得咕咕叫时，迪肯从一个隐蔽的地方把篮子拿了出来。她和大家一起坐在树底下，看着孩子们贪婪地吃着，他们狼吞虎咽的样子让她又好笑又心满意足。她用约克郡话给他们讲故事，把大家逗得开怀大笑。他们告诉她，柯林怎样假装自己仍然是个焦躁的病人，但是柯林装病越来越困难了，她听后笑得根本停不下来。

"你瞧，我们在一起的时候几乎一直都在笑，"柯林说，"一点儿都不像生病的样子。我们努力控制住，可还是笑了出来，听起来真的很糟糕。"

"这段时间，我一直在想一件事，"玛丽说，"刚才，我突然又想起它了，我必须把它说出来。我一直在想，柯林的脸将会变成一轮圆圆的月亮。虽然现在不像，但随着时间的推移，他渐渐就会变胖的。我想，说不定哪天早晨他的脸就像满月了，那时，我们该怎么办呢？"

"上帝保佑我们大家，我知道你们现在还有很多游戏要玩儿，"索尔比太太说，"不过，克兰文先生快要回来了。"

"你认为他快要回来了吗？"柯林问道，"你怎么知道他快要回来了呢？"

苏珊·索尔比莞尔一笑。

"我想，如果在你把你的情况告诉他之前，他就知道了，那你肯定会伤心的，"她说，"到底该如何告诉他这些事，你肯定躺在床上盘算了好多个夜晚吧？"

"如果是别人告诉他这事，我肯定是无法接受的，"柯林说，"我每天都在盘算这件事，现在我就恨不得跑到他的房间去。"

"那他肯定会惊诧万分。"索尔比太太说，"孩子，我真想亲眼瞧一瞧他脸上那诧异的表情。我真想看看！他快要回来了……快回来了！"

他们还说了另外一件事，那就是去索尔比太太的农舍玩耍。他们已经计划好了。他们要坐车在荒泽上飞奔，要在石楠丛里野餐。他们会看到她家十二个孩子和迪肯的花园，总而言之，不玩到筋疲力尽他们才不会回来呢。

最后，索尔比太太起身回屋去找莫德劳克太太，柯林也要坐轮椅回自己的房间了。不过，在坐上轮椅之前，柯林站起来走到索尔比太太的面前，用那双满是迷惘的眼睛一眨不眨地、崇拜地看着她。他突然伸出手抓住了她的蓝色斗篷，把它紧紧地握住。

"你就像我……我想要的，"他说，"我真希望你是我的妈妈——也是迪肯的！"

突然，索尔比太太弯下腰，紧紧地把他搂到怀里，仿佛柯林是她的儿子一样。雾气很快弥漫在她的眼睛里。

"啊！好孩子！"她说，"我相信，你的妈妈现在一定在这座花园里。她不会离开这儿的。你爸爸快要回来看你啦……他就要回来啦！"

Chapter 27

在花园里

　　从有了世界开始，每个世纪里都有奇妙的事物被发现。上个世纪发现的惊人的事物比以前任何一个世纪都多。在这个世纪，许许多多更为震撼人心的事物将被揭示出来。一开始人们都不愿意相信能够做一件奇怪的新事，后来他们开始希望能够做，再后来他们知道能做，然后真的就做了，而全世界都在奇怪为什么几个世纪前没能做这件事。上个世纪人们开始发现的事情之一是，思想——仅仅是思想本身——和电池一样有威力，像阳光一样美好，或者像毒一样坏。让一个消极的思想或一个坏的思想潜入你的脑海中，就好像让猩红热病毒侵入你的身体一样危害无穷。一旦它们进入了你健康的体魄，而你却视若无睹，那么，你就不会再拥有健康的身体了。

　　当玛丽的脑海中被她对人们的厌恶之情占据时，这些令人烦闷的思想，使别人对她产生了厌烦，而她自己对一切事物也失去了兴趣，就这样，她变成了一个面黄肌瘦、病恹恹而又惹人厌的可怜虫。然而，景况十分善待她，尽管她没有意识到。它推动着她，让她变好。当她的脑中慢慢充满了知更鸟、荒泽上那所挤满了孩子的农舍、那位古怪孤僻的老园丁、那其貌不扬的约克郡男孩、迷人的春光、日渐充满生机的秘密花园等积极的事物之后，玛丽便再也没有心思去想那些让她生气、失去胃口、提不起精神的事情了。那些令人不愉快的思想无论如何也无法在她脑中停留了。

过去柯林总是把自己关在房间里，只想着他的恐惧、虚弱，对看见他的人充满厌恶之情，而且时时刻刻都想着他的背要驼了，他快要死去了。于是，他就变成了一个歇斯底里、乱发脾气的小忧郁症患者，从而对洒满大地的阳光、明媚迷人的春光毫无感知。他不知道自己能恢复健康，也不知道只要自己努力尝试，就会站起来。然而现在，当他脑海中的那些可怕的旧思想被一些新奇的、美好的思想所替代时，他的生活翻开了崭新的一页，他的血脉中也开始流淌健康的血液，浑身充满了积极向上的力量。他的科学实验非常简单、实用。其实这一点儿都不奇怪。任何人，当他的脑海被一种令人不悦的、沮丧的念头占据时，只要及时用一种令人愉悦的、鼓舞人心的思想来驱逐它们，便会有无数奇迹在他的身上发生。因为在同一个地方，好坏不可能并存。

秘密花园中的一切都在复活，两个孩子也随之慢慢活泼起来。而此时，在遥远而美丽的挪威海岸，在瑞士的峡谷高山中，有一位中年男人正漫无目的地游荡。十年来，无论在哪儿，占据这个男人脑海的全是些阴郁、令人心碎的回忆。他没有勇气，也不愿意尝试用别的思想替代这些阴暗的念头。当他徘徊于蓝色的湖畔时，这些念头纠缠着他；当他站立于山坡上时，这些念头依然挥之不去。当他沉浸在幸福中的时候，一件可怕的事情降临到他的身上，从那以后，他的心中被忧郁、愁闷占满了，他一直拒绝快乐的事。他忘记而且抛弃了自己的家园和自己应当承担的责任。

当他四处旅游时，他的心中依然充满阴沉的黑暗。他身材高大，但面容颓废，双肩弯曲。他在旅馆做住宿登记的时候，填的总是："阿齐博尔德·克兰文，米瑟斯韦特庄园，约克郡，英国。"

自从上次在书房中见过玛丽，并告诉她可以拥有自己的"一小块地"后，他去了很多地方。他总是选择那些特别幽静又偏僻的地方旅游，他曾攀上一座座云雾弥漫、直入云霄的山峰。当朝阳升起，阳光映照山顶时，壮丽的景色便一览无余，仿佛整个世界正在诞生。

然而，这些阳光似乎也没能使他有所感悟，直到有一天，十年来他第一次意识到发生了一件异乎寻常的事。当时他正走在奥地利提柔省一座美丽的幽谷之中，他沿着这座可以驱散一个人心头阴霾的山谷前行。这儿景色迷人，令人流连忘返。他走了很远很远，但心头的阴霾并没散去。不过，后来他觉得累了，坐在溪流边如茵的苔藓上休息。这条小溪清澈见底，溪流穿过苍翠欲滴的湿润绿地，在狭窄的河道里快乐奔跑，有时候它冒着泡越过石头，发出咕噜的声响，特别像低低的笑声。他看见一些鸟儿飞过来，俯冲下去，将头浸在水中喝个痛快，不一会儿便拍打着翅膀心满意足地飞走了。此刻，这充满了生命的小溪流及它那细小的水花声使这山谷变得更加幽静，整个山谷都沉浸在一片宁静之中。

阿齐博尔德·克兰文坐在溪畔，凝望着清澈的潺潺流水，他的心慢慢平静下来，静得就像这个山谷一般。他想着自己是不是要睡着了，然而他头脑十分清醒，没有一点儿睡意。他坐在那儿凝视着沐浴在阳光中的溪流，目光落在长在小溪边的一些植物上。

一簇美丽的蓝色勿忘我长在溪畔，它们的叶子湿漉漉的。看着这些花儿，他不禁想起自己在几年前也曾这么看过。这些花儿多么漂亮啊！他想，那许许多多的蓝色小花一齐绽放，将是多么美妙的景色！他不知道自己坐了多长时间，也不知道自己的身上发生了什么变化，但是，最后他像是从睡梦中苏醒一样，慢慢地站起来，站在绿毯似的苔藓上，深深地吸了一口气，好像有什么东西在他心里面释放开来，他感觉到那些束缚自己的东西，此刻竟不知不觉地被解开了。

"这是怎么回事呢？"他用手摸着前额，低声说，"我觉得我似乎……我似乎活过来了！对这个未知的东西有多奇妙，他了解得不多，也无法解释这是怎么回事。别人也还不知道。他自己完全不懂——然而，事后几个月他都记得这个奇怪的时刻。等他再次回到米瑟斯韦特庄园时，他偶然地发现，就在那一天，柯林进入秘密花园时高喊：

"我会永远、永远、永远地活下去！"

那天晚上，他一直保持着这种异乎寻常的平静心情，还酣畅地睡了一觉，但这种平静并没维持多长时间，而且他也没有意识到这种平静是可以被维持下来的。第二天晚上，那些阴郁、压抑的思想又接踵而来，重新充满了他的脑海。他离开了这处幽谷，再一次踏上旅途。但是，令他奇怪的是，渐渐地、毫无缘由地，他知道自己正随那花园一起"复活过来了"。

夏季过后，金黄色的秋天来临了，他前往蔻眸湖旅游。他发现那儿美丽、可爱，犹如梦境一般。他白天徜徉在碧蓝色的湖面上，或者走到山坡上柔软浓密的青翠之中，一直跋涉到精疲力竭，也许这样入睡会容易些。不过到这时他已经开始睡得好些了，他知道，他在梦里不再那么恐惧。

"也许，"他想，"我的身体变强壮些了。"

他是变强壮了，因为那些稀有的平静的时刻使他变了，当他的想法改变时，他的灵魂也在慢慢变强大。他开始想起米瑟斯韦特庄园，考虑着是不是该回家。有些时候，他模糊地想起他的儿子。他想到，他回去再次站在四柱雕花床边低头看那张睡着的、轮廓清晰的、白如象牙的尖脸，镶在紧闭的眼睛周围的黑睫毛，想到这里，他害怕了、退缩了。

有一天，他漫步到离住处很远的地方，当他回来时，夜空有一轮明月已高高升起，整个世界都被银白色的月光笼罩着。这时，一个奇迹出现了。整个湖面、湖岸及湖边树林是如此安静，静得他不想回自己住的别墅去。他来到湖边的一个小凉亭，随意地坐了下来，开始贪婪地呼吸弥漫在夜晚空气中的各种沁人心脾的香气。他觉得自己又沉入那种奇妙的平静中了，他的心变得越来越静，直到酣然入睡。

他不知道自己是什么时候睡着的，也不知道自己是什么时候开始做梦的。他的梦是那么真实，让他觉得自己并不是在梦境之中。他听到一个声音呼唤他，那声音甜美、清晰、快乐，但十分遥远、缥缈，然而，他听得特别清楚，那声音仿佛就在他的身旁。

"阿齐！阿齐！阿齐！"那声音喊着，一会儿，又响了起来，而且比以前更甜美、更真切，"阿齐！阿齐！"

他听到那叫声后，惊讶地站了起来。

那呼唤声仿佛就在身边，他的确听到了。

"莉莲！莉莲！"他应答着，"莉莲！你在哪儿？"

"我在花园里，"那声音就像从一支金色的长笛中吹奏出来的，"我在花园里！"

随后，那个梦结束了，当他醒来时，已是阳光明媚的清晨，一位仆人站在旁边正看着他。这位仆人是个意大利人，像别墅里其他仆人一样，对外国主人的任何怪事都已见怪不怪，从不问问题。不知道他什么时候出去、回来，不知道他会在哪里睡觉，可能整夜都在花园里到处游荡，或者躺在湖上的一艘船里。这位仆人手里端着一个托盘，托盘中有几封信件，在他退下之后，克兰文先生拿起这些信件。他眼睛盯着湖面，静静地坐了几分钟。他的心依然很平静，而且还夹杂着一种释然的感觉。过去发生过的那些事好像已经没有那么可怕了！他在回忆那个梦，那个真实的梦。

"在花园里！"他疑惑不解地说，"在花园里！但是花园已经被锁上了，而且花园的钥匙也被埋在了地下。"

他瞥了一眼那些信件，发现最上面的那封信是用英文写的，而且是从约克郡寄来的。这封信一看就是出自一位女人之手，字迹工整、清晰、秀丽，但他并不认识这个笔迹。他不知道这封信是谁写的。于是把它撕开，信上的第一句话就吸引了他的注意。

亲爱的先生：

我是苏珊·索尔比，有一次在荒泽上，我曾冒昧地同您谈过话。当时我们谈的是和玛丽小姐有关的一些事。现在，我又冒昧给您写信了。请您，先生，我想如果我是您的话，我会回家来看看。我想您会很高兴回到家里的，而且，如果您能原谅我的冒昧，先生，我想如果您的夫人还在世的话，她也会希望您回来的。

您顺从的仆人苏珊·索尔比

克兰文先生将这封信读了两遍，然后把它装回信封里。他不停地想着自己做的那个梦。

"我要回米瑟斯韦特庄园，"他说，"不错，我立刻就要回去。"

于是，他穿过花园回到别墅里，吩咐仆人皮切尔收拾行李，马上返回英国。

几天之后，他回到了约克郡。他发现这次长途旅行结束后，很想见见自己的儿子。整整十年了，他从来没有像现在这样想他。这十年中，他只想把他忘了。现在，尽管他并不是有意要去想他，然而记忆却不断地向他涌来，让他不由自主地想念儿子。他记得在那些心思郁结的日子里，他像个疯子一样，喋喋不休地念叨，因为他的儿子活了下来，而他的妻子却离开了人世。从此以后，他不愿意见这个孩子，等他终于去看他的时候，发现这孩子是那么瘦弱可怜，每个人都认为他活不了几天就会夭折。然而，日子一天天过去，他竟然奇迹般地活了下来，于是人们都觉得他虽然活下来了，但长大后一定是个驼背、跛脚的怪物。

他并不想当一个坏父亲，可是他从来没有觉得自己尽到了做父亲的责任。他为儿子请来了医生、护士，让儿子过着随心所欲的生活，但是他却逃避现实，让自己沉浸在悲伤之中。他离开米瑟斯韦特庄园一年以后，第一次返回庄园时，这个模样可怜的小人儿就一直抬眼看着他。他长着一双灰色的大眼睛，这双眼睛与他爱慕的那双眼睛是那么相似，却又如此迥异。他没办法让自己看着它们，只得转身离去。他几乎再也没去见过他。关于儿子，他只知道他是脾气暴躁、歇斯底里的孩子。这孩子只有随心所欲、为所欲为，他才不至于气急败坏地发脾气，危害自己的健康。

这所有的回忆都没有让他精神振奋。但是，当火车载着他呼啸着穿过高山隧道、疾驰在金黄色的原野上时，这位"复活"的人开始用一种新的方式来思考这个问题。他思考得很深刻，思考了很久。

"或许这十年来，我彻底错了。"他喃喃自语，"十年是一段漫长的岁月，也许一切都太迟了……真的太迟了。这些年我都在想些什么呀！"

当然，刚开始就说"太迟了"这样的话，是一种不好的魔法。他不知道苏珊·索尔比为什么鼓起勇气给他写这封信，是不是因为这位充满母爱的人意识到他儿子的情况更糟了——或许他儿子已病得奄奄一息了。如果现在他的心中不是一片平静，看了这封信，他只会更加难过。但是现在内心的平静给他带来了一些勇气和希望，他没有屈从那些消极悲观的念头，反而尽力去相信一些美好的事物。

"很可能是她想让我为儿子多做些有益的事，多引导引导他。"他想，"回米瑟斯韦特庄园时，我一定去看看她。"

当他路过荒泽时，他让马车在那所小茅舍前停了下来，七八个正在玩耍的孩子一看见他便将他围起来，友好而礼貌地向他行礼问好，还告诉他，他们的妈妈一大清早就到荒泽的另一边帮一位产妇去了。"我们家迪肯，"他们争先恐后地说，"去荒泽那边的一个花园里工作了，他每个星期都要到那儿去好几次。"

克兰文先生看了看身边这些身体健康、强壮的孩子。他们的脸蛋儿又圆又红，每张都有自己的特色。他们咧嘴笑着，他们是一群如此健康、活泼、可爱的孩子。他朝他们友好地微笑着，然后从口袋里摸出一枚金币，递给了"我们家伊丽莎白"，因为她是这几个孩子中最大的孩子。然后，在孩子们的欢笑声和行礼告别声中，他驱车离开了，把欣喜若狂、高兴得手舞足蹈的孩子们留在了身后。

驾车驶过美丽的荒泽，确实令人心情舒畅。不知为什么，这时一种回家的感觉涌上他的心头，他一度相信自己再不会有这种感觉了——天空、大地、远处紫花的美丽，他的心暖起来了。随着越来越靠近那座他们世代居住了六百年之久的古老住宅，一股暖意袭来。他怎么会产生这样的感觉呢？以前，一想到要去那紧闭的房里看盖着锦缎躺在床上的儿子时，他便因害怕而浑身发抖。他这次回来，会不会发现那男孩身体好些了？他是不是已经克服自己的恐惧，不再畏缩逃避了？那场梦是多么真实啊！呼唤他返回家园的那个声音又是那么美妙、多么清脆！那个声音呼唤他："在花园里！在花园里！"

"我一定要找到那把钥匙，"他说，"我要试着把门打开。我必须这样做——尽管我不知道为什么要这样做。"

当他回到庄园时，仆人们像往常一样恭恭敬敬地迎接了他。仆人们发现了主人的变化，他看上去气色好了很多，而且没有像往常一样先回自己常住的那个偏远的房间，而是来到书房并派人去叫莫德劳克太太过来见他。莫德劳克太太进来时，有些兴奋、惊奇，而且还有些慌张。

"柯林少爷怎么样了，莫德劳克太太？"他询问道。

"很好，先生，"莫德劳克太太回答道，"他……他跟以前相比发生了很大的变化，如果可以这么说的话。"

"情况比以前还糟吗？"他问道。

莫德劳克太太此刻满脸通红。

"不，先生，您看，"她尽力解释着，"不管是克兰文医生、护士还是我，我们都无法理解他的行为举止。"

"为什么会那样？"

"先生，实话告诉您吧，柯林少爷的病有可能是在好转，但也有可能正在变糟。先生，他的胃口实在是让人无法理解……还有他的行为举止……"

"难道他变得更加……更加古怪了吗？"克兰文先生焦虑不安地紧皱眉头问道。

"是的，先生。他变得非常古怪……当您把他与以前相比时，您就会发现这一点。过去，他挑三拣四，几乎什么都不吃，现在，有时他突然一下吃很多很多东西……有时他又突然回到原来的状态，什么也不吃，那些饭菜也原封不动地被端了回来。先生，您可能不知道，以前他从不让我们把他带到户外去。我们曾经尝试想带他出去，可是他一坐上轮椅就浑身哆嗦，像风中的树叶一样不停地发抖。克兰文医生看到他这样子，于是说：'不要强迫他去做他不愿意做的事，假如出了什么问题，我也负不起那个责任。'嗯，先生，事先毫无征兆地……他在发过一次极其严重的脾气之后，突然坚持要求玛丽小姐，还有苏珊·索尔比的儿子迪肯每天带他到户外去。他让迪肯推着他的轮椅，他非常喜欢玛丽小姐和迪肯，还让迪肯带来了那些温驯的小动物。先生，如果您相信的话，他几乎每天从早到晚都待在户外！"

"他看起来怎么样？"克兰文先生又接着问道。

"先生，他吃饭也正常了，您会认为他正在长胖——不过我们担心他有可能是浮肿。他和玛丽小姐单独在一起时，有时会发出古怪的笑声，他以前根本就不笑。如果有必要的话，克兰文医生马上会来见您。他这辈子从来没有如此困惑过。"

"柯林少爷现在在哪里？"克兰文先生问道。

"先生，他在花园里。他整天都待在花园里，但是他不喜欢别人看见，所以从不允许任何人靠近他。"

克兰文先生几乎没听到莫德劳克太太说的最后一些话。

"在花园里！"莫德劳克太太离开之后，他一动不动地站在那儿一遍又一遍地重复着这句话，"在花园里！"

他努力把自己的思绪拉回到现实生活里，当他觉得自己的思绪已经返回到现实生活中来时，他转身走出了房间。他像玛丽那样，穿过灌木丛中的门，然后从月桂树和喷泉的中间穿过去。那座喷泉正喷着水，它的四周开满了娇艳欲滴的秋日鲜花。他穿过草坪，来到长走道上，长走道两旁的高墙上爬满了常春藤。他并没有快步前行，而是不慌不忙地走着，他的双眼盯着这条小路，觉得自己仿佛又回到被遗忘了很久的地方。他越走近这个地方，他的脚步就越缓慢。他非常清楚花园的门在哪儿，甚至知道那道门已被常春藤严严实实地遮盖住了，但是他却不是很肯定，那把钥匙被埋于地下何处。

于是，他停下脚步，静静地站在那儿，看了看四周，他在那儿停留了片刻之后，仿佛听到了什么声音，他惊疑地仔细倾听——怀疑自己是否是在做梦。

那扇门被常春藤严密地遮掩着，那把钥匙就埋在树丛下，在这孤寂的十年中，从来没有谁从那扇门进出，可是现在，花园里却有一些声响。这是孩子们奔跑的声音，听起来像是有人在树下追逐打闹，还有一些低沉而奇怪的声音，像是极力压抑快乐的呼叫声。这声音听起来像是小孩儿发出来的，像是他们既不想被人听见，但又忍不住迸发出来的欢笑。天啊！他在做一个怎样的梦？他听到了什么声音？他是不是已经糊涂了，以为自己听到了凡人不可能听到的声音？这是不是那个遥远而清晰的声音想说的一切？

接着，那个时刻到来了。那是一个难以控制声音的时刻。花园里的孩子们似乎已忘记了要控制发出的声音。他们跑得越来越快，快要跑到花园门口了。然后传来一位年轻人急促沉重的喘息声和一阵阵遏制不住的清脆的笑声、呼喊声。此时常春藤掩盖着的大门打开了，墙头的常春藤在空中不停地摇摆。一个男孩从里面飞跑着冲了出来，他根本就没想到门外会有人，差点儿冲进那个人的怀里。

幸好克兰文先生下意识地伸出手臂，那男孩才没有因为撞上他而跌倒。克兰文先生把他拉到一边，疑惑不解地看着他，他几乎真的要喘不过气来了，这孩子怎么会在这儿！

这是一位高个儿、英俊的男孩，他浑身散发着生命的光彩，在一阵奔跑之后，他更是神采奕奕，满面红光。他把浓密的头发从前额甩上去，抬起一双独特的灰眼睛——这双眼睛周围镶着一圈浓密的睫毛，眼中流露出孩子们特有的笑意。就是这双眼睛让克兰文先生惊骇得差点儿喘不过气来。

"谁……怎么回事？你是谁？"他结结巴巴地问。

柯林也没想到会发生这一幕——这不是他计划中的。他从未想过会这样与父亲见面。然而，他已经跑了出来，他刚刚赢了一场比赛，或许这比赢了一场比赛更好。这时他像一棵树那样笔直地站着。跟在他身后奔跑的玛丽也一下子冲到了门口，她相信，柯林此时一定在努力让自己比任何时候都高一些——高上几英寸。

"爸爸，"他说，"我是柯林，我知道这让人难以置信，是吧？我自己也不敢相信，但是我真的就是柯林，你的儿子。"

柯林同莫德劳克太太一样，当他听见爸爸飞快地说"在花园里！在花园里"时，他并不理解爸爸在说些什么。

"是的，"柯林急忙说，"就是因为这个花园，我才变成了现在的样子……还有玛丽、迪肯和他的小动物，还有魔法。没有人知道这一切，我们一直在保守这个秘密，就是想等你回来的时候再告诉你，给你一个惊喜。我的身体现在健康极了。我敢跟玛丽赛跑，而且我保证能超过她。我发誓要当一名运动员。"

他跟一个健康的孩子一样不停地说着。因为说得急切，他憋得满脸通红，他说每一句话时声音都会微微发抖。这时克兰文先生的心随着这难以置信的欢乐而颤抖着。

柯林将手搭在父亲的胳膊上。

"你难道不高兴吗，爸爸？"他最后说，"你难道不高兴吗？我会永远、永远、永远地活下去！"

克兰文先生将手按在儿子的双肩上，静静地搂着他。此时此刻，他甚至一句话也说不出来。

"带我去花园，我的孩子，"他终于说，"把一切都告诉我。"

于是，他们带领他走进了花园。

这个地方是秋色狂欢的海洋。花园里，金色的、紫色的、紫罗兰色的以及火红色的花儿都盛开了，姹紫嫣红，散发着阵阵芳香，花园里呈现出一派五彩缤纷的景色。克兰文先生清楚地记得它们第一次被播种时的情形，到了每年的这个季节，它们就会盛开。那些晚开的玫瑰花或向上爬，或垂挂而下，一簇簇地生长。园中的树木叶子渐渐变成了黄色，阳光照在上面，闪闪发亮，让人觉得犹如置身树木掩映的宫殿之中。克兰文先生进入花园，就跟孩子们第一次进入那一片灰色的世界一样，他静静地站在那儿环顾四周。

"我本以为它已经死去了。"他说。

"玛丽一开始也这么认为，"柯林说，"但是它不是活过来了吗？"

除了柯林以外，他们全都坐在树底下——因为柯林想站着讲发生的一切。

当柯林以男孩的风格，任性随意、滔滔不绝地将发生的一切一股脑儿地讲出来的时候，阿齐博尔德·克兰文心想，这是他这辈子听过的最奇妙的事：秘密、魔法，还有那些野生的小动物，以及那荒诞的午夜相逢，还有为了维护自己的尊严而站起来的小王储；那奇特的友情、戏剧性的表演，还有严防死守的秘密，等等。克兰文先生听着听着，不知道什么时候开始笑得泪流满面，有时他虽然没有笑，但眼中依然含着泪花。他眼前的这位运动员、演说家、发明家是一位如此可爱、健康的年轻人。

"现在，"故事已经讲到最后了，柯林说，"这不再是一个秘密了，我敢保证，他们看见我时，一定会大吃一惊……不过，我再也不用坐轮椅了。爸爸，现在我要和你一起走回去——一起回家！"

因为职责所在，季元本很少离开花园，但是这次他找了个借口，拿了些蔬菜送到厨房里来，而且莫德劳克太太还邀请他去仆人大厅里喝了杯啤酒。正如他所希望的那样，当米瑟斯韦特庄园里最具戏剧性的事件发生时，他就在现场。

仆人大厅里有一扇窗户不但能看见庭院，而且可以瞥见草坪。莫德劳克太太知道季元本是从花园里来的，便问道：

"你看到他们父子没有，季元本？"她问。

季元本把啤酒杯从嘴边拿开，用手背抹了一下嘴唇。

"我看到了。"他狡猾而意味深长地回答。

"两个都看到了？"莫德劳克太太试探地问。

"两个都看到了。"季元本回话，"谢谢你，夫人，我想再来一杯。"

"他们父子俩是在一起吗？"莫德劳克太太兴奋地说，连忙倒满他的啤酒杯。

"他们在一起，夫人。"季元本喝了一大口刚倒的啤酒。

"柯林少爷在哪里？他看起来怎么样？他们俩都说了些什么？"

"我没听见他们说什么，"季元本说，"我当时站在梯子上，是从墙头上看见他们的。不过我可以告诉你，外面一直有事情发生，你们在房子里的人什么事都不知道。不过如果你想知道，也不会花多长时间的。"

没用两分钟时间，季元本就将杯子里的酒喝光了，他神情肃穆地晃了晃杯子，脸朝着露出灌木丛中一抹草地的那扇窗户。

"看那边，"他说，"你要是想知道的话，可以看看是谁穿过草地走了过来。"

莫德劳克太太看向窗外时，不由自主地举手失声大叫起来。其他仆人也被这尖叫声惊得从大厅里跑出来，站到窗边向外看。他们一个个惊得目瞪口呆。

穿过草坪走过来的正是米瑟斯韦特庄园的主人，他现在的神态，是许多仆人以前未曾见过的。走在他旁边的是一个男孩，那男孩昂首挺胸，眼中洋溢着欢笑，他跟约克郡其他男孩一样，身体健壮、步伐稳健。他就是——柯林少爷！

图书在版编目（CIP）数据

秘密花园：彩图版 /（美）弗朗西丝·霍奇森·伯
内特著；高洁译. —— 哈尔滨：哈尔滨出版社，2022.6
　ISBN 978-7-5484-4700-9

Ⅰ.①秘… Ⅱ.①弗… ②高… Ⅲ.①儿童小说 – 长
篇小说 – 美国 – 现代 Ⅳ.①I712.84

中国版本图书馆CIP数据核字（2019）第096943号

书　　名：**秘密花园：彩图版**
MIMI HUAYUAN：CAITU BAN
- -
作　　者：〔美〕弗朗西丝·霍奇森·伯内特　著
译　　者：高　洁
责任编辑：于海燕
封面设计：豆乳盒子
- -
出版发行：哈尔滨出版社（Harbin Publishing House）
社　　址：哈尔滨市香坊区泰山路82-9号　　邮编：150090
经　　销：全国新华书店
印　　刷：河北鹏润印刷有限公司
网　　址：www.hrbcbs.com　　www.mifengniao.com
E-mail：hrbcbs@yeah.net
编辑版权热线：（0451）87900271　87900272
销售热线：（0451）87900202　87900203
- -
开　　本：787mm×1092mm　　1/16　　印张：21　字数：200千字
版　　次：2022年6月第1版
印　　次：2022年6月第1次印刷
书　　号：ISBN 978-7-5484-4700-9
定　　价：58.00元
- -
凡购本社图书发现印装错误，请与本社印制部联系调换。
服务热线：（0451）87900279